Wilhelm Busch

# Ut oler welt
## Märchen Sagen und Reime

Wilhelm Busch

# Ut oler Welt
# Märchen, Sagen und Reime

Volksmärch[...] Reime

Wi[...]

Erstveröffentlichung Lot[...] [V]erlag, München 1910

1. Auflage

Herausgeber Frank Weber

Bibliographische Informationen der Deutschen Nationalbibliothek
Die Deutsche Nationalbibliothek verzeichnet diese Publikation
in der Deutschen Nationalbibliographie.
Detaillierte bibliographische Daten sind im Internet über http://dnd.d-nd.de abrufbar.



Herstellung und Verlag: BoD Books in Demand, Norderstedt

ISBN 9783738621891

**Volksmärchen**

# Sagen

**Volkslieder und Reime**

**Volksmärchen**

## 1. De häister un de willen duben.

Bi Fürst Erenst siner tît, ans dat swîn Dirk häite un de käo Barteld, do könne de häister dat beste näist bäon. Do käimen de willen duben na öne hen un säen: »Nawer, will ji nich säo gäot wäsen un üsch[1] dat ôk lehren wo ji dat maoket?« »Jao, säe de häister, worümme dat nich; awerst wat giäwe ji mi?« »Die bunte kuh, die bunte kuh, die bunte kuh!« säen de willen duben. Den häister was dat recht, un häi flog mêe. Ans häi nu de ersten sprikker te hôp elegt harre, do mênen de willen duben, säi können dat nu ôk all sülbenst un säen: »Nawer, gaet nu man weer hen, wi willt et nu woll sülbenst fertig maoken.« De häister läit sik dat nich twäimaol seggen, namm sine bunte käo un flog weg. – Do nu de willen duben awerst sülbenst täo bäon anföngen, do käimen se man jümmer säo wit, ans de häister et säi ewiset harre. Do föngen se an täo schräin un räipen: »Die bunte kuh, die bunte kuh, die bunte kuh!« un mênen, de häister schölle de bunte käo weer herut giäwen; awerst de häister was mit der käo wäge un blêw wäge. Darümme küent de willen duben ôk vandage noch näin orntliket näist bäon un räopet noch jümmer: »Die bunte kuh, die bunte kuh, die bunte kuh!« bet up düssen dag. Un däi mi düsse geschichte vertellt hat, mit däne hebbe ek sülbenst ekört.


## 2. Die Schwarze Prinzessin.

Es war einmal ein König und eine Königin, die kriegten gar keine Kinder. Da sagte die Königin: »Ich wollte, ich kriegte ein Kind und wenn es auch vom Teufel wäre. « Nicht lange darnach ward die Königin schwanger und gebar ein kleines Kind, das war eine Dirne. Sie ward, wie sie wuchs, von Tage zu Tage schöner, so daß sie ein jeder, der sie sah, von Herzen gerne leiden mochte. Den Tag aber vor ihrem fünfzehnten Geburtstage sagt sie auf einmal zu ihrem Vater: »Morgen, Vater, muss ich sterben. « »Mein liebes Kind, « sagte der König, »sprich mir doch nicht von sterben. « »Doch Vater! Ich weiß gewiss, daß ich morgen sterben muss. Eins musst du mir aber versprechen: daß mein Sarg in der Schlosskirche vor den Altar gestellt und ein ganzes Jahr lang jede Nacht Wache dabei gehalten wird. Wenn sich dann unter der Wache Einer findet, der nichts Schlechtes gethan hat, so kann der mich wieder erlösen. « Das musste der König versprechen und ihr die Hand drauf geben.

Wie die Königstochter gesagt hatte, so kam es auch. Den andern Tag nahm sie noch von Vater und Mutter Abschied, legte sich und starb und ward darnach kohlschwarz. Der König ließ sie nun in ihrem Sarge in die Schlosskirche vor den Altar stellen mit einer Wache dabei, wie die Prinzessin es verlangt hatte. Des Nachts, da die Glocke gerade Zwölf schlug, fuhr die Prinzessin aus ihrem Sarge, packte die Wache, drehte ihr den Hals um und warf sie in ein finsteres Gewölbe, das da unter der Kirche war. Sobald aber die Glocke Eins schlug, musste sie wieder in ihren Sarg hinein. In der zweiten Nacht ging es ebenso. Als die Glocke Zwölf schlug, fuhr die Königstochter aus ihrem Sarge, drehte der Wache den Hals um und warf sie in das Gewölbe, das unter der Kirche war. In jeder folgenden Nacht ging es ebenso; jeden Morgen war die Wache verschwunden und kein Mensch wusste, wo sie geblieben war. Nun wollte zuletzt keiner mehr bei der Königstochter wachen. Da ließ der König im ganzen Lande bekannt machen: wer seine Tochter erlösen könnte, der sollte sie zur Frau haben und König werden.

Nun war da ein junger Schäfer mit gelben Haaren, der hieß Jakob, der reiste nach der Königsstadt und ließ sich anstellen als Wache bei dem Sarge der Prinzessin. In der ersten Nacht, da es kurz vor Zwölfe war und der Schäfer daran dachte, daß die andern Wachen alle so sonderbar verschwunden waren, da ward er bange und wollte weglaufen. Da rief eine Stimme hinter ihm her: »Jakob, geh nicht fort, du kannst mich erlösen, wenn du drei Nächte hintereinander an meinem Sarge wachst. « Da kehrte der Schäfer wieder um und versteckte sich unter den Sarg der Prinzessin. Als nun die Glocke Zwölf schlug, fuhr die Königstochter aus ihrem Sarge und suchte die ganze Kirche durch; in dem Augenblick aber, wo sie an den Sarg kam und den Schäfer eben fassen wollte, schlug die Glocke gerade Eins; da musste sie wieder in ihren Sarg hinein. In der zweiten Nacht, da es wieder bald Zwölfe war und der Schäfer daran dachte, daß es ihm auch ergehen könnte wie den andern Wachen, da ward er bange und wollte weglaufen. Da rief eine Stimme hinter ihm her: »Jakob, geh nicht fort; du kannst mich erlösen. « Als der Schäfer das hörte, kehrte er wieder um und versteckte sich in das Gewölbe, wo die Leichen der früheren Wachen lagen. Er beschmierte sich Gesicht und Hände ganz mit Blut, deckte einige der Toten über sich und verhielt sich so ruhig, als ob er auch eine Leiche wäre. Als nun die Glocke Zwölf schlug, fuhr die Königstochter wieder aus ihrem Sarge, durchsuchte die ganze Kirche und kam auch zuletzt in das Gewölbe, wo der Schäfer unter den Leichen lag. »Dem die Füße warm sind, der ist's! « rief sie und tastete zwischen den Leichen herum. Schon war sie dem Schäfer ganz nahe, das Blut gerann ihm in den Adern, da schlug die Glocke Eins. Nun musste die Prinzessin wieder zurück in ihren Sarg. – Am andern Morgen kam der König mit seinem ganzen Hofstaate in die Kirche, um nach dem Schäfer zu sehen, und als sie das viele Blut in seinem Gesicht und an seinen Händen sahen, erschraken sie und meinten nicht anders, denn es sei ihm ein Leid widerfahren. Jakob aber sprach: »Wisset, daß ich gesonnen bin, auch noch die dritte Nacht Wache zu halten; Morgen früh Glocke Sechs, da kommt mit Pauken und Trompeten und der ganzen Musik, denn entweder bin ich todt oder die Prinzessin ist erlöst. « Das musste ihm der König versprechen. Kurz vor Zwölfe in der Nacht kroch der Schäfer unter den Sarg der Prinzessin, und als sie nun mit dem Schlage Zwölf herausfuhr, legte sich der Schäfer schnell selber in den Sarg hinein. Nun suchte die Prinzessin die ganze Kirche durch; als sie aber zuletzt auch an den Sarg kam, da schlug die Glocke Eins. In demselben Augenblick fing die Prinzessin an zu sprechen und sagte: »Jakob, ich danke dir viel tausend Mal; du hast mich nun erlöst. « Von Stund an begann sie auch allmählich weiß zu werden, und morgens Glock sechs stand sie da in voller Schönheit und weiß wie zuvor. Da kamen auch der König und die Königin mit ihrem ganzen Hofstaate und vielem Volk, mit Pauken und Trompeten und voller Musik; und als nun Jakob mit der Prinzessin an der Hand aus der Kirche trat, da rief alles Volk: »Vivat, unser König Jakob!« und wollte des Jubilierens kein Ende werden.


### 3. Das Öl der Zwerge.

Es ist einmal eine Hebamme gewesen, zu der kam in der Nacht ein kleines Männlein mit einer Laterne und forderte sie auf, eilig mit ihm zu gehen. Sie nahm ihren Mantel über und folgte dem Zwerge, welcher über Feld und Wiesen voranschritt bis zu einem Wasser, unter welchem er seine Wohnung hatte. Hierinnen lag die Frau des Zwerges in Kindesnöten. Nachdem die Hebamme ihr Beistand geleistet und das

Kindlein geboren und gewaschen war, reichte ihr das Männlein ein
Glas mit wohlriechendem Öle und forderte sie auf, das Kindlein damit
einzureiben. Nun hatte die Hebamme trübe, thränende Augen und
darum die Gewohnheit, von Zeit zu Zeit mit der Hand darüber zu
streichen. Als sie nun so mit dem Einreiben des Kindes beschäftigt
war, juckte und flirrte es ihr auch wieder in dem einen Auge, so daß
sie mit dem Finger herüberfuhr und es auswischte.
Nachdem sie nun das Kind angezogen hatte und sich zum Weggehen
anschickte, gab ihr der Zwerg einiges Geld. Sie ging darauf an das
Bett der Wöchnerin, um ihr gute Besserung zu wünschen und Adieu
zu sagen. Die Wöchnerin zog sie aber nahe zu sich und sagte ihr
heimlich ins Ohr: sie sollte das Geld, welches ihr der Mann gegeben,
nur wegwerfen, aber stattdessen den Kehricht aufraffen, der da vor der
Stubentür an der Schwelle läge. Das that sie, behielt aber doch auch
das Geld. Während dem hatte der Zwerg seine Laterne wieder
angezündet, begleitete die Hebamme nach Hause und verabschiedete
sich von ihr, nachdem er sich noch vielmals für die gute Hilfe bedankt
hatte.
Als jetzt die Frau nach ihrem Gelde sehen wollte, war es Pferdemist,
der Kehricht aber war eitel rothes Gold.
Einige Zeit darnach ging die Hebamme zum Jahrmarkt in die nächste
Stadt und gedachte da tüchtig einzukaufen, denn sie hatte nun Geld in
Menge. Sie musste sich ordentlich drängen lassen, so voll war's da auf
dem Markte. Da sah sie auf einmal denselben Zwerg, der sie in der
Nacht zu seiner Frau geholt hatte; er ging von einer Krambude zur
andern und packte in seinen Schnappsack, was ihm gefiel, schöne
Honigkuchen und gute, braune Pfeffernüsse, Bänder und Tücher, ohne
daß die Eigentümer das Geringste zu merken schienen. Die Frau
drängte sich zu ihm hin, tupfte ihm mit dem Finger auf die Schulter
und redete ihn an: »Sieh da! Guten Tag, guten Tag, Herr Zwerg! Auch
hier?« Der Zwerg drehte sich rasch um und sah die Frau so recht
verwundert an. »J! Frau!« – sagte er – »kann Sie mich denn sehen? «
»O ja, recht gut! Warum das nicht?« »Und mit beiden Augen? « fragte
der Zwerg. Die Frau hielt das rechte Auge zu. »Nein, nun sehe ich ihn
nicht. « Darauf drückte sie das linke Auge zu. »Ja, nun sehe ich ihn
wieder. « »J!« – sagte der Zwerg – »das ist doch sonderbar! Zeige Sie
mal her! Puh!« Da pustete er ihr ins rechte Auge, daß es sogleich blind
wurde und sie nicht wieder damit sehen konnte ihr Lebelang.

## 4. Ilsabein.

Es war einmal ein Mädchen, hieß Ilsabein, das hatte rothe Augen und konnte auch nicht zum Besten damit gucken; darum so wurde es alt und wartete lange vergeblich auf einen Freier, der es möchte unter die Haube bringen. Endlich ließ sich einer melden auf den Nachmittag, denkend: »es wird so schlimm nicht sein, wie's die Leute machen, du sollst dich selbst erst überzeugen, ob das Mädchen wirklich nicht gut sehen kann. « Da stellte Ilsabein beizeiten eine Leiter an die Hausthüre, nahm eine Nähnadel von der feinsten Sorte und steckte sie hoch oben in den Thürriegel. Nach Mittag kam der Bräutigam richtig an, und Ilsabein, die ihn schon erwartet hatte, sprang ihm munter auf dem Hof entgegen und faßte ihn bei der Hand, daß sie ihn ins Haus brächte. »Sieh doch einmal, mein Schatz! « sprach sie da, »dort oben im Thürriegel steckt wahrhaftig eine Nähnadel. « »Ei wirklich!« sagte der Freier, der seine Augen ordentlich anstrengen musste, um die Nadel in der Höhe zu bemerken, »das ist wirklich eine Nähnadel!« und dachte bei sich: »Das Mädchen sieht doch schärfer, als die Leute wohl denken mögen; die nimm nur!« So gingen sie denn ganz einmüthig zusammen in die Stube und setzten sich an den Tisch. Mit dem so brachte die Muhme das Vesperbrod herein, hatte auch eine schöne große Butterbemme beigelegt und stellte das alles vor die Brautleute auf den Tisch. Wie nun Ilsabein die große Butterwälze da so auf dem Tische stehen sah, meinte sie nicht anders, als ihre weiße Katze wär's, welche von dem Vesperbrode naschen wollte. »Schuh! « rief sie, »Katzut! « und klappte mit der Hand in die weiche Butter. Da merkte der Freier, daß das Mädchen doch nicht gut sehen konnte, stand auf, sah nach der Uhr und that, als ob er noch etwas Eiliges zu bestellen hätte. »Ich muß jetzt fort, « sagte er, »Adieu, mein Schatz, bis Morgen! « Damit ging er zur Thüre hinaus, kam aber niemals wieder, so daß die arme Ilsabein wieder warten und warten musste; und wenn sie noch nicht gestorben ist, dann wartet sie heute noch.


## 5. Gerdmann un Alheid.

Dar was äis en gante un en goos, un de gante häit Gerdmann un de goos häit Alheid, de beiden güngen in der harwesttit te hope henut up dat stoppelfeeld un föngen dar täo fräten an. Gerdmann, ans de kläukeste, bleef jümmer up den hogen rüggen van'n stücke, wo häi

säen könne, wat rund ümme her passiren döe, de goos Alheid fratt
awerst in der däipen fore hendal, dar stünnen de besten greunen
spiere, denn dat wäit'n woll, dat et dar jümmer natt is, un wenn
emeihet werd, säo kann'n ok mit der seessen nich orntliken
heninraken. Et dure nich lange, säo maoke Gerdmann up äis sinen hals
säo lang un keek sick ümme. Do sach häi, dat de voss ganz liseken
langs in der fore herdal sleek un der goos jümmer nöger kam. Do
wolle häi der goos beschäid seggen un räip:
»Alheid!
Sühst du nich, wat dar in der fore geit? «
De goos bleef awerst jümmer mit fräten värtüge un antwore nix ans:
»Tatterattatt, tatterattatt!
Ette wat, ette wat! «
un meene, Gerdmann schölle fräten un dat kören laten.
De voss, de sick mitterwile dal eduked harre, kam nu weer nöger un
nöger. Do räip Gerdmann täon twäiten male:
»Alheid!
Sühst du nich, wat dar in der fore geit? «
Awerst Alheid keek sick nich ümme un antwore nix ans:
»Tatterattatt, tatterattatt!
Ette wat, ette wat! «
Dat schölle säo viäl häiten ans: kör hen, kör her! ek säie nix! Mit
dessen was de voss ganz dichte herbi ekuomen; un Gerdmann räip
täon drüdden male:
»Alheid!
Sühst du nich, wat dar in der fore geit? «
Un de goos antwore weer:
»Tatterattatt, tatterattatt!
Ette wat, ette wat! «
In densülbigen ogenblicke sprung de voss täo un packe mine läiben
goos bi'n hals. Do fong se an täo schräin un räip: »Gerdmann,
Gerdmann help mi doch! Sühste nich, wo häi mi ritt, wo häi mi tüht?!
«
»Recht di dat, recht di da–at!« räip Gerdmann, breede sine flitke ut un
streek aber dat feeld hen na sinen dörpe hentäo.
Dat, min junge, is de geschichte van den kläoken ganten Gerdmann un
der dummen goos Alheid.

**Gerdmann und Alheid** (hochdeutsch).

Gerdmann der Gante und Alheid die Gans gingen mal in der
Herbstzeit aufs Feld hinaus. Gerdmann, der vorsichtige, blieb auf dem
hohen Rücken des Ackers, von wo er weit umher sehen konnte,
während Alheid in der tiefen Furche fraß, weil da die grünsten Spiere
standen. Als nun der Fuchs heran geschlichen kam, rief Gerdmann
warnend:
»Alheid,
sühste nich, wat dar in der fore geit? «
Doch Alheid schnatterte sorglos:
»tatterrattat!
ette wat, ette wat. «
Inzwischen schlich der Fuchs immer näher. Zweimal noch vergebens
erhob Gerdmann seine warnende Stimme. Jetzt sprang der Fuchs zu
und packte Alheid beim Halse. Da schrie sie kläglich:
»Gerdmann, Gerdmann, sühste nich,
wo häi mi ritt, wo häi mi tüht? «
Aber Gerdmann rief: »Recht di da–t, recht di da–t! « breitete seine
Fittiche aus und flog ins Dorf zurück.


## 6. Das harte Gelübde.

In einem wilden, wüsten Walde verirrte sich eine Frau. Als nun die
dunkle Nacht hereinbrach, überkam die Frau eine große Angst, so daß
sie seufzend sprach: »Weh! Wie komme ich zu Haus! Wenn doch wer
käme und mir den Weg wiese aus dieser Wildnis! « Da trat aus dem
Gesträuch ein graues Männchen. »Wenn du mir versprichst, Frau, was
du jetzt unter deinem Herzen trägst, so will ich dich hinausgeleiten,
daß du bald zu Hause bist. « Das versprach die Frau in ihrer Angst,
und als sie es versprochen hatte, lachte das Männchen mit Hohn laut
auf und rief: »Der Knabe unter deinem Herzen ist mein! Nach zwölf
Jahren bringst du ihn mir zu dieser selben Stunde, zu dieser selben
Stelle, oder ich fordere ihn selbst. Dann will ich ihm drei Fragen
aufgeben; kann er die beantworten, so habe ich keine Macht über ihn;
sonst gehört er mir für alle Ewigkeit. «
Darauf brachte das graue Männchen die Frau bald aus dem Walde,
daß sie wieder zu Haus kam.

Eine Zeit darnach kriegte die Frau einen kleinen Jungen, der war ein stilles gutes Kind, wuchs heran und war so gelehrig, daß sich alle Leute darüber verwundern mussten. Seine Mutter aber hatte keine frohe Stunde mehr; immer und immer musste sie daran denken, daß sie ihr liebes gutes Kind dem Bösen versprochen hatte. Wenn sie dann dem Knaben sein Brot schnitt, so sah sie ihn immer so traurig dabei an und konnte das Weinen nicht lassen. Da faßte das Kind ihre Hand und sagte: »Mutter, warum seid Ihr nur so traurig und weint in einem fort? Gebt Ihr mir das Brot nicht gern, oder bin ich nicht gut und folgsam, daß Ihr immer weinen müsst, wenn Ihr mir das Brot gebt? Das sagt mir doch! « Aber sie weinte nur immer mehr und mochte es ihm nicht sagen, was ihr das Herz so schwer machte; bis der Knabe so lange bittend in sie drang, daß sie es doch endlich erzählte, wie sie sich in dem wilden Walde verirrt habe, wie das graue Männchen gekommen sei und daß sie ihm das Kind unter ihrem Herzen versprochen habe. »Mutter, « sagte da der Knabe, »das war hart! Doch lasst das Weinen und seid nur wieder froh; mit Gottes Hülfe mag noch endlich alles gut werden. « Darauf ist der Knabe noch lerneifriger geworden als vorher, und in der Schule haben ihm seine Lehrer alle Fragen, die nur zu erdenken gewesen sind, aufgeben müssen, und als er nun sein zwölftes Jahr erreichte, da hat er alle und alle Fragen beantworten können.
Zu der bestimmten Stunde brachte die Frau den Knaben in den Wald, und gingen auch seine Lehrer und viele Leute mit. Als sie nun bald zu der Stelle kamen, mussten sie alle zurückbleiben; da ging der Knabe allein freimütig in den Busch, und ob ihm gleich durch des Bösen Anstiften allerlei feurige Gespenster begegneten, auch ein Fuder Heu mit Ochsen bespannt auf ihn zu kam, ihn zu schrecken, so ließ er sich doch nicht wirren, ging weiter und kam zur Stelle, wo das graue Männchen ihn erwartete. »Es ist dein Glück, daß du gekommen bist! « sprach er; »nun gib mir Antwort auf drei Fragen; kannst du sie nicht lösen, so greif ich dich. « »Sag her! « erwiderte mit ruhigem Mute das Kind. Da fragte das Männchen: »Was ist härter als ein Stein? « Das Kind antwortete: »Mutterherz. « »Was ist weicher als ein Daunenbett? « Das Kind antwortete: »Mutterschoß. « »Was ist süßer als Milch und Honig? « Das Kind antwortete: »Mutterbrust. « Da ist das Männchen verschwunden und abgestunken.
Als nun das Kind unversehrt heraustrat, sahen die, welche zurückgeblieben waren, daß ihm der Arge nichts hatte anhaben

können, und freuten sich, denn alle hatten das Kind lieb, weil es so klug war und so gut; da hat auch seine Mutter wieder frohe Tage erlebt.

## 7. Die böse Stiefmutter.

Meine Großmutter hat mir erzählt, es wäre mal eine kleine hübsche Dirne gewesen, die hat eine Stiefmutter und auch eine Stiefschwester gehabt. Die Stiefmutter ließ ihre rechte Tochter immer in schönen Kleidern gehen und that ihr alles zu Willen; sie brauchte auch gar nicht zu arbeiten; aber die Stieftochter musste den ganzen lieben Tag draußen am Brunnen sitzen und Garn winden, daß ihr der Faden zuletzt die Finger ordentlich blutig schnitt. Davon hatte sie aber wenig Dank, musste immer in lumpigem Zeuge gehen, und ihre Stiefmutter sagte ihr nichts als böse Worte. So saß sie auch mal wieder und wand und wand, und die Hände wurden ihr zuletzt so lahm von allem wickeln, daß ihr unversehends der dicke Knäuel in den Brunnen sprang. Da kriegte sie große Angst, denn die böse Stiefmutter hätte sie gewiß geschlagen, wenn sie den Knäuel nicht wiederbrachte. Darum stieg sie in den Brunnen hinab; der war wohl tief, aber ganz zerfallen und kein Wasser mehr drinn.

Wie das Mädchen nun unten auf den Boden kam, so war da eine ordentlich kleine Thür, die machte sie auf und ging hindurch; da war alles frei und schön. Dicht neben der Pforte lag auf einem Blocke ein großes scharfes Beil und Holz dabei, das rief: »Hau mich entzwei, hau mich entzwei! « Da nahm das Kind das Beil und hackte das Holz. Als es das gethan, ging es weiter und kam zu einem Backofen, drinnen rief das Brot: »Zieh mich raus, zieh mich raus. « Da zog das Kind das Brot aus dem Ofen, und als es nun weiter ging, begegnete ihm eine Kuh, die rief: »Melk mich, melk mich! « Das tat das Mädchen auch und ging weiter. Nicht lange, so begegnete ihm eine Ziege, die rief: »Melk mich, melk mich! « Als das Mädchen die auch gemelkt hatte, ging es weiter und kam zuletzt an ein Haus, davor saß eine alte Frau und spann und hatte einen Hund und zwei Katzen bei sich. »Du musst nun bei mir bleiben,« sprach die Alte zu dem Kinde, »und sollst es gut haben, wenn du alle Tage meinen Hund und meine beiden Katzen ordentlich flöhen willst; und dann habe ich da drei Stuben; zwei davon musst du jeden Morgen hübsch ausfegen, aber in die dritte darfst du bei Leibe nicht gehen, sonst geht's dir schlecht.«

Da ist denn das Mädchen bei der alten Frau geblieben, hat den Katzen und dem Hunde alle Tage ordentlich den Pelz besehen und auch die beiden Stuben gefegt; aber in die dritte Stube ist es nicht hineingegangen.

Als nun der Sonntag herankam, zog die alte Frau ihr Sonntagskleid an und sagte zu dem Kinde: »Ich will jetzt zur Kirche, darum geh mir derweilen nicht weg, sondern achte gehörig auf das Haus. « Damit ist sie fort in die Kirche gegangen. Das Mädchen aber, während es so ganz allein im Hause war, überkam eine große Neugierde zu wissen, was die alte Frau wohl in dem dritten Zimmer haben möchte; es ließ ihr auch nicht eher Ruhe, bis sie das Zimmer aufgeschlossen hatte. O Leute! Was war da für vieles Geld! Ein Sack stand neben dem andern; hier Kupfergeld, hier Silbergeld, da nichts als lauter Gold. Da raffte das Mädchen schnell einen kleinen Sack voll Gold in seine Schürze, sprang aus dem Hause und fort.

Zuerst begegnete ihm die Ziege, der rief es zu: »Verrath mich nicht! « »Ich verrath dich nicht, « sagte die Ziege; »aber lauf was du kannst. « Da kam es zu der Kuh und rief wieder: »Verrath mich nicht! « »Ich verrath dich nicht, « sagte die Kuh; »aber lauf was du kannst! « Da lief das Mädchen weiter, so schnell es nur konnte.

Mittlerweile war aber auch die alte Frau aus der Kirche wieder nach Hause gekommen; als sie sah, daß die dritte Stube offen und das Mädchen fort war, sprang sie schnell hinaus und hinterher. Zuerst kam sie zu der Ziege und fragte: »Ist hier nicht eben eine kleine Dirne vorbeigelaufen? « »Ne! « sagte die Ziege; »ich habe hier keine Dirne gesehen. « Da lief die Alte weiter zu der Kuh und fragte wieder: »Ist hier nicht eben eine kleine Dirne vorbeigelaufen? « »Nein! « sagte die Kuh; »ich habe keine Dirne laufen sehen. « Da ist die alte Frau wieder umgekehrt, denn sie hat gemeint, das Mädchen müsste wohl einen andern Weg gelaufen sein.

Das Mädchen ist aber glücklich durch den Brunnen wieder heraufgekommen, ist zu seiner Stiefmutter und seiner Stiefschwester gelaufen und hat ihnen das viele Gold gezeigt und gesagt: »Seht! Das habe ich alles von einer alten Frau gekriegt, die da unten im Brunnen wohnt. « Wie das die Stiefschwester hörte, trieb sie der Neid, daß sie auch alsbald in den Brunnen hinabstieg, die alte Frau zu suchen, von welcher ihre Schwester das Gold hatte. Sie fand unten auch die kleine Thür, und als sie hindurchging, lag da der Klotz mit dem großen Beil und Holz daneben, das rief: »Hau mich entzwei, hau mich entzwei! « »Ich will dir was flöten! « sagte das Mädchen, denn es war ganz erschrecklich faul und mochte keine Arbeit tun. Als es eine Strecke weiter gegangen war, kam es zu einem Backofen, darinnen rief das Brot: »Zieh mich raus, zieh mich raus! « »Ich will dir was flöten! « sagte das Mädchen, und ging weiter. Mit dem, so begegnete ihr eine Kuh, die rief: »Melk mich, melk mich! « »Ich will dir was flöten! « sagte das Mädchen, und als es nun weiterging, kam es zu einer Ziege, die rief auch: »Melk mich, melk mich! « »Ich will dir was flöten! « sagte das Mädchen wieder und ging ihres Weges. Zu letzt kam sie auch an das Haus, wo die Alte saß und spann. »Du musst nun bei mir bleiben,« sprach die Alte, »und sollst es gut haben; aber jeden Tag musst du meinen Hund und meine beiden Katzen ordentlich flöhen; und dann habe ich drei Stuben, davon musst du zwei jeden Morgen hübsch ausfegen, aber die dritte darfst du ja nicht aufmachen, sonst geht es dir schlecht.« Da ist denn das Mädchen bei der alten Frau geblieben.

Den nächsten Sonntagmorgen, als es Zeit war in die Kirche zu gehen, zog sich die Frau hübsch an, nahm ihr Gesangbuch und sagte, als sie wegging: »Ich will jetzt mal in die Kirche; darum so achte mir ordentlich auf das Haus, bis ich wiederkomme. « Damit ist sie fortgegangen. »Jetzt ist's Zeit! « dachte das Mädchen; »nun sollst du doch mal zusehen, was in der dritten Stube ist! « Und als es die aufmachte, stand da ein Goldsack neben dem andern. Schnell raffte es sich die Schürze voll Goldstücke und lief fort aus dem Hause. Mittlerweile war aber auch die alte Frau aus der Kirche zurückgekommen. Als sie sah, daß die dritte Stube offen und das Mädchen fort war, sprang sie schnell hinaus und hinterher. Zuerst kam sie zu der Ziege und fragte: »Ist hier nicht eben eine kleine Dirne vorbeigelaufen? « »Ja wohl! « sagte die Ziege; »da ist sie hingelaufen. « Dann kam die Frau zu der Kuh und fragte wieder: »Ist hier nicht eben eine kleine Dirne vorbeigelaufen? « »Ja wohl! « sagte die Kuh; »dort hinten läuft sie noch. « Da hat sich die alte Frau getummelt, was sie nur konnte, und gerade, als das Mädchen durch die Brunnenthüre entspringen wollte, faßte es die Alte bei den Haaren, nahm das große Beil, was da lag, und hackte ihm damit den Kopf ab.

## 8. Die Zwerghütchen.

Mi is fär wisse un wohr vertellt, et härre sick täo edrägen, ans en
scheper des abends bi sinen schapen up'n feele lag, dat dar dichte bi
öhne herüm fine stimmen wach wören, däi räipen äin na'n ander:
»Smiet häutken herut, smiet häutken herut!« »I! « dachte de scheper,
»dat schost du doch ok äis räopen«, un räip ok: »Smiet häutken herut,
smiet häutken herut! « Do antwore'ne stimme ut der ere: »Is näine
mehr, ans den grotevaar sin häot? « »Is ok all gäot!« säe de scheper,
un kuum dat häi dat woord esegt harre, säo satt ok all en häot up sinen
koppe, un häi sach nu, dat rund ümme öhne herüm viäle lütke twarge
wören, de danzen, süngen un sprüngen. »Juchhe, hochtit! Scheper ga
mee! wi willt üsch äis en recht lustigen abend maoken. « Un do
vertellen säi den scheper, dat säi in't dörp na'r hochtit wollen un
spreuken öhne täo, dat häi ok mee gaen schölle, denn säo lange ans en
jeder sinen häot up'n koppe behäile, säo lange könne säi näin minsche
täo säin kriegen.

De scheper läit sick bekören un gung mee; un up der hochtit dar
wören säi alle recht lustig, drünken win un äiten braen un dicken ries,
säo viäl ans säi man jümmer möchten. Ans de twarge nu genäog
egiäten un edrunken harren un weer na hus mössten, häilen säi rat
ünder sick, wo säi't wol up'n besten anföngen, dat säi den scheper den
häot weer afnäimen, denn öhren grotevaar sinen häot dröften säi doch
nich in stiche laten. Nu was awerst de scheper säo lang un groot tiägen
de twarge, dat säi öhne gar nich afrecken können, un mit goen den
häot weer hergiäben dat wolle häi ok nich. »Teuf! dachten do de
twarge; di will wi anföhren!« un bekören den scheper, de ok all en
lütken täo viäl harre, häi schölle sick spaosses halber äis dä böxen los
maoken un sick baben den grooten riesnapp setten, de dar vär brut un
bröejam up'n dische stund. De scheper, de sick up sine unsichtbarkeit
verläit, döe dat ok; säo bolle awerst, ans häi sick nu lütk un krumm
maoke, sleugen öhne de twarge sinen häot van'n koppe un läipen weg.
Dar satt nu de scheper up äis anse botter an der sünnen, un en jeder
äine was an't erste ganz verwundert un röge sick nich. Dat dure awerst
nich lange, do füngen de fräonslüe luer täo juuchen an un de kerelslüe
haolen öhre witkedören stöcker ut der ecken un swüngen den
swiniägel foorts täo'r dönzen un darna täo'n huse henut.

**Die Zwerghütchen.** (Hochdeutsch.)

Als eines Abends ein Schäfer bei seiner Herde auf dem Felde lag, sah
er viele ganz kleine Zwerge, die riefen in ein Erdloch hinein:
Smiet häutken herut,
und jeder kriegte ein Hütchen herausgeworfen, und wenn er es
aufsetzte, wurde er unsichtbar. Das gefiel dem Schäfer. Er rief auch in
das Loch:

Smiet häutken herut.

Da rief es von innen:

Is näine mehr

ans den grotevaar sin häot.

Aber der Schäfer antwortete:

Is ok all gäot.

Und das traf sich auch günstig, denn der größere Hut war für den
dicken Kopf des Schäfers grad passend. Im Dorf war Hochzeit. Da
gingen die Zwerge hin, und der Schäfer ging mit, und weil sie keiner
sehen konnte, aßen und tranken sie, so viel sie nur wollten. Nun hätten
die Zwerge ihrem Großvater seinen Hut dem Schäfer gern wieder
abgenommen. Sie konnten nur nicht dran reichen. Da beredeten sie
den Schäfer, er sollte sich doch über die große Schale mit Reisbrei, die
auf dem Tische stand, zum Spaß mal in die Hurke setzen, und wie er
das tat und sich klein machte, schnupp, rissen ihm die Zwerge den Hut
weg, so daß er plötzlich dasaß in seiner Blöße vor den Augen der
Hochzeitsgäste. Und so'ne Tracht Schläge, wie da, meinte der Schäfer,
hätt er vorher noch nie gekriegt.


**9. Königin Isabelle.**

Es hatte ein armer Mann einen einzigen Acker; da kamen die großen
reichen Bauern daher, fragten nicht lange, sondern bauten auf des
armen Mannes Acker einen langen Schafstall. Alle Einreden waren
vergeblich, so daß der Mann mit seiner Klage endlich vor den König
ging. »Gib dich nur zufrieden, « sprach der König; »ich will dir einen
andern Acker geben. « Das that er auch.
Wie nun der Mann daran ging, ihn zu bestellen, grub er aus der Erde
heraus einen goldenen Mörserkolben, aber den Mörser dazu konnte er
nicht finden, so viel er auch suchen mochte. Da sprach er zu seiner
Tochter, die hieß Isabelle: »Isabelle«, sprach er, »der König hat uns

doch das Land geschenkt, nun will ich ihm auch den goldenen Kolben schenken, den ich in dem Lande gefunden habe. « Darauf entgegnete Isabelle: »Ich rath Euch, Vater, laßt das lieber sein; denn wenn der König den Stößer sieht, so wird er auch nach dem Mörser fragen, und wenn Ihr den nicht schaffen könnt, so wird er meinen, Ihr hättet ihn für Euch behalten.« Aber der Mann ließ sich nicht bereden, sondern ging hin vor den König. »Mit Gunst, Herr König! Ich wollte Euch wohl einen goldenen Stößer bringen, den habe ich in dem Acker gefunden, den Ihr mir neulich geschenkt habt, so Ihr noch wohl wissen werdet. « »Gut das! « sprach der König; »aber, lieber Mann, der Mörser, wo ist denn der? « »Mit Verlaub, Herr, den Mörser fand ich nicht, so viel ich auch gesucht habe. « »Ei Mann! « sprach der König; »wo der Stößer ist, da muß doch auch der Mörser sein; du möchtest ihn wohl gern für dich behalten? « »Gewiß und wahrhaftig, Herr König, den Mörser habe ich nicht. « »Ja, warte nur, Bösewicht! « fuhr der König voll Zorns heraus; »ich will dich setzen lassen bei Wasser und Brot, und nicht eher sollst du loskommen, bis du mir kund tust, wo du den Mörser ließest, der zu dem goldenen Stößer gehört. « Da ließ der König den armen Mann ins Gefängnis werfen; der fing an zu klagen und rief in einem fort: »Hätt' ich doch meiner Tochter geglaubt! « Als das dem König hinterbracht wurde, ließ er ihn vor sich fordern und fragte ihn, warum er denn immer riefe: »Hätte ich doch meiner Tochter geglaubt! « Da erzählte er dem Könige, wie ihm seine Tochter vorhergesagt hätte, daß es alles so kommen würde. Sprach darauf der König: »Wenn Eure Tochter wirklich so klug ist, wie Ihr sagt, so möchte ich sie wohl sehen und auf die Probe stellen. « Und sogleich sandte er seine Diener aus und ließ sie rufen.

Als Isabelle nun vor den König kam, redete er sie an und sprach: »Ich habe viel von deiner Klugheit reden hören, darum will ich dir jetzt eine Aufgabe stellen, du sollst zu mir auf mein Schloß kommen; nicht nackt und nicht bekleidet, nicht gegangen und nicht geritten, nicht zu Pferde und nicht zu Wagen, nicht bei Tage und nicht bei Nacht; wenn du das kannst, so will ich dich zur Frau nehmen und sollst die Königin sein.« Da hat das Mädchen gesagt: ja, das wollte sie wohl können und ist fortgegangen.

Den nächsten Mittwoch nahm sie ein Fischnetz, da kroch sie splitternackt hinein, band es einem Esel an den Sattel, doch so, daß sie eben mit den großen Zehen den Boden streifte und ließ sich hintragen

zu des Königs Schlosse; so kam sie denn an: nicht nackt und nicht
bekleidet, nicht gegangen und nicht geritten, nicht zu Pferde und nicht
zu Wagen, nicht bei Tage und nicht bei Nacht, denn es war an einem
Mittwoch[1] morgen. Als das der König sah, verwunderte er sich zum
höchsten über ihre Klugheit und sprach: »Ich will dich nun zu meiner
Frau annehmen; nur eins muß ich mir zuvor noch ausbedingen, daß du
mit allem zufrieden bist, was ich thue, es mag sein, was es will;
solltest du aber jemals dawider sein, so werde ich dich aus meinem
Hause verstoßen.« Das musste sie dem Könige versprechen; der nahm
sie dann zur Frau.

Eine Zeit darnach kriegte die Königin ein kleines Kind, das war ein
Mädchen. Da sprach der König: »Ich will das Kind von der Welt
schaffen lassen; wir haben doch nur Last davon. « Da bebte der
Königin das Herz in der Brust vor Schrecken, aber doch blieb sie
ihrem Versprechen getreu und antwortete: »Wenn Ihr es wollt, Herr,
so bin ich zufrieden. « So ließ denn der König das Kind von seinen
Dienern hinwegtragen.

Es verging eine Zeit, da kriegte die Königin ein zweites Kind, das war
ein Knabe; und wieder sprach der König: »Ich will das Kind von der
Welt schaffen wir haben doch nur Last davon. « »Wenn es Euer Wille
ist, Herr, so bin ich zufrieden«, sagte Isabelle, ob es ihr gleich an die
Seele ging, daß sie sich von ihrem lieben, unschuldigen Kinde
scheiden sollte. So ließ es denn der König durch seine Diener
hinwegtragen. Die Zeit verging, aber die Königin kriegte nun keine
Kinder mehr; sie verschloß ihre Traurigkeit in der Brust, ohne jemals
gegen den König zu murren.

Nun trug es sich einstmals zu, daß ein Bauer mit Mähre über Feld zog,
und als er zu eines andern Bauern Hofe kam, wo er Geschäfte hatte,
band er derweilen sein Pferd an einen Wagen, der mit Heu beladen
war. Da traf es sich, daß die Mähre ein Füllen warf; das freute den
Mann sehr; als er aber das Füllen mit sich hinweg führen wollte, trat
der, welchem das Fuder Heu gehörte, hinzu und sagte: das ginge nur
nicht so; das Füllen käme von Rechts wegen ihm zu, weil die Mähre
an seinem Fuder Heu gestanden hätte, als sie das Füllen zur Welt
brachte. Weil sie nun darüber in heftigen Streit geriethen, so gingen
sie zuletzt mit ihrer Klage vor den König; der that den Ausspruch: daß
der das Füllen haben sollte, an dessen Wagen die Mähre gestanden
hätte. Der Bauer, dem das Füllen zugesprochen war, ging mit

lachendem Munde fort, der andere aber war ganz traurig über des
Königs ungerechte Entscheidung. Da ward ihm gesagt, er solle zur
Königin gehen, die wäre sehr klug und herzlich gut und könne ihm
vielleicht einen nützlichen Rath geben. Ging da der arme Bauer zu der
Königin und stellte ihr seine Sache vor. Da sprach sie: »Kaufe dir ein
Fischnetz, und Morgen früh, wenn der König mit seinen Leuten durch
die Stadt gehet, ziehe das Netz über die Pflastersteine, als wolltest du
Fische fangen.« Wenn dich dann der König fragt, so antworte ihm:
»ebenso gut, wie ein Fuder Heu ein Füllen werfen kann, ebenso wohl
kann ich auf dem Pflaster hier auch Fische fangen. « Der Bauer that,
wie ihm die Königin gesagt hatte; und als er nun am andern Morgen
sein Netz durch die Straßen zog, kam der König mit seinen Hofleuten
auch bald des Wegs gegangen und fragte verwundert: was er denn da
thäte. »Ich fische, « sagte der Bauer. »Aber, guter Freund, « sprach
der König, »wie magst du in den Straßen fischen, da doch kein Wasser
ist? « »Ei, Herr!« entgegnete der Bauer; »ebenso gut, wie ein Fuder
Heu ein Füllen zur Welt bringen kann, ebenso gut kann ich auf der
Straße hier auch Fische fangen.« Da erkannte der König den Bauer
wieder und sprach: »Du sollst dein Füllen ersetzt haben; aber den
Einfall mit dem Netze, den kann dir niemand gesagt haben, außer der
Königin, das merk ich wohl. « Jetzt ist der König von da gleich zu der
Königin gegangen und hat gesagt: »Ich sehe wohl, daß dir, was ich
thue, nicht recht ist; darum musst du noch heute mein Haus verlassen
und hingehen, woher du gekommen bist. « »Wenn das euer Wille ist,
« sprach Isabelle, »so will ich auch zufrieden sein. « Da ließ ihr der
König alte zerrissene Kleider geben und verstieß sie, daß sie arm und
halb nackt wieder zu ihres Vaters Hause kam; aber doch sprach sie
wider den König kein böses Wort.
Über eine Zeit, da ließ der König bekannt machen, daß er sich wieder
vermählen wolle; und als nun die Hochzeit sein sollte, sandte er einen
Boten an Isabelle: sie möchte doch kommen und in der Küche
behülflich sein. »Wenn es der König wünscht, « ließ sie widersagen,
»so will ich es gerne thun. « Zur bestimmten Zeit ging sie hin und half
in der Küche, und als alles zum Essen bereit war, ließ ihr der König
hinaussagen: ob sie nicht einmal hereinkommen und die neue Braut
sehen wollte. Wie sie nun hereintrat, saß da neben dem König eine
junge schöne Prinzessin und auch ein junger Prinz. Da sprach der
König: »Das ist meine Braut; nun sag, Isabelle, wie gefällt sie dir? «

»O, sehr gut, « sagte sie; aber bei den Worten brach ihr Schmerz hervor, daß sie bitterlich weinen musste. »Weine nicht, Isabelle, « sprach der König und faßte sie bei der Hand; »sieh! die da sitzt, ist nicht meine Braut, sondern unsere Tochter, und da ist auch unser Sohn; sie sind nicht todt, wie du geglaubt hast, sondern gesund und wohl; deine Prüfungszeit ist aus, und nun sollst du wieder frohe Tage haben. « Da sind die Kinder ihrer Mutter um den Hals gefallen und alle haben sie angefangen zu weinen vor lauter Freude. Der König aber und die Königin haben noch einmal Hochzeit gehalten und haben glücklich zusammengelebt bis an ihr Ende.


## 10. Die bestrafte Hexe.

Es ist einmal eine rechte alte Hexe gewesen, die hatte zwei Töchter, eine rechte Tochter und eine Stieftochter, und die Stieftochter war schön und gut, die rechte Tochter aber boshaft und häßlich. Da kam ein junger Jäger, nahm die Stieftochter zur Frau, weil sie ihm gut gefiel und zog mit ihr in sein Haus, das im Walde lag. Die alte Hexe stellte sich dazu ganz freundlich; in ihrem Herzen wußte sie sich aber vor Ärger und Bosheit nicht zu lassen, darum, daß der Jäger ihre eigene Tochter nicht genommen hatte, sondern die Stieftochter, die sie gar nicht leiden konnte.

Über eine Zeit kriegte die Jägersfrau einen kleinen Jungen und musste zu Bett liegen. Da wurde die Stiefmutter geholt, daß sie das Kind wüsche und anzöge, auch die Suppe kochte und sonst zur Hand wäre, wenn die kranke Frau ihrer bedürfen sollte. Der Jäger aber hatte zur Erheiterung und Kurzweil seiner Frau allerlei Vögel in die Stube gebracht, die sangen, und ein Spiel hatte er gemacht von allerlei Glocken, die klangen.

Dicht an dem Hause lag ein großer Teich, auf dem viele Enten schwammen. Nun stand eines Tages die Stiefmutter am offenen Fenster und sah auf den Teich hinaus, und weil des Jägers Frau schon wieder auf Besserung war und zuweilen aufstehen konnte, rief ihr die Hexe zu: »Steh doch auf, mein Kind, und sieh einmal die vielen Enten, die da auf dem Teiche schwimmen. « Ohne an Arges zu denken, stand die Frau auf und lehnte sich aus dem Fenster, und indem, so gab ihr das boshafte Weib einen heftigen Stoß, daß sie hinab in den Teich stürzte, und verwünschte sie in eine Ente; da

schwamm sie nun mit den anderen Enten auf dem Teiche herum. Ihr
Kind aber fing an zu weinen, und ihren Mann befiel zu derselben
Stunde eine große Traurigkeit und wußte doch nicht warum; die Vögel
sangen nicht, die Glocken klangen nicht. Da nahm die Hexe ihre
eigene Tochter, legte sie in der Frauen Bett und band ihr ein Tuch um
den Kopf, als ob sie krank wäre, so daß sie der Mann nicht erkennen
konnte, als er kam, seine Frau zu besuchen.

Als es nun Abend ward und die Magd allein in der Küche war, kam
auf dem Teich her eine Ente angeschwommen, die schnatterte vor dem
Gossensteine wie Enten thun: »Niep, Niep! Natt, Natt! « und dann
fing sie ordentlich an zu sprechen:

*»Weint mein liebes Kind auch noch?*

*Weint mein lieber Mann auch noch?*

*Singen meine Vögel auch noch?*

*Klingen meine Glocken auch noch? «*

*Da antwortete die Magd:*

*»Eure Glocken klingen nicht,*

*Eure Vöglein singen nicht,*

*Euer Mann und Kind die weinen.«*

Darauf ist die Ente wieder weggeschwommen. – Den zweiten Abend
kam sie wieder, steckte den Kopf durch das Gossenloch und
schnatterte ganz betrübt: »Niep, Niep! Natt, Natt! « und dann fing sie
an zu sprechen:

*»Weint mein liebes Kind auch noch?*

*Weint mein lieber Mann auch noch?*

*Singen meine Vögel auch noch?*

*Klingen meine Glocken auch noch? «*

Und die Magd antwortete:

*»Eure Glocken klingen nicht,*

*Eure Vöglein singen nicht,*

*Euer Mann und Kind die weinen.«*

Darauf sprach die Ente: »Nun komme ich noch ein einziges Mal; dann
fasse mich und haue mir den Kopf ab, so bin ich erlöst, « und
schwamm fort. Das alles erzählte die Magd ihrem Herrn, der sagte:
»Wenn die arme Ente so erlöst werden kann, so musst du es thun. «
Als nun die Ente den dritten Abend wieder den Kopf durch das
Gossenloch steckte, faßte die Magd ein Beil und hieb ihn ab; in
demselben Augenblicke, da das Blut floß, wich der Zauber; die Frau

war erlöst und ging zu ihrem Manne; der freute sich, daß er seine liebe Frau wieder hatte, denn sie erzählte ihm, wie das alles so gekommen und welcher großen Gefahr sie entgangen war.

Der Jäger, der nun wußte, was die Stiefmutter für ein böses Weib war, ließ sich nichts merken, sondern sann, wie er sich am besten an ihr rächen könnte. Auf den andern Abend lud er eine große Gesellschaft; doch musste seine Frau noch zurückbleiben. Wie sie nun alle zu Tische saßen, stand der Jäger auf und fragte, was sie wohl meinten, daß der Mutter geschehen müßte, die ihre Tochter in ein unvernünftiges Thier verwünscht hätte. Da sprang die Stiefmutter auf von ihrem Stuhle und war ganz verblendet und schrie: »Die verdient, daß sie in ein durchnageltes Faß gesteckt und darin so lange gewälzt wird, bis sie todt ist. « »Du hast dir selbst dein Urtheil gesprochen, du Hexe! « rief der Jäger und ließ seine Frau herein in die Stube treten. Wie das die Hexe sah, daß sie verrathen war, ward sie kreideweiß vor Schreck und stürzte der Länge nach auf den Boden hin. Da wurde sie in ein Faß gesteckt, welches mit eisernen Nägeln durchschlagen war; das wurde auf den höchsten Berg gebracht und da hinabgerollt. So hat die Hexe ihren verdienten Lohn erhalten.


## 11. Die Bremer Stadtmusikanten.

Märlein vom Schafbock, Kuh und Ziegenbock, welche im Walde in ein Wolfshaus kamen. (Vgl. Bremer Stadtmusikanten von Grimm.)


## 12. Kükeweih.

Heuneken un häneken, däi breuen beer. Do säi dat häneken täo den heuneken: »Heuneken, ga äis henut un smecke dat beer. « Do gung heuneken henut un slog up dat fatt un keek in dat beer un fäll'r henin. Anse nu heuneken säo lange ute bleef un gar nich weer kamm, do säe dat häneken täo seck sülbest: »Eck mot doch äis täo kieken, wo min heuneken blinfft«, un gung henut in de küeken, da lag heuneken in den beere un was ganz matt und all half dote. Do nam häneken dat heuneken un dräog et henut in den gaaren un henge et up den hagen in de sünnen. Mittlerwile dat häneken weer in dat huus egahen was, kamm de kükeweih un hale dat heuneken weg. Anse nu häneken weer herut kamm un wolle na sinen heuneken säien, was min leiwet

heuneken wäge. Do woord häneken ganz bedreuwet un spann sinen
wagen an un före in de wie welt, ümme sin heuneken täo seuken.
Ünnerweges begegne öhne ne neihnateln, de säe, of sä woll mehe
upsitten könne. »Ja woll«, säe dat häneken, »sette di fär up, dat du
achter nich herdal fallst. « Danach kamm en Mühlstein un sette seck
ok mehe up. Nich lange, säo keimen se an den kükeweih sin huus, däi
was nich inne. De Mühlstein lähe seck up den riegel, de neihnateln
stack seck in dat stäolkissen un dat häneken flog up kükeweih sinen
heunerwiben, wo sin heuneken was. Anse kükeweih nu inkamm un
wolle seck up sinen stäol setten, do stack'n de neihnatel; do wolle häi
henut lopen, aberst de Mühlstein fölle'n up'n kopp un sleug en dot. Nu
sette seck häneken mit sin heuneken weer in sinen wagen un föhren na
huus. Un wenn se noch nich 'estörben sind, säo leiwet se van dage
noch.


### 13. Der Gärtner und die Kröte.

Ein Gärtner hatte einen schönen Garten, dahin kam immer eine ganz
dicke aufgeschwollene Kröte und fraß von dem schönen frischen
Salat, der da im Garten stand. »Die alte häßliche Ütsche, die wollen
wir todtschlagen, « sagten des Gärtners Knaben, »die frißt uns noch
all den schönen grünen Salat. « »Nein! « sprach der Gärtner ernst,
»das lässt! « Er nahm seine Schaufel, unterstach die Kröte, trug sie
langsam zu der Mauer, die rings um den Garten ging, und setzte sie
sanft und behutsam hinüber auf die andere Seite. »Da, « sagte er, »lauf
hin, wenn du ein Kind kriegst, so will ich Gevatter stehen. « Nicht
lange Zeit danach kam ein Zwerg zu dem Gärtner und bat ihn bei
seinem Kinde zu Gevatter. Der Gärtner nahm die Einladung an und
ging mit. Bei der Kindtaufe war alles aufs Beste eingerichtet. Als sie
aber zu Tische saßen, bemerkte der Gärtner mit einem Mal zu seinem
Schrecken, daß ein Mühlstein an einem Pferdehaar über seinem Kopfe
hing. Entsetzt von seinem Sitze aufspringend, wollte er das Weite
suchen; der Zwerg aber hielt ihn zurück mit den Worten: »Sei
unbesorgt. Ebenso wenig wie meine Frau am Leben geblieben wäre,
da sie als Kröte in deinen Garten kam, wenn du deinen Knaben nicht
gewehrt hättest, ebenso wenig würdest du lebendig von diesem Orte
gehen, wenn ich dein Leben nicht beschützte.« Der Gärtner konnte
jedoch keine rechte Fröhlichkeit wieder fassen und rüstete sich bald

zum Nachhause gehen. Beim Abschied füllten ihm die Zwerge seine
Taschen noch mit Pferdemist, der sich zu Haus aber in Gold
verwandelt hatte.


## 14. Bauer Pihwitt.

Ein Bauer hieß Pihwitt (Kiebitz); der pflügte mit seinem einzigen
Ochsen auf dem Felde. Über seinem Kopfe kreiste ein Kiebitz und
schrie: »Pih – witt. « – »So heiß ich, « sagte der Bauer. – »Pih – witt!«
»So heiß ich, « sagte der Bauer. – »Pih – witt! Pih – witt!« – »Ich sage
dir, « rief der Bauer ärgerlich, »schrei nicht immer so meinen Namen
oder ich werfe! « – »Pih – witt! Pih – witt! Pih – witt!« – Da nahm
Pihwitt seine Pflugschaufel und schleuderte sie nach dem Vogel hoch
in die Luft. »Pih – witt! Pih – witt!« Da flog er hin; aber die Schaufel
traf beim Herabfallen den Ochsen so heftig zwischen die Hörner, daß
er todt umfiel. »Oh, oh! « rief Pihwitt und kratzte sich hinter den
Ohren, »das ist doch ärgerlich; wenn das meine Frau erfährt, so wirds
einen schönen Lärm abgeben. Nur rasch dem Ochsen die Haut
abgezogen und zum Gerber damit, daß ich meinem Weibe wenigstens
das Geld für die Haut bringen kann. « Wie gesagt, so gethan. Der
Gerber war aber gerade nicht zu Haus, und da hatte der Edelmann
denn seine Abwesenheit wahrgenommen, um zu des Gerbers Frau zu
gehen, die ihm das Beste aufgetischt hatte, was sie in ihrem Haushalte
besaß; das durfte aber der Mann nicht wissen. Als nun Pihwitt ins
Haus trat, sprang der Edelmann rasch in eine große Tonne hinter der
Hausthür. Pihwitt that, als hätte er nichts gemerkt; ging zu der Frau
sprechend: »Wie stehen denn jetzt die Ochsenhäute im Preise? Ich
habe hier eine, die wollte ich wohl verkaufen. « »Ja, « sagte die Frau,
»sie kosten jetzt drei Thaler; aber ich kann euch die da nicht
abnehmen, denn mein Mann hat's Geld in den Kasten geschlossen und
ist nicht zu Haus. « »Na, « sagte Pihwitt, »gebt mir die alte Tonne, die
da in der Ecke steht, so mögt ihr dafür die Haut behalten. « »Ei, ja
wohl; wenn's weiter nichts ist, die mögt ihr immerhin nehmen, ist
doch zu nichts mehr zu gebrauchen. « Die Frau hatte aber nicht
gesehen, daß der Edelmann sich darin versteckt hatte.
Nun ging Pihwitt dabei, nagelte die Deckel recht fest zu, legte die
Tonne auf die Seite und rollte sie vor sich her zum Hause hinaus.
Nicht lange dauerte es, so rief's in der Tonne: »Wohin, wohin? « »Ins

Wasser, ins Wasser! « antwortete Pihwitt. »Ach, laß mich raus, ich will dir auch hundert Thaler geben. « »Ins Wasser, ins Wasser!« »Oh weh, « stöhnte es im Fasse, »ich gebe dir fünfhundert Thaler, nur laß mich raus. « »Nichts da, ins Wasser, ins Wasser!« »O weh, o weh; mach doch auf und laß mich leben, ich will dir auch tausend Thaler geben. « »No ja, « sagte Pihwitt, »so komm heraus; aber ich sage dir, gibst du mir die tausend Thaler nicht, so steck ich dich wieder in's Faß und rolle dich in den Fluß hinein. « Als der Edelmann heraus war, zahlte er dem Pihwitt das Geld. Der ging damit zu seiner Frau: »Sieh, Frau, die tausend Thaler habe ich für unsern Ochsen seine Haut bekommen. « »Ei, Mann,« rief die vor Freuden, »das ist der beste Handel, den du in deinem Leben gemacht hast;« und das war viel gesagt, denn sonst gab sie ihm nie recht und war niemals zufrieden, er mochte thun was er wollte.

Bald war es im ganzen Dorfe bekannt, daß Pihwitt seine Ochsenhaut so schrecklich gut verkauft hatte. Samt und sonders schlugen nun die Bauern ihre Ochsen todt und trugen die Haut zum Gerber. Der wies sie aber als Narren mit Spott zum Hause hinaus. Voll Grimmes kehrten sie zurück, griffen den Pihwitt, den Urheber ihres Unglücks, fest des Sinnes, ihn stracks in der Weser zu ersäufen. Nun war's gerad an einem Sonntagmorgen; und als sie unfern an einem Kirchlein vorüber kamen, da die Leute so schön zu der Orgel sangen, meinten sie, es sei gut, hier erst einzukehren und den armen Sünder dann nach dem Gottesdienste ins Wasser zu bringen. Sie steckten ihn darum in einen Schäferkarren, der nicht weit davon im Felde stand, schlossen die Tür und gingen zur Kirche.

Nicht lange, so trieb der Schäfer seine Heerde vorüber. Da rief Pihwitt drinnen im Karren:

*»Amtmanns Tochter will ich nicht!*
*Amtmanns Tochter will ich nicht! «*

»Narr, nimm es doch! « sagte der Schäfer. »O nein, o nein, es ist mir wahrhaftig nicht möglich; aber, wenn du sie willst, so mach auf und steig nur statt meiner hier herein. « Das ließ sich der Schäfer nicht zweimal sagen, half dem Pihwitt heraus und stieg dann selbst hinein. Da machte Pihwitt den Karren rasch fest zu und trieb dann die Heerde gemächlich dem Strome zu.

Als die Bauern endlich aus der Kirche kamen, setzten sie bald den Karren in Bewegung; und weil der drinnen fortwährend rief:

*»Die Amtmannstochter will ich wohl!*

*Die Amtmannstochter will ich wohl! «*

so hielten sie's für Spott, trieben den Karren eilig an den Uferrand und stießen ihn mit Hurrah in den Strom. Nach diesem nahmen sie den Heimweg; als sie aber von ungefähr über eine fette Trift kamen, ging da eine Heerde der schönsten Schafe, und der sie weidete, das war Pihwitt. »Ei, Pihwitt, « riefen die Bauern, »haben wir dich nicht eben in's Wasser geworfen? Wo kommst du her? « »Ja, ja, « sagte Pihwitt, »aus dem Wasser! aus dem Wasser! Als ich da unten ankam, das erste was ich faßte, war jener fette Leithammel, und als ich den nur hatte, kamen die andern Schafe gleich hinterdrein. Ich sollt's eigentlich nicht verrathen, aber es sind auf dem Grunde des Stromes noch viel mehr und, ich möchte fast sagen, noch schönere zu finden als diese hier. Darum seid so freundlich und werft mich noch einmal ins Wasser; denn selbst hineinzuspringen, dazu habe ich den Muth nicht. « »Ne, ne, « riefen die Bauern alle, »das thun wir nicht; die schönen Schafe wollen wir selber holen, « liefen darum schnell zum Flusse zurück und stürzten sich kopfüber hinein, daß sie versaufen mussten.
Pihwitt aber behielt die vielen Schafe und war reich, so lange er lebte.


## 15. Muschetier, Grenadier und Pumpedier.

Ein König hatte drei Töchter, die machten zu ihrer Lust einen Gang in den Wald und setzten sich unter die Blumen in das Gras und strickten. Da kamen des Weges her drei Riesen. Als die die schönen Königstöchter sahen, liefen sie herbei, hoben sie auf ihre Arme und schleppten sie tief in den Wald hinein, bis sie zu einer Höhle kamen. In die Höhle konnte man aber nur durch ein Seil gelangen; an dem ließen sich die Riesen mit ihren Prinzessinnen tief in die Erde hinab. Zuerst kamen sie in einen großen Saal; da hing an der Wand ein gewaltig langes Schwert und auf dem Tische stand eine Flasche Wein und lag ein Brief dabei. Hinter dem Saale waren aber noch drei andere Zimmer, für jeden Riesen eins; da hinein brachten sie die Königstöchter und sagten: Hier wollen wir zusammen wohnen. Und der erste Riese schenkte der ersten Königstochter eine goldene Sonne, der zweite Riese schenkte der zweiten Königstochter einen goldenen Mond, der dritte Riese gab der dritten Königstochter einen goldenen Stern. Aber die Prinzessinnen mochten die häßlichen Riesen doch

nicht leiden; sie wären viel lieber wieder zu Hause an des Königs
Hofe gewesen; darum saßen sie und weinten den ganzen Tag.
Als es nun Abend wurde und die Königstöchter noch immer nicht
zurückkamen, sandte der König seine Diener aus, daß sie im Walde
nach ihnen suchen möchten. Sie fanden aber nur die drei Strickzeuge,
welche die Prinzessinnen zurückgelassen hatten; und als sie nun auch
die Spur der Riesen im Grase sahen, sprangen sie eilig aus dem
Walde. Der König, als er die Kunde vernommen und die drei
Wahrzeichen erblickte, fiel in große Traurigkeit, legte Trauerkleider
an mit seinem ganzen Hofe und gab Befehl, daß man die ganze Stadt
mit schwarzem Flor überziehen sollte. Nachdem ließ er ausschreiben
und bekannt machen in seiner Stadt und seinem Reiche, daß dem viel
Geld und großer Lohn verheißen sei, der es wagen und ausführen
würde, die Königstöchter aus der Gewalt der Riesen zu befreien.
Da traten dreie aus des Königs Heer, die nannten sich Muschetier,
Grenadier und Pumpedier, und wollten Hals und Leben wagen, daß sie
die Königstöchter befreien und den Lohn erlangen möchten. Sie
schnürten ihre Bündel und zogen in den Wald hinein. Acht Tage
waren sie schon herumgewandert; das Reisebrod ging zu Ende und
Grenadier und Pumpedier meinten, es sei besser umzukehren als in
dem Walde zu verhungern oder gar den schrecklichen Riesen in die
Hände zu fallen. Aber Muschetier sprach ihnen Muth ein; daß es
schimpflich sei, auf halbem Wege umzukehren, daß sie doch nur
wenig zu verlieren, aber recht viel zu gewinnen hätten, und daß, wenn
sie umkehren wollten, er allein sein Glück versuchen wolle. Da gingen
sie mit. Es währte nicht lange, so kamen sie vor ein Schloß, das war
ganz todt und menschenleer, die Küche jedoch mit allen Vorräthen
wohl versehen. Das freute die drei Gesellen, die nun schon so lange
nur Trockenes gegessen, daß sie endlich einmal wieder warme
Löffelkost kriegen sollten. Sie kamen überein, daß zwei von ihnen auf
die Jagd gehen sollten, während der dritte das Essen koche; darum
zogen sie die Loose und kam die Reihe zuerst an Pumpedier. Der
zündete bald ein Feuer an, hängte einen Topf darüber und that Erbsen
und Speck hinein, denn das war der drei Gesellen Leibgericht.
Muschetier und Grenadier gingen derweilen auf die Jagd. Als nun
Pumpedier das Erbsengericht bereitet hatte, die beiden Gesellen aber
immer noch nicht zurück waren, setzte er sich allein zu Tische, weil er
großen Hunger hatte. Da trat zur Thür herein ein greises Männchen,

das trug in der Hand einen eisernen Stock und sprach den Gesellen an:
»Guten Tag, mein Herr! « »Schön Dank, mein Herr!«
»Ich meint, ich wäre hier ganz allein.
Es freut mich, daß hier auch Leute sein.
Denn ich muß mich von diesem Schloß nähren. «
Danach bat das Männchen den Gesellen um etwas Essen. Als er ihm
ein Brod gab, ließ es wie aus Versehen ein Stück davon auf die Erde
fallen; der Gesell bückte sich, es wieder aufzunehmen; aber in
demselben Augenblicke saß auch das Männchen ihm auf dem Rücken
und schlug ihn so heftig mit seinem eisernen Stabe in den Nacken, daß
er die Besinnung verlor. Danach verschwand das Männchen.
Pumpedier war noch nicht lange wieder zu sich selbst gekommen, als
Muschetier und Grenadier von der Jagd zurückkehrten; er erzählte
ihnen aber nicht, wie es ihm ergangen war.
Den zweiten Tag kam an Grenadier die Reihe, das Haus zu hüthen. Er
kochte auch Erbsen und Speck; als er sich aber eben zu Tisch gesetzt
hatte, trat wieder das Männchen herein, sprach seinen Gruß, bat um
ein wenig Essen, ließ das Brod auf den Boden fallen, und als der
Geselle sich eilig danach bückte, sprang es ihm auf den Rücken und
schlug ihn mit seinem Eisenstab so lange, bis ihm die Besinnung
ausging. Als er wieder zu sich selbst kam, kehrten die beiden anderen
gerade von der Jagd zurück und fragten, wie's ihm gegangen sei. »O,
ganz gut,« sagte er, denn von den Schlägen wollte er nicht gerne
erzählen.
Den dritten Tag musste Muschetier den Haushalt versehen. Auch er
kriegte Erbsen und Speck zu Feuer, denn das mochten die drei am
liebsten essen. Als das Gericht nun fertig war, gedachte er, daß die
andern zwei noch lange außen bleiben könnten, nahm sein Theil
vorweg und stellte das Übrige in die Kohlen, daß es warm bliebe. Da
trat plötzlich durch die Thür herein das graue Männchen mit dem
eisernen Stabe. »Guten Tag, mein Herr.« – »Schön Dank, mein Herr!«
»Ich meint, ich wäre hier ganz allein.
Es freut mich, daß hier auch Leute sein.
Denn ich muß mich von diesem Schloß nähren. «
Darauf bat es um eine kleine Gabe. »Da hast Du Brod, « sprach
Muschetier und gab ihm ein gutes Stück; aber das Männchen versah's
mit Absicht, so daß das Brod auf die Erde fiel. »Wie? was? « sagte
Muschetier, »wirfst du Gottes Gabe auf die Erde? « sprang eilig herzu,

riß dem Männchen den Eisenstab aus der Hand und prügelte es damit
so tüchtig durch, daß es erbärmlich quickend durch die Thüre
entsprang. Nun setzte er sich mit Ruhe zum Essen nieder. Bald kamen
auch die beiden andern von der Jagd zurück; da wies ihnen
Muschetier den eisernen Stock und sagte: »Kennt ihr den? Mich
dünkt, daß es euch hier nicht zum Besten ergangen ist. « Da mussten
die zwei alles bekennen. »Wir haben uns hier nun lange genug
verweilt, « sprach Muschetier darauf; »es wird Zeit, weiter zu ziehen,
daß wir womöglich die Riesen bekämpfen und des Königs Dank und
Lohn empfangen mögen. « Ob nun gleich Grenadier und Pumpedier
gern noch länger in dem Schlosse verblieben wären, so mochten sie
doch allein das Wagstück nicht bestehen, entsagten darum der warmen
Löffelkost, füllten die Ranzen wieder mit trockener Ware und zogen
weiter in den dichten Wald hinein.

Acht Tage mussten sie wandern, da kamen sie endlich an das
Felsloch, welches in die unterirdische Höhle der Riesen führte. Weil
nun Grenadier und Pumpedier gänzlich der Muth entsank, so daß sie
lieber umkehren, als Hals und Leben wagen wollten, so unternahm es
Muschetier allein, in das dunkle Loch hinabzusteigen. Es ging nur ein
Seil hinunter, daran ließ er sich hinab, nachdem ihm seine Gefährten
hatten schwören müssen, daß sie ihn wieder aufziehen wollten, wenn
er unten das Zeichen geben würde. Zuerst kam er in den großen Saal;
an der Wand hing das Schwert, auf dem Tische stand die Flasche mit
Wein und daneben lag der Brief; darin stand geschrieben:
»Wer von dem Weine dreimal trinkt, der kann das Schwert bewegen
wie er will. «
Als Muschetier das gelesen hatte, trank er den Wein, holte das
Schwert von der Wand und öffnete leise die Thür, die in das Gemach
des ersten Riesen mit der goldenen Sonne ging. Es war gerade in der
Mittagszeit, und der Riese, vom Essen müde geworden, hatte seinen
Kopf in der Prinzessin Schooß gelegt und ließ sich von ihr lausen, wie
er das immer nach dem Essen zu thun pflegte. Durch das behagliche
Krauen war er aber fest eingeschlafen, so daß er tüchtig schnarchte.
Wie das Muschetier bemerkte, gab er der Königstochter ein Zeichen,
den Kopf des Riesen leise niederzulegen, holte weit aus mit dem
Schwerte und – klatsch! – mit einem Hiebe flog der Kopf vom
Rumpfe, daß er weithin auf den Boden rollte; aus dem Halse sprang
ein schwarzer dicker Blutstrahl, der Riese zappelte noch ein wenig mit

Händen und Füßen, dann war er still und todt. Mit dem wären wir also fertig!

Nun ging Muschetier in das Zimmer des zweiten Riesen mit dem goldenen Monde, der war auch eingeschlafen, hatte seinen Kopf in den Schooß der Königstochter gelegt und ließ sich von ihr lausen. Wie das Muschetier bemerkte, gab er ihr ein Zeichen, den Kopf des Riesen leise niederzulegen, holte weit aus mit dem Schwerte und – klapp! – mit einem Hiebe flog der Kopf vom Rumpfe, daß er weit hin auf den Boden kollerte; aus dem Halse schoß ein schwarzer Blutstrahl, der Riese zappelte noch ein wenig mit Händen und Füßen, dann war er todt.

Nun ging Muschetier in das Zimmer des dritten Riesen mit dem goldenen Stern, der war auch eingeschlafen, hatte seinen dicken Kopf in den Schooß der Prinzessin gelegt und ließ sich von ihr lausen, wie er das immer zu thun pflegte, wenn er was gegessen hatte. Wie das Muschetier bemerkte, so gab er der Königstochter ein Zeichen, den Kopf des Riesen leise niederzulegen, dann holte er weit aus mit seinem Schwerte; weil es nun oben schon stumpf geworden war, so wollte der Kopf erst gar nicht ab; der Riese schrie und spalkerte schrecklich, aber mit dem dritten Hiebe flog der Kopf vom Rumpfe, daß er weithin auf den Boden kollerte; aus dem Halse schoß ein schwarzer Blutstrahl, der Riese zappelte noch ein wenig, dann war er todt.

Da dankten die Königtöchter dem Muschetier vielmal für ihre Erlösung. Der brachte sie an den Ausgang der Höhle, gab den beiden Gefährten das Zeichen zum Aufziehen, und so wurden die Prinzessinnen nacheinander glücklich in die Höhe gezogen. Zuletzt hing sich Muschetier selbst an den Strick; da schnitten aber die treulosen Gesellen das Seil entzwei, weil sie ihre Zaghaftigkeit nicht wollten kund werden lassen, nahmen den drei Königstöchtern den Eid des Schweigens ab, zogen mit ihnen an den Königshof, machten da viel Geschrei von ihren Heldentaten und nahmen Lohn und Ehre und Dank des Königs für sich allein.

Nun hört, wie's Muschetier erging! Er war traurig in der Riesenhöhle zurückgeblieben, fand keinen Ausweg, wie er auch suchen mochte und meinte schon, das Tageslicht nie wieder zu sehen, als plötzlich das greise Männchen aus dem verwünschten Schlosse vor ihm stand, das aber schnell entfliehen wollte, als es seiner ansichtig wurde.

»Halt! « rief Muschetier, »bist du hereingekommen, so weißt du auch, wie man hier wieder herauskommt; zeige mir gleich einen Ausgang aus dieser Höhle, oder ich prügele dich noch einmal mit deinem eigenen Stocke. « Da wurde das Männchen ganz demüthig, denn Muschetier hatte den eisernen Stock noch bei sich, den er aus dem verwünschten Schlosse mitgebracht hatte. Das Männchen führte ihn vor einen großen Spiegel und ließ ihn da hinein sehen. Da wurde er zu einer Ameise, nahm die goldene Sonne, den goldenen Mond und den goldenen Stern, welche die Königstöchter vergessen hatten, in seinen Ranzen und kletterte an der Wand hinauf. Als er oben war, bekam er seine vorige Gestalt wieder, schritt rüstig weiter und kam nach acht Tagen aus dem Walde und in die Stadt des Königs. Da sprach er in der Bude eines Goldschmieds vor, den fragte er, ob er keinen Gesellen gebrauchen könne. »O ja! « sprach der Meister, »wenn du fleißig sein willst und eine goldene Sonne, einen goldenen Mond und einen goldenen Stern zu schmieden verstehst, so kommst du mir schon recht, Gesell! Denn die drei Dinge hat der König gestern bei mir bestellt und sagte, seine Tochter plagten ihn und ließen ihm keine Ruhe den ganzen Tag, weil sie durchaus eine goldene Sonne, einen goldenen Mond und einen goldenen Stern haben wollten. Nun bin ich in Verlegenheit, weil das Ding Eile hat, ich dergleichen aber nie gemacht habe, auch wohl nie zu Stande bringen werde. « »Seid ohne Sorgen, Meister«, sprach Muschetier; »darauf verstehe ich mich, denn das ist gerade mein Fach«; und verdingte sich also bei dem Goldschmiede. Am andern Tage ging er die Arbeit anzugreifen, in die Werkstätte, schloß aber die Thür hinter sich zu, »denn, « sprach er, »beim Arbeiten muß ich ungestört sein, das ist so meine Art«. Es währte nicht gar zu lange, so trat er wieder hervor, trug die goldene Sonne, den goldenen Mond und den goldenen Stern in seinen Händen, sie dem Meister zu zeigen, der den Gesellen ob seiner Kunst höchlich loben musste. »Nun will ich auch selber damit zum Könige, daß ich sehe, ob er noch etwas daran zu ändern habe«, sprach Muschetier, zog sich sauber an und ging auf des Königs Schloß. Als er nun vor den König gelassen wurde, so waren des Königs drei Töchter auch da, denen überreichte er die goldene Sonne, den goldenen Mond und den goldenen Stern, und als sie die drei Dinge und den Mann, der sie brachte, genauer ansahen, erkannten sie ihn, waren voller Freuden und sprachen zu ihrem Vater, dem Könige: »Lieber Vater, wir können nun und nimmermehr verschweigen, daß dies der Mann ist, der uns aus der Gefangenschaft der Riesen erlöst hat; die andern zwei aber haben mit Unrecht Dank und Lohn dafür genommen.« Da ließ der König Grenadier und Pumpedier vor sich fordern, schalt sie tüchtig aus und befahl, ihnen ihr Geld wieder abzunehmen und sie darnach in den festen Thurm zu werfen. Muschetier aber wurde ein angesehener Herr an des Königs Hofe und hundert Jahre alt. (Das ist aber in alten Zeiten gewesen, wo die Jahre noch kürzer waren als jetzt.)

### 16. Der dumme Hans.

Es ist einmal ein Junge gewesen, der war ein rechter dummer Hans, aber sonst ganz ordentlich und fleißig. Den schickte eines Tages seine Mutter in das nächste Dorf, wo seine Base gerade Hochzeit hielt, und sagte, als er wegging, zu ihm: »Hans, mein Junge,« hat sie gesagt, »nun mach dich nur recht lustig auf der Hochzeit, komm aber nicht zu spät wieder heim.« »Seid ohne Sorge, Mutter, « sprach Hans, »ich will lustig sein, daß es eine Art haben soll, « nahm seinen Hut und ging die Straße hin dem Dorfe zu. Als er aber vor seiner Base Haus kam, war darin eine Brunst entstanden und schlug die helle Lohe schon zum Dache heraus, so daß die Hochzeitsgäste hin und her rannten vor Schrecken und in großer Verwirrung. Da lief Hans eilig herzu, schwang lustig seinen Hut und schrie in einem fort: »Ju! Hochzeit. « Das verdroß aber die Leute sehr; darum riefen sie: »Stopft doch dem Narren das Maul; er will uns hier wohl noch gar zum besten haben. « Es waren auch gleich einige handfeste Männer bereit, die faßten Hans am Kragen und prügelten ihn, daß er schreiend aus dem Dorfe lief, auch nicht eher wieder zu laufen aufhörte, bis er bei seiner Mutter war. »Schon wieder da, Hans? « hat die Mutter gesagt. »Hat's dir auf der Hochzeit nicht gefallen? « »Ach ja, Mutter, das schon, « sagte Hans; »aber als ich hinkam, da brannte meiner Base Haus, und da habe ich in einem fort geschrien: ju! Hochzeit! ju! Hochzeit! und da haben mich die Leute geprügelt und da bin ich weggelaufen«. »Das war nicht recht, Hans, « sagte die Mutter; »da hättest du rufen müssen: He, Feuer, Feuer! Wasser her! Wasser her!« »Gut Mutter, « sprach Hans, »wenn's wieder so kommt, will ich's schon besser machen. « Nun schickte ihn nach einiger Zeit die Mutter in die Stadt, beim Bäcker Brod zu kaufen; als er da die Glut im Backofen bemerkte, fing

er gleich groß Geschrei an: »Feuer! Feuer! Wasser her! Wasser her! «
griff auch in Eile den ersten besten Eimer und goß Wasser damit in
die Flamme. Auf den Lärm sammelte sich bald eine große Menge
Menschen mit Feuereimern, den Brand damit zu löschen; wie die
sahen, daß sie gefoppt waren und nirgends Feuer war, außer im
Backofen, prügelten sie den Hans zur Stadt hinaus, daß er heulend zu
seiner Mutter lief. »Ei, Hans, was heulst du denn so? « fragte ihn die;
»hat der Bäcker kein Brot gehabt? « »Das schon, « sagte Hans; »aber
als ich hinkam, sah ich den Backofen, der brannte lichterloh, da habe
ich geschrien: He Feuer! Feuer! Wasser her! Wasser her! und da sind
die Leute herzugelaufen und haben mich zur Stadt hinausgeprügelt. «
»Ich sehe wohl ein, Hans, « hat darauf die Mutter gesagt, »es wäre für
dich das Beste, wenn du eine Frau nähmest. « »Schon recht! Mutter! «
sprach Hans; »wenn nur eine käme. « Da ist Hansens Mutter
ausgegangen und hat auch bald eine gefunden, die den Hans wohl
nehmen wollte; aber vorher wollte sie ihn erst sehen und auch die
ganze Hausgelegenheit. Wie nun der nächste Sonntag war, fegte die
Mutter das Haus und streute weißen Sand, und als die Braut ankam,
brachte die Mutter das Essen herein; den Hans aber schickte sie mit
dem Kruge in den Keller, für die Braut einen frischen Trunk zu holen.
Nun saß vorn an im Keller eine Gans auf einem Nest voll Eier und
brütete. Wie der Hans an ihr vorbei gehen wollte, machte die Gans
den Hals lang und zischte, wie Gänse thun. »Sieh mal! « sagte Hans,
»du wolltest wohl beißen! « drehte sich um und klapps! gab er ihr mit
dem Kruge einen auf den Kopf, daß sie auch gleich todt war. Da
freute sich Hans, daß die Gans nicht mehr beißen konnte und sagte:
»Um die alte Gans ist es mir gar nicht zu thun; aber wer soll nun die
Eier ausbrüten!« Da fiel ihm ein, daß in der Kellerecke ein Faß mit
Honig stand; er zog darum eilig seine Kleider aus, kletterte in das Faß
und drehte sich in dem Honig um und um; dann rupfte er die Gans,
wickelte sich in die Federn und setzte sich schnell auf die Eier, um sie
selber auszubrüten. Mit dem, so guckt die Braut in den Keller, zu
sehen, warum Hans mit dem Bier so lange außen bleibt. Da sah sie
denn den wunderlichen Vogel auf dem Neste sitzen, der zischte und
schnatterte wie eine Gans. Als das die Braut sah, klappte sie schnell
die Thüre zu und ist aus dem Hause gelaufen.

## 17. Der kluge Bauer.

Eines schönen Tages pflügte ein Bauer seinen Acker, welcher an
einem Bache lag, und als er eben wieder wenden wollte, hörte er, daß
in dem Bache etwas knurrte und plätscherte. Wie er nun näher
hinzutrat, so sah er, daß es ein Fuchs und ein Hecht waren, die hatten
einer den andern halb eingeschluckt. »Ei,« dachte der Bauer, »das ist
doch lustig; das wäre ein Spaß für den König; wenn du die zwei so
zum König brächtest, so würde er dir gewiß ein gutes Trinkgeld
geben.« Der Bauer, der kein Dummer war, fing sich den Fuchs und
den Hecht, steckte sie in einen Sack und brachte sie, weil sie nicht von
einander loskommen konnten, in dieser drolligen Lage zu des Königs
Schloß. »Wohin? « rief die Schildwache, welche den Bauern in
seinem schlechten Zeuge nicht durchlassen wollte. »Ich will dem
König einen Fuchs und einen Hecht bringen, die haben sich einander
halb eingeschluckt. « »Wenn das ist, « sagte die Schildwache, »so geh
nur hinein, da wird dir der König gewiß ein gutes Trinkgeld geben;
aber gieb mir auch was ab. « »Recht gern, « antwortete der Bauer, »du
sollst die Hälfte abhaben. « Wie er nun weiter ging, so stand da noch
eine Schildwache, die wollte ihn auch nicht durchlassen; als er ihr
aber die Hälfte seines Trinkgeldes versprach, ließ sie ihn hineingehen.
Der König saß gerade mit seinen Herren und Damen zu Tische; der
Bauer klopfte an und der König rief herein! Da ging der Bauer in die
Stube, that sein Sack auf und sagte, »daß er ihm da wohl einen Fuchs
und einen Hecht bringen wollte, die hätten sich halb eingeschluckt. «
So was hatte nun der König in seinem Leben noch nicht gesehen, und
auch alle die Hofleute nicht, darum mussten sie herzlich darüber
lachen. »Hier, Bauer, « sagte der König, und schenkte ihm ein Glas
Wein ein, »hier trinke Er erst mal, denn der Weg ist Ihm doch gewiß
sauer geworden. « »Mit Verlaub, Herr König, « antwortete der Bauer;
»von den Beestern da sind mir die Hände so naß und dreckig
geworden, daß ich mich wohl erst ein bischen abtrocknen möchte. «
Da rief der König gleich eins von den jungen Hoffräulein und sagte:
»He! Jungfer! Hole sie doch dem Manne mal ein Handtuch; sie weiß
ja wohl, in meiner Kammer gleich rechts hinter der Thür, da hängt
eins am Haken. « Sogleich ist das Fräulein hingelaufen, und als sie
wiederkam, hatte sie das Handtuch über die Schulter gehängt; da faßte
der Bauer den einen Zipfel, trocknete seine Hände daran ab und trank
das Glas Wein aus, was ihm der König eingeschenkt hatte.

»Mein lieber Freund, « sprach nun der König, »mit den beiden Thieren hat er mir ein großes Vergnügen gemacht; nun bitte er sich auch eine Gnade aus. « »Wenn Ihr mir was schenken wollt, Herr König, « antwortete der Bauer, »so gebt mir hundert Stockprügel. « »Gut, « sprach lachend der König »wenn's weiter nichts ist, die sollen ihm gleich ausbezahlt werden. « »Mit Verlaub, « sagte der Bauer; »ich darf sie nicht mehr annehmen, denn vorhin habe ich sie schon an Eure beiden Schildwachen verschenkt, die da unten im Hofe stehen. « Über diesen Einfall des Bauern musste der König herzlich lachen und sprach: »Er ist ein drolliger Gesell, das muß ich sagen, darum bitte er sich noch eine andere Gnade aus, sie soll ihm gewährt sein. « »Nun, « sagte der Bauer, »so schenkt mir den Nagel, an welchem das Handtuch gehängt hat, worin ich mich vorhin abgetrocknet habe. « »Die Bitte soll dir gewährt sein, « sprach der König. Da faßte der Bauer das junge Hoffräulein bei der Hand, über dessen Schulter das Handtuch gehängt hatte, und sagte: »Seht, Herr König, dies ist der Nagel, woran vorhin das Handtuch hing, die soll meine Frau werden.« Weil sich nun das Fräulein gewaltig sträubte und den Bauern nicht haben wollte, so machte ihn der König, um sein Wort zu halten, zu einem Edelmann; da nahm sie ihn.

### 18. Des Todtengräbers Sohn.

Es war einmal ein armer Kulengräber (Todtengräber), der hatte einen einzigen Sohn mit Namen Fritz, und ist da auch ein reicher Bürgermeister gewesen, der hatte eine einzige Tochter, die hieß Karoline. Weil nun die beiden Kinder zusammen in die Schule gingen und täglich bei einander waren, auch gleiches Alter hatten, so wurden sie sich von Herzen gut. Die Jahre kamen und vergingen, die Kinder wurden groß, aber ihre Liebe blieb dieselbe. Das war aber dem Vater des Mädchens gar nicht recht, daß sie sich zu so einem armen Jungen hielt, dessen Vater nur ein Todtengräber war. Er machte dem Fritz das Leben sauer, wie und wo er nur konnte, und verbot seiner Tochter zuletzt auf das strengste, mit ihm zu verkehren und zu sprechen, sodaß die zwei sich nur zuweilen heimlich sehen konnten. Da dachte der Fritz endlich: »Ich will nun in die weite Welt gehen, ob ich nicht da mein Glück machen und Geld erwerben kann; so geht es doch nie und nimmer gut. « Und als er nun zum letzten Mal zu seiner Karoline ging, ihr Lebewohl zu sagen, fing sie bitterlich zu weinen an und gab ihm einen Ring und sagte, daß er sie doch nicht vergessen möchte, wenn er nun so weit in der Fremde wäre. »Nie und nimmer will ich dich vergessen«, hat er da gesagt; »ich gehe nun nach Spanien, das ist ein weiter, weiter Weg; darum versprich mir, daß du mir sieben Jahre lang treu bleiben willst; bin ich dann nicht zurück, so bin ich todt und komme niemals wieder«. Das haben sich die zwei fest versprochen und haben mit Weinen von einander Abschied genommen; der Fritz ist dann fortgewandert auf dem Wege, der nach Spanien geht.

Gegen Abend kam er zu einem Schlosse, drinnen wohnte ein alter Ritter mit seiner Frau, die nahmen ihn freundlich auf und gaben ihm Herberge. Er erzählte ihnen, als sie zu Tische saßen, wie es ihm so traurig ergangen sei, und daß er nun hinwollte nach Spanien, ob er da nicht sein Glück machen könne. Weil er nun so offen und treuherzig war, gewannen ihn der Ritter und seine Frau lieb, und da sie keine Kinder hatten, so behielten sie ihn bei sich als ihren Sohn, gaben ihm gute Kleider und ließen ihn in allem unterrichten, was einem Rittersmann zukommt.

Über eine Zeit, so ging die Kunde, der König von Spanien, der schon alt und des Regierens müde sei, hätte eine Krone ausgehängt, wer die in vollem Jagen herunterstäche, der sollte Vizekönig von Spanien sein und des Königs Tochter zur Frau haben. Da bat Fritz seine Pflegeeltern, daß sie ihn möchten nach Spanien an des Königs Hof ziehen lassen, denn das Kronenstechen hätte er doch gar zu gerne mitgemacht. »Wer weiß, ob es dir nicht glückt, « dachte er und bat so lange, bis ihm der Ritter ein Pferd gab und ihn ziehen ließ. So ritt er denn fort auf dem Wege, der nach Spanien geht, und als er dort ankam, da hatten sich schon alle Ritter im Stechen versucht, aber keiner hatte die Krone erlangen können. So war er der letzte an der Reihe, und richtig! es gelang ihm, die Krone herunterzustechen. Da wurde er zum Vizekönig von Spanien gemacht und sollte des Königs Tochter haben.

Es waren aber zu der Zeit gerade die sieben Jahre herum, darum sprach er: »Ehe die Hochzeit ist, will ich noch einmal in meine Heimath zu meinem alten Vater reisen. « Des war der König zufrieden. So zog er denn fort in seine Heimath, und als er da ankam, war es Abend; da kehrte er in dem ersten Gasthofe ein, der des Bürgermeisters Hause gerade gegenüber lag. Dem Bürgermeister sein

Haus war aber ganz hell erleuchtet und war Musik darin und wurde getanzt. Da fragte er den Wirth, was denn das zu bedeuten hätte, daß es in dem Hause da auf der andern Seite so lustig herginge. »Das kommt daher, « antwortete der Wirth, »daß unsers Bürgermeisters Tochter heute Hochzeit hält. « Da fragte er weiter, ob er es als Fremder wohl wagen könnte, auch mal hinüber auf die Hochzeit zu gehen. »Das könnt Ihr nur dreist thun, « sagte der Wirth, »so einen feinen, reichen Herrn, wie Ihr seid, wird man da gerne sehen. « So ging er denn auf die Hochzeit; aber von den Leuten, die da waren, kannte ihn keiner wieder und alle freuten sie sich, daß so ein vornehmer Herr ihnen die Ehre anthäte, bei ihnen einzusprechen. »Ist es wohl erlaubt, « fragte er da, »mit der Braut einen Tanz zu machen? « »Ei ja wohl, « sprachen alle, »das wird der Braut eine große Ehre sein. « Da ging er hin zu den Musikanten und bestellte seinen Lieblingswalzer, den er sonst mit seiner Karoline immer so gern getanzt hatte, und als er sie nun zum Tanze holte und die Musik den Walzer zu spielen anfing, wurde sie ganz still und dachte bei sich: »Es ist doch sonderbar, daß dieser fremde Herr mich gerade heute an meinen Fritz erinnern muß, der doch gewiß schon lange todt ist; nun ich seinen Lieblingswalzer spielen höre, wird mir ordentlich das Herz schwer;« aber doch erkannte sie ihn nicht. Als nun der Tanz zu Ende war und der fremde Herr wieder fortgehen wollte, drückte er der Braut ein Papier in die Hand, und als sie das aufmachte, so lag darin der Ring, den sie ihrem Fritz vor sieben Jahren gegeben hatte, als sie von einander Abschied nahmen. Sowie sie aber den Ring erkannte, wurde sie ganz blaß und fiel für todt auf den Boden hin. Da nahm die Hochzeit ein trauriges Ende. Fritz aber ging zu seinem Vater und gab sich ihm zu erkennen und erzählte ihm, daß er nun Vizekönig von Spanien sei; das ist dem alten Manne eine große Freude gewesen. Den andern Tag wurde Karoline in ihrem Sarge in das Todtengewölbe gebracht, denn sie war nicht wieder zum Leben zurückgekommen. Mittlerweile kam ein Bote von Spanien, der brachte die Nachricht an Fritz, die Königstochter wäre plötzlich gestorben und der König wollte nun die Regierung ganz abtreten; darum solle er doch schnell nach Spanien zurückkommen. Weil er aber, ehe er fortreiste, seine liebe Karoline doch noch zum letzten Male sehen wollte, so ging er mit seinem Vater, der den Schlüssel zu dem Todtengewölbe hatte, in der Nacht dahin; da lag sie still in ihrem Sarge, und als er sich nun weinend über sie beugte, um sie zu küssen, fühlte er mit einem Male, daß sie noch leise Athem holte. Da brachte er sie mit seinem Vater aus dem kalten Gewölbe ins Haus, und in der Wärme kam sie nach und nach wieder ins Leben zurück; und als sie ihren Fritz erkannte, fielen sie sich beide um den Hals und weinten vor Freude, daß sie sich nun endlich wieder hatten.

Den folgenden Tag musste Fritz wieder fort nach Spanien; seine Karoline ließ er aber bei seinem Vater und sagte ihr, daß sie da heimlich bleiben sollte, bis er wieder käme. Es verging ein Jahr und ein Tag, da kam er zurück und veranstaltete ein großes Gastmahl, dazu ließ er auch den Bürgermeister einladen, und als sie zu Tische saßen, sagte er, er wolle ihnen mal ein Gleichnis aufgeben, darüber sollten sie ihm alle ihre Meinung sagen. »Es war mal ein Gärtner, « sprach er da, »der hatte eine wunderschöne Blume; die Blume verwelkte, und der Gärtner riß sie aus und warf sie aus seinem Garten. Nun kam des Wegs ein Mann, der fand die Blume, nahm sie mit und pflanzte sie in seinen Blumengarten, und weil er sie pflegte und wohl begoß, so wurde die Blume wieder frisch und schön wie vorher. Nun sagt! Wem kam die Blume zu? Dem Gärtner, der sie aus seinem Garten warf, oder dem Manne, der sie fand und pflegte, bis sie wieder frisch und grün geworden war?« Da sagten sie alle, daß dem die Blume gehörte, der sie gefunden und gepflegt hätte. »Nun denn, « sagte er, »so will ich Euch die Blume zeigen! « und indem so machte er die Thür auf und ließ seine Karoline hereinkommen. »Seht her! dies ist die Blume, die ich fand und pflegte und wieder ins Leben brachte, als sie verwelkt war; nun will ich sie auch behalten, so lange ich lebe.«

Da nahm er sie mit in sein Königreich und lebte glücklich mit ihr bis an sein Ende.


### 19. Rettungsräthsel.

Es war einmal ein Mädchen, das wurde unschuldig zum Tode verurtheilt, und weil es so viel jammerte und wehklagte, so sagten die Richter endlich, wenn es ihnen ein Räthsel aufgäbe, was sie nicht errathen könnten, so sollte ihm das Leben geschenkt sein. Das Mädchen sann und sann, aber wie viel es sich auch besinnen mochte, es wollte ihm gar nichts Schweres einfallen. So wurde es denn zu der

bestimmten Stunde ohne Gnade auf den Wagen gesetzt und sollte
nach dem Galgen gefahren werden. Wie sie nun so auf dem Wagen
saß und ganz an ihrer Rettung verzweifelte, da sah sie auf einmal in
der Luft zwei Raben fliegen, die trugen eine Maus und rissen sich
darum, denn keiner wollte die Maus loslassen. Da sagte das Mädchen,
als es auf dem Galgenberge angekommen war, zu seinen Richtern, sie
hätte sich nun auf ein Räthsel besonnen, das wollte sie ihnen jetzt
aufgeben; ob sie das wohl rathen könnten:

Sorge satt up'n wagen,
Sach zwei den dritten dragen;
Drei Köppe un acht beine
Hatten se in's gemeine.

Da riethen die Richter hin und her, aber was sie auch rathen mochten,
sie konnten es nicht herausbringen und sagten endlich: »Das bringen
wir unsere Lebtage nicht heraus; darum sage nur, was dein Räthsel
bedeutet.« Da sprach das Mädchen: »Weil Ihr denn mein Räthsel
nicht rathen könnt, so will ich es Euch sagen und deuten! Sorge satt
up'n Wagen, das bin ich, denn ich war in Sorge um mein Leben, als
ich auf dem Wagen saß; sach zwei den dritten dragen, das sind zwei
Raben, die ich mit einer Maus in der Luft fliegen sah, und die haben
zusammen drei Köpfe und acht Beine, darum habe ich gesagt, drei
Köppe un acht beine hatten se in's gemeine.«
Da mussten die Richter das Mädchen freigeben und konnten ihm
nichts mehr anhaben, weil sie sein Räthsel nicht errathen hatten.

### 20. Die launische Ziege.

Wenn use Gretwäsche des winter abends satt un spunt, säo säen wi
kinder jümmer. »no, gretwäsche, nu vertellt üsch äis 'ne geschichte.«
»Och, bälger, säe se denn; latet mi doch mettäme, ji wiätet jô wol, dat
eck denn jümmer säo vîel häosten mot.« Awerst wi kinder plagen se
doch säo lange, bet se ter lest an täo vertellen fong. Do hat se üsch ôk
äis vertellt, et wöre äis en kêrel ewäsen, de hat dräi jungens un ôk ene
zîegen hat. Dô hat häi täo den ölsten jungen esegt, häi schölle de
zîegen ûtn stalle krîgen un er meh int greune täihen un se da höen, bet
se orntliken satt wöre. De junge is met der ziegen ôk lôs etâgen, un hat
se den ganzen dag ehott, un ans et bolle abend wert, segt häi: »No,
zîege! nu frett noch'n bîeten.« »Nê,« segt de zîege do:
»Eck bin säo satt,

Eck mag näin blatt. «

»No, denn kumm hêr, denn willt wi nâ hûs gâen«, säe de junge un tôg mit sîner zîegen na hûs.

Ans häi nu inkam, säo fraget de vâer de zîegen: »of se denn nû ôk orntliken satt wöre. « »Nê! « säe de zîege.

»Dar satt noch'n blatt;

Härr eck datt noch 'e hatt

Säo ör eck satt. «

»I,« segt do de kêrel, »säo schall doch den jungen dütt un datt!« krigt sîne älen un prügelt den jungen orntliken dör.

Den andern dag mot de twäite junge mit der zîegen lôs un hat se ôk den ganzen dag ehott, un ans et bolle abend wêren will, säo segt häi täo sîner zîege: »No zîege! nu frett noch en bîeten, ehr et düster werd. « »Nê! « segt de zîege do:

»Eck bin säo satt,

Eck mag näin blatt. «

»No, denn kumm hêr, denn willt wi nâ hûs gâen, « segt de junge, un tüt mit sîner zîegen na hûs.

Ans häi nu inkumt, säo fraget de vâer de zîegen: »of se denn nu ôk orntliken satt wöre. « »Nê, « säe de zîege:

»Dar satt noch'n blatt,

Härr eck dat noch 'e hatt

Säo vör eck satt. «

»I,« segt do de kêrel, »säo schall doch den jungen dütt un datt!« krigt sine älen un prügelt mînen läiwen jungen orntliken dör.

Den drüdden dag möste de drüdde junge met der zîegen lôs. »Eck wicke et dî awer, « säe de kêrel, »kummst du mî mit der zîegen in, un se is nich satt, säo gift et hibe. « Do hodde de junge de zîegen den ganzen dag, un ans et bolle abend wêren wolle, säo segt häi: »No, zîege! nu frett noch en bîeten, ehr et düster werd; dat du hernah orntliken satt bist. « »Nê!« segt de zîege:

»Eck bin säo satt,

Eck mag näin blatt. «

»No, denn kumm her, « segt de junge; »denn willt wi nâ hûs gâen, « un tôg mit sîner zîegen na hûs.

Ans häi nu inkummt, säo fraget de vâer de zîegen: »of se denn nu ôk orntliken satt wöre. « »Nê! « säe de zîege:

»Dar satt noch 'n blatt,

Härr eck dat noch 'e hatt
Säo wör eck satt. «
»I, « segt dô de kêrel: »säo schall doch den jungen dütt un datt, « krigt
sîne älen van der wand un prügelt mînen läiwen jungen orntliken dör.
Den andern dag denket de kêrel: »du schost doch äis sülbenst mit der
zîegen losgâen, dat arme bäist doch äis orntliken satt werd.« Des
êrendages tüt häi lôs un hot de zîegen bet et abend werd, dô segt häi:
»No, zîege, nû frett noch´n bîeten, dat du orntlicken satt wärst. « »Ne,
« segt de zîege.
»Eck bin säo satt,
Eck mag näin blatt. «
»No, denn kumm här, « segt de kêrel, »denn will wî na hûs gâen, « un
trecket mit sîner zîegen na hûs.
Ans häi nu inkam un sîne zîege anbund, do säe häi: »Nich wahr, zîege,
« sägt häi, »vandâge bist du doch äis orntliken satt ewôren? « »Nê,«
säe de zîege do ôk wêer:
»Dar satt noch 'n blatt,
Härr eck dat noch 'e hatt
Säo wör eck satt.«
»Verdammte zîege, « säe do de kêrel; »eben haste di den balg säo
dicke fräten, dat du näin blatt mehr möchtest; un nû segste, du bist
nich satt? Ja, teuf man, eck will dî betâlen! « Do läip de kêrel hen un
hâole sîne schêren un snêt der zîegen up äiner halwe alle hâre van'n
balge, un ok dat äine ohr snêt he ör af, un ans he dat e dâen harre, do
nam häi sîne älen un klappe mîne läiwen zîegen ût'n hûse herût.
De zîege, de nû ganz verschändet was un sick säo vär näinen
minschen säien lâten möchte, läip int holt un kamm an'en vosslock un
dachte, da wolle se sick inne verstäken. Do räip de voss:
»Halb geschôren, halb ungeschôren!
Wer herein kommt
Dem rutsch ich,
Dem stutz ich
Den stuppstêrt
Vôrm ase weg!«
Dô wôrd de zîege bange, dat se ören stuppstêrt ôk noch missen
schölle, un fong en lopen an un läip jümmer täo in de wîe welt henin,
un wenn se noch nich up ehört hat, säo lopt se vandage noch.

**Die launische Ziege.** (hochdeutsch).

Es ist mal ein Schneider gewesen, der schaffte sich eine Ziege an. Er hatte drei Jungens, denen befahl er, einem nach dem andern, sie zu hüthen, draußen an der Hecke, bis sie satt sei. Das thaten sie denn auch mit allem Fleiß, und jedesmal, ehe sie aufhörten mit Hüthen, fragten sie ausdrücklich, ob sie genug hätte, und jedesmal gab die Ziege zur Antwort, sie wäre so satt, daß sie kein Blatt mehr möchte; kamen sie aber nach Hause mit ihr und der Vater fragte nach, dann sagte sie immer das Gegenteil. Auf die Bengels ist kein Verlaß, dachte der Schneider, ich muß selbst mit ihr los. Als er nun meinte, sie hätte sich dick gefressen, fragte er doch noch der Sicherheit wegen: »Na Ziege, bist du nu satt?«

Eck bin säo satt,

eck mag näin blatt,

versicherte die Ziege. Als er aber mit ihr nach Hause kam und nochmals die nämliche Frage stellte, fing das launische Vieh an zu meckern und schrie.

Ne!!

Dar satt noch'n blatt,

härr eck dat noch ehatt,

säo wör eck satt.

Das war dem Meister denn doch zu bunt. Er wurde kraus, nahm seine große Schere, schor die Ziege auf einer Seite rattenkahl, schnitt ihr ein Ohr ab und prügelte sie mit seiner Elle bis in den Wald hinaus. Hier wollte sie sich verstecken in einer Höhle, aber im Hintergrund saß der Fuchs und rief ihr drohend entgegen:

Halbgeschoren, halbungeschoren,

wer herein kommt,

dem rutsch ich, dem stutz ich

den stuppsteert (Stumpfschwanz) vor'm ase weg.

Da kriegte sie's mit der Angst, daß sie den Schwanz auch noch missen sollte, und fing zu laufen an, immerzu in die weite Welt hinein, und wenn sie nicht aufgehört hat mit Laufen, dann läuft sie noch heute.


## 21. Des Kaufmanns Sohn.

Es hatte ein Kaufmann einen einzigen Sohn und auch eine Tochter. Der Sohn war aber ein Erztaugenichts, und weil er gar nicht gut thun

wollte, so schickte ihn sein Vater zuletzt unter die Soldaten, da,
meinte er, würden sie ihm schon Ordnung lehren.

Es dauerte nicht lange, so schrieb der Junge nach Haus: er wäre
Offizier geworden und da müsse er sich denn die theure Uniform
anschaffen, darum möchte ihm sein Vater doch etwas Geld schicken.
»Der Junge macht sich, « dachte der Vater und schickte ihm hundert
Thaler hin. Er war aber nicht Offizier, sondern noch gemeiner Soldat
und ein Taugenichts vor wie nach, nahm die hundert Thaler und
verthat sie auf die leichtsinnigste Weise.

Als das Geld nun zu Ende war, schrieb er an seinen Vater einen
zweiten Brief, da stand drin: er wäre jetzt General geworden, darum
möchten sie ihm von Haus doch etwas Geld zukommen lassen. »Der
Junge kommt doch recht empor, « dachte der Vater und schickte ihm
hundert Thaler hin. Aber der Junge, der noch immer gemeiner Soldat
war, verbrachte das Geld in kurzer Zeit und machte noch Schulden
obendrein.

Weil er nun nicht aus noch ein wußte, so schrieb er zum dritten Male
an seinen Vater: er wäre jetzt König geworden, aber die erste
Einrichtung koste viel Geld, darum sollte ihm sein Vater doch mit
etwas Geld unter die Arme greifen. »Das kommt mir doch etwas
sonderbar vor, daß der Junge nun gar König geworden ist,« dachte der
Alte; »ehe ich ihm darum das Geld schicke, will ich doch erst mal
nähere Erkundigungen einziehen.«

Da saß nun der Junge und wartete, aber es kam kein Geld und kam
kein Geld, und weil er nun seine Schulden nicht bezahlen konnte,
auch sonst seinen Dienst nicht ordentlich versehen hatte, so wurde
ihm mit Schimpf und Schande der Abschied und eine alte zerrissene
Soldatenuniform mit auf den Weg gegeben. So ging er in die weite
Welt und hatte nichts zu beißen und zu brechen.

Eines Abends kam er an den Garten des Königs; da sah er, daß ein
Apfelbaum darin stand, der hing voll der schönsten Äpfel, und weil er
hungrig war, so hätte er gar zu gern einige von den Apfeln haben
mögen. Es ging aber um den Garten eine hohe Mauer und war nur
eine einzige Thür darin, und als er da hindurch schleichen wollte, um
zu dem Apfelbaume zu gelangen, so stand quer davor ein Bett und lag
des Königs Tochter darin, die musste jede Nacht bei den Äpfeln
Wache halten, daß keiner davon gestohlen würde. Da fing er mit ihr
ein Gespräch an und fragte, ob es nicht erlaubt wäre, von den Äpfeln

einige zu essen? »Nein! « sagte die Königstochter; »aber wenn du
diese Nacht bei mir bleiben und mir Gesellschaft leisten willst, so will
ich es dir wohl erlauben. « Das versprach der Junge und aß von den
Äpfeln so viel er nur mochte. Dann setzte er sich zu der Königstochter
aufs Bett und vertrieb ihr die Zeit und blieb bei ihr die ganze Nacht.
Das war ihr aber eine große Freude, denn sie fürchtete sich und hatte
Langeweile, wenn sie des Nachts so allein im Garten liegen musste,
und da gefiel ihr der Junge so gut, daß sie ihm des Morgens heimlich
schöne Kleider gab und zu ihrem Vater dem König ging und ihm
sagte, es wäre da ein schöner vornehmer Herr angekommen, den
möchte sie um alles in der Welt gern zum Manne haben. Erst wollte es
der König gar nicht zugeben; das Mädchen plagte aber so lange, bis er
doch endlich ja sagte.

Als der Junge nun die Königstochter geheirathet hatte, sagte er eines
Tages, er wolle mal in seine Heimath zu seinen Eltern reisen, nahm
zwei Jäger zu seiner Begleitung und auch viel Geld und schöne
Kleider mit. Des Abends kamen sie in einen Wald und verirrten sich;
da stieg der eine Jäger auf einen hohen Baum, und als er von da aus in
der Ferne ein Licht schimmern sah, gingen die drei in der Richtung
weiter und gelangten auch zu der Stelle, wo das Licht brannte, und da
sahen sie, daß sie in eine Mördergrube gekommen waren. »Von hier
geht kein Weg wieder zu rück, « sprachen die Räuber; »ihr müsst nun
sterben! « Sie führten auch die beiden Jäger gleich auf die Seite, daß
sie sie umbrächten, aber ihrem Herrn nahmen sie Geld und Kleider ab
und stießen ihn fasernackt in den Wald hinaus. Er musste lange irren,
ehe der Wald licht wurde, und als er nun endlich auf das freie Feld
kam, fand er da einen Schäfer in seinem Karren liegen, den sprach er
an um einige alte Kleider, seine Blöße damit zu bedecken. »Meine
Kleider habe ich selbst groß nöthig, « sprach der Schäfer; »aber in
voriger Nacht ist mir ein Schaf gestorben, dem habe ich das Fell
abgezogen, das ist alles was ich dir geben kann. « Da bedankte er sich
bei dem Schäfer, hing das Fell um seine Schultern und kam so in
seines Vaters Hause an. Aber seine Angehörigen erkannten ihn nicht
wieder und als er nun sagte, wer er wäre und daß er eine
Königstochter geheirathet hätte, da wurde sein Vater zornig und
spracht: »Du bist nie und nimmer mein Sohn! Hinaus mit dir, du
Bettler! Bei den Hunden im Stalle, da kannst du dein Futter kriegen. «
Und als er das gesagt hatte, ließ er ihn zu den Hunden in den Stall

werfen, da musste er Knochen nagen und nur seine Schwester, die den
armen, halbnackten Menschen bedauerte, brachte ihm zuweilen
heimlich etwas zu essen.

Die Königstochter saß derweilen daheim und wartete vergeblich, daß
er wiederkäme. Da wurde ihre Sehnsucht nach ihm so groß, daß sie
aufbrach, ihn in seiner Heimath aufzusuchen. Zu ihrer Begleitung
nahm sie viele Jäger mit und kam mit ihnen abends in den Wald und
zu der Mördergrube. Da sprach die Königstochter zu den Jägern:
»Bleibt ihr jetzt noch zurück, ich will allein hineingehen, ob ich nicht
meinen Mann da finde. Wenn ich euch aber ein Zeichen gebe, so
kommt mir schnell zu Hülfe. « Da ging die Königstochter allein in die
Mörderhöhle. »Von hier geht kein Weg zurück! « schrieen da die
Räuber; »du musst nun sterben. « »Wenn ich denn mein Leben lassen
muß, « sprach die Königstochter, »so laßt mich vor meinem Tode nur
noch einmal eine Pistole losschießen, denn mein Leben lang ist die
Jagd mein größtes Vergnügen gewesen. « Das erlaubten ihr die
Räuber auch; und wie sie die Pistole abdrückte, so stürzten auch schon
die Jäger herein, nahmen die Kerle gefangen und stachen sie todt, daß
auch nicht einer mit dem Leben davon kam. Darauf suchten sie das
Räubernest gehörig durch und fanden eine Masse Gold und auch die
schönen Kleider ihres Herrn; das alles nahmen sie mit sich fort.

Als die Königstochter nun bei den Eltern ihres Mannes ankam, so
fragte sie, ob sie nicht einen Sohn hätten. »Ja, « sagte der Vater; aber
der ist schon vor Jahren in die weite Welt gegangen und da gestorben
und verdorben.

Vor einiger Zeit kam freilich ein halbnackter Bettler, der wäre mein
Sohn und hätte eines Königs Tochter geheirathet ich habe ihn aber zu
den Hunden in den Stall sperren lassen. Da ließ sich hinbringen, wo er
lag und da war er ganz mit Schmutz bedeckt und sein Haar und sein
Bart waren so lang und wüst geworden, daß sie ihn kaum wieder
kannte. Da lies sie ihn waschen und scheren und gab ihm seine
schönen Kleider und da erkannten ihn auch seine Eltern und seine
Schwester wieder. – Nachdem, so gingen sie miteinander zurück in ihr
Königreich.

## 22. Der Königssohn mit der goldenen Kette.

Es war einmal ein Königssohn der wollte ausziehen, die Welt zu sehen. Da ließ ihm sein Vater eine goldene Kette um den bloßen Leid schmieden und gab ihm auch noch Geld dazu. Danach nahm der Königssohn Abschied von seinem Vater und reiste fort.

Gegen Abend kam er in eine Stadt, da gingen die Glocken- und als er fragte, was das zu bedeuten hätte, daß die Glocken geläutet würden, so wurde ihm gesagt, es wäre ein armer Mann gestorben, der wäre aber noch zehn Thaler schuldig und nun wollte der, der das Geld zu fordern hätte, es nicht zugeben, daß der Arme begraben würde, es käme denn einer und bezahlte das Geld für ihn. Da ging der Königssohn hin erlegte der arme Mann, der schon lange über der Erde gestanden hatte, kam nun endlich zur Ruhe in seinem Grabe und Königssohn ging allein hinter dem Sarge her.

Nachdem so zog der Königssohn weiter und kam in einen finstern Wald, da begegneten ihm zwei Spitzbuben, die fragten ihn: wo denn die Reise hinginge. »Ich bin ausgegangen, das Stehlen zu lernen, « sagte der Königssohn.»Wenn du das lernen willst, « sagten die beiden, »so bist du hier gerade recht gekommen, das verstehen wir aus dem Grunde gut. Geh nur mit, so sollst du es lernen. « Da nahmen sie ihn mit in ihre Höhle, und waren da im ganzen vierundzwanzig Spitzbuben zusammen, die hatten auch eine Königstochter bei sich, welche sie geraubt hatten und nun gefangen hielten.

Da sprach eines Tages der, welcher der Oberste war, es sollten drei Nächte hintereinander jedesmal acht aufs Stehlen ausgehen; wer dann das meiste mitbrächte, der sollte die Prinzessin zu Frau haben. Als sie nun die erste Nacht auszogen, ging der Königssohn seinen Weg für sich, trat hinter einen Baum und löste ein Stück von seiner goldenen Kette, die er um den Leib trug, und als nun die andern zurückkamen da hatte er das meiste mitgebracht. Die zweite Nacht machte er es wieder so und die dritte Nacht auch, und weil er jedesmal das meiste mit zu Haus gebracht hatte, so kriegte er die Prinzessin zur Frau.

Die Prinzessin weinte aber so viel und war ganz unglücklich, daß sie einen Spitzbuben zum Manne haben und unter lauter Spitzbuben leben sollte; da gab sich der Königssohn ihr heimlich zu erkennen und sagte: »Weine nur nicht mehr! Ich bin kein Spitzbube, wie du wohl denkst, sondern ein Königssohn und will dich aus deiner Gefangenschaft befreien, sobald es geht, und mit dir zu deinem Vater reisen«.

Er wurde nun ordentlich in die Bande aufgenommen und kriegte eine Flöte, darauf spielte er, wenn er zu Hause war und Vertrieb der Königstochter die Zeit; zuweilen fuhr er in der Mittagszeit auch mit ihr spazieren, denn der oberste der Spitzbuben hatte eine Kutsche und vier Pferde und hatte es ihm erlaubt, zuweilen darin herumzufahren, aber nur ganz nahe bei dem Hause, damit sie ihn immer sehen konnten.

Nun traf es sich eines Tages, daß die Bande gute Beute gemacht hatte; da stellten sie ein Trinkgelage an und soffen so viel Wein, daß sie alle betrunken wurden. Der Königssohn hatte aber nur gethan als tränke er mit, und als er nun sah, daß sie alle unter dem Tische lagen, da ging er hinaus, spannte die Pferde vor die Kutsche und jagte mit der Prinzessin über Stock und Stein aus dem Walde hinaus und hörte nicht eher auf, bis er zu einer Stadt kam, die an der See lag. Über diese See mussten sie aber fahren, um wieder in ihre Heimath zu gelangen; darum beredeten sie sich mit einem Schiffskapitän, der mit seinem Schiffe da im Hafen lag, daß er sie mitnähme. Sie wurden mit dem Manne auch einig und gingen auf das Schiff, das zur Rückfahrt bereit lag. Da sie nun vom Lande gestoßen waren und auf die offene See kamen, da zeigte es sich, daß der Kapitän des Schiffes ein treuloser Mann war.

Er war aus dem Lande, wo die Prinzessin her war, und da hatte der König, ihr Vater, bekannt machen lassen, wer seine Tochter aus den Händen der Spitzbuben befreie, der sollte König werden und die Prinzessin zur Frau haben. Nun hatte aber der Schiffskapitän die Königstochter wieder erkannt, darum machte er heimlich einen Anschlag, wie er ihren Gefährten, der sie befreit hatte, von der Welt schaffen könnte. Er beredete sich mit seinen Matrosen, daß sie ihn in der Nacht binden un in das Meer werfen sollten und verhieß ihnen, wenn sie das thäten, guten Lohn. Da waren die Matrosen auch bereit, banden ihn, als er im Bette lag, mit Stricken und wollten ihn über Bord in die See werfen; er bat aber so viel, sie möchten ihm doch das Leben lassen, daß sie endlich nachgaben und einen alten Kahn losmachten, da setzten sie ihn hinein, gaben ihm altes lumpiges Matrosenzeug, weil er halb nackt war, und stießen den Kahn in die See hinaus. »Der wird uns sicher nicht verrathen, « dachten sie; »wenn er nicht verhungert, so muß er doch ertrinken, denn der alte Kahn wird nicht lange über Wasser bleiben. « Als sie nun dem

Kapitän die Nachricht brachten, daß sie seinen Befehl ausgerichtet hätten, da musste ihm die Königstochter einen heiligen Eid schwören, daß sie in ihrem Leben niemandem sagen wollte, was hier vorgefallen und daß ein anderer sie erlöst hätte. Danach so fuhren sie weiter und kamen glücklich ans Land und in die Stadt, wo die Königstochter her war; da gab sich der Kapitän für den Mann aus, der sie von den Spitzbuben befreit hatte und brachte sie zu dem Könige; der hatte eine große Freude, daß er seine Tochter endlich wiedersah.

Nun gut! – – Der arme Königssohn, der fuhr aber derweilen auf der großen See in seinem Kahn. Zwar sein Geld und seine Flöte hatte er gerettet, aber was half ihm das, wenn er nichts zu essen hatte. Er meinte, er müßte elendiglich verhungern und hatte sich schon in sein Schicksal ergeben, als eines Nachts der Kahn an das Ufer stieß; da sprang er heraus und band ihn fest, und weil ihn der Hunger trieb, so stieg er auf einen hohen Tannenbaum, ob er nicht von da ein Licht erspähen könnte und so zu Leuten käme, die ihm etwas zu essen gäben; aber er mochte seine Augen anstrengen, wie er wollte, es zeigte sich nah und fern kein Licht. Da wurde er ganz muthlos und sprach: »Was hilft es mir nun, daß ich der See glücklich entgangen bin; wenn ich hier in der Wildniß vor Hunger umkommen muß, oder den Spitzbuben wieder in die Hände falle. Hätten mich die Wellen verschlungen, so wäre das wohl für mich das Beste gewesen. « Indem daß er noch so klagte, gewahrte er, daß in seinem Kahn, den er am Ufer zurückgelassen hatte, sich etwas Weißes regte, und als er näher hinzutrat, so war es der Geist des armen Mannes, für welchen er die zehn Thaler bezahlt hatte, daß er konnte begraben werden. »Weil du so gut gegen mich gewesen bist«, sprach der Todte, »und hast mir ein ehrliches Begräbniß geben lassen, so will ich dich nun zum Dank schnell in die Stadt bringen, wo der Kapitän morgen mit deiner Frau Hochzeit halten will, wenn du dich nicht noch zur rechten Zeit einfindest.« Als der Todte das gesagt hatte, führte er den Königssohn in dem Kahne noch denselben Tag zu der Königsstadt bis zu einem Gasthause, welches dem Schlosse gerade gegenüber lag. Der Königssohn fragte die Wirthin, ob er nicht die Nacht dableiben und ein Zimmer haben könnte und forderte sich auch ein Glas Wein. Da sah ihn die Wirtin ganz verächtlich an, denn er war ganz schmutzig und trug noch sein zerrissenes Matrosenzeug; »geh nur weiter,« sprach sie, »dies ist hier keine Herberge für Leute deinesgleichen; ich habe das ganze Haus voll vornehmer Gäste, denn morgen ist Hochzeit gegenüber in des Königs Schloß.« Als er aber das Glas Wein mit einem Goldstücke bezahlte, da wurde die Wirtin auf einmal ganz freundlich und gab ihm auch ein Zimmer, wo er die Nacht bleiben konnte. Da ging der Königssohn hinauf, machte das Fenster auf und fing auf seiner Flöte zu spielen an. Das hörte gegenüber im Schloße die Prinzessin, und an dem Tone und der Melodie erkannte sie, daß der gekommen war, welcher sie aus den Händen der Räuber befreit hatte. Da fing sie laut zu weinen an und ging zu ihrem Vater und fiel ihm mit Schluchzen rund um den Hals und konnte kein einziges Wort hervorbringen. »Was fehlt dir denn, mein Kind, « fragte der König da; »daß du so traurig bist, und morgen ist doch dein Hochzeitstag? « »Ach, lieber Vater, « sprach die Prinzessin, »ich darf und darf es niemals sagen, was mich so traurig macht; das habe ich schwören müssen. « »Nun! « sagte der König, »wenn du es nicht sagen darfst, so darfst du es doch schreiben« und ließ Feder, Tinte und Papier holen. Da schrieb sie auf, daß der, welcher in dem Gasthofe die Flöte spielte, sie von den Räubern erlöst hätte; der Schiffskapitän aber wäre ein Betrüger und falscher Mann und gäbe sich mit Unrecht für ihren Befreier aus. Als das der König las, schickte er gleich einen von seinen Dienern hin, daß er den Mann holen sollte, der in dem Gasthofe gegenüber auf der Flöte spielte. Wie aber der Diener hinkam und den Fremden darum ansprach, so that der ganz säumig und sprach; »Wenn dein Herr, der König, mich zu sprechen wünscht, so kann er selber kommen; der Weg vom Könige zu mir ist nicht weiter als der Weg, welcher von mir zum Könige geht«. Mit der Antwort ging der Diener vor den König und sagte ihm auch, was das für ein schmutziger Gesell wäre, der so verwegen gesprochen hatte. Da redete der König seiner Tochter zu, daß sie sich den Landstreicher sollte aus dem Sinne schlagen; aber die Prinzessin wollte sich nicht eher zufrieden geben, bis ihr Vater selbst hinging und den Mann herüber in das Schloß holte. Da erkannten sich die beiden und fielen sich in die Arme, und dann erzählten sie dem Könige von der Treulosigkeit des Schiffskapitäns und wie das alles so gekommen war. Da gab der König den Befehl aus, daß der Kapitän zur Strafe von vier Ochsen sollte in Stücken gerissen werden; den Königssohn aber vermählte er mit seiner Tochter und machte ihn zum Könige, und das ist er auch geblieben, bis er starb.

## 23. Der Königssohn Johannes.

Es war mal ein Königssohn mit Namen Johannes, der wollte auf
Reisen gehn, und ob sein Vater gleich dawidersprach, weil er
fürchtete, es könnte ihm unterwegs ein Unglück zustoßen, so ließ er
sich doch nicht zurückhalten, sondern zog fort in die weite Welt
hinein. Mit Anbruch der Nacht kam er in einen großen Wald zu einem
Hexenhause, darin wohnte ein altes Weib mit ihrem Manne. Die Hexe
war aber so bös geartet, daß sie alle drei Tage wenigstens einen
Menschen fraß. den sie vorher in ihrem Backofen gebraten hatte. Als
sie nun den schönen Königssohn in ihr Haus treten sah, da lachte ihr
das Herz im Leibe, daß sie wieder einen guten Braten kriegte. »Du
kommst von hier nicht wieder fort«, sprach sie zu ihm, »und sollst mir
tüchtig arbeiten. «

Den andern Morgen brachte sie ihn hinaus auf ein großes Feld, gab
ihm einen Spaten und sagte: »Nun grabe mir das Feld; aber das wicke
ich dir, bist du bis Sonnenuntergang nicht fertig damit, so geht's dir
schlecht. « Damit ließ sie ihn allein und ging fort. Der Königssohn
hatte aber nie in seinem Leben einen Spaten in der Hand gehabt, und
nun sollte er in einem Tage das große Feld herumbringen. Darüber
gerieth er so in Verzweiflung, daß er sich bitterlich weinend auf den
Boden warf.

Nun hatte die Hexe noch ein Mädchen bei sich mit Namen Jette, das
musste dem Königssohn um Mittag was zu Essen bringen, und als sie
hinkam, da lag er noch immer und weinte und hatte von seiner Arbeit
noch nichts gethan. »Was weinst du denn? « fragte ihn das Mädchen.
»Ach! « sagte er; »ich sehe wohl, daß ich die Arbeit doch nimmer
fertig bringe, darum bin ich so traurig. « »Sei nur guten Muthes«,
sprach das Mädchen da; »wenn du mir getreulich beistehen willst, daß
ich aus dem Hause der alten Hexe wegkomme, so will ich die Arbeit
schon für dich fertig bringen. Du musst wissen, ich bin keine
gewöhnliche Magd, sondern eines Königs Tochter; aber das alte Weib
hat unser Schloß verwünscht, da sind meine Brüder zu drei Riesen
geworden, die werfen auf dem Schloßhofe mit Steinen, daß keiner
hineinkann, und wenn sie niederwerfen, so werfen sie auf, und wenn
sie aufwerfen, so werfen sie nieder. Ich selber muß bei der Hexe
dienen als ihre Magd. Wenn wir aber fort wollen, so dürfen wir nicht
lange mehr warten, denn von heut über drei Tage muß sie wieder
Einen fressen und hat schon gesagt, sie wollte den Backofen heiß

machen. « Da versprach der Königssohn dem Mädchen, daß er ihr
gerne beistehen wollte, und wenn sie glücklich wegkämen, so wollte
er sie zu seiner Frau nehmen. Das Mädchen hatte aber das Wünschen
gelernt, und nun wünschte sie, daß das Land herum wäre, und wie sie
das gethan hatte, so war auch die Arbeit geschehen. Der Königssohn
legte sich nun hin und schlief, bis die Sonne hinunter war; dann ging
er zu Hause und sagte, das Land wäre umgegraben. »Gut das! « sagte
die Hexe; »morgen will ich dir mehr zu thun geben. «
Den andern Tag brachte sie ihn in den Wald zu einer allmächtig
großen Buche, gab ihm eine Axt und sagte: »Nun fälle mir den Baum,
und wenn du das gethan hast, so haue ihn in kleine Splittern, daß ich
Brennholz kriege; aber das wicke ich dir, bist du bis Sonnenuntergang
nicht fertig damit, so geht's dir schlecht.« Damit ging sie weg und ließ
ihn allein. Der Königssohn hatte aber in seinem Leben noch keine Axt
in Händen gehabt, und nun sollte er in einem Tage den allmächtig
großen Baum in Splitter hauen. Darüber wurde er ganz mißmuthig,
warf sich auf die Erde und fing bitterlich zu weinen an.
Um Mittag hatte er noch keinen Hieb getan, und als Jettchen mit dem
Essen kam, da lag er noch immer und weinte in einem fort. »Weine
doch nicht mehr, « sagte sie zu ihm; »ich will die Arbeit wohl für dich
thun, wenn du halten willst, was du mir gestern versprochen hast. «
»Ja! « sagte der Königssohn; »das will ich dir gewiß und wahrhaftig
halten. « Da wünschte sie, daß der Baum gefällt und in Splitter
gehauen wäre, und wie sie es gewünscht hatte, so war es auch gleich
geschehen. Der Königssohn legte sich nun hin und schlief, bis die
Sonne hinunter war, dann ging er zu Hause und sagte, mit dem Baum
wäre er fertig. »Gut das! « sagte die alte Hexe; »morgen will ich dir
mehr zu thun geben. «
Den dritten Tag brachte sie ihn zu einem großen Teiche, gab ihm den
Rand von einem Siebe und sagte: »Nun schöpfe mir den Teich aus;
aber das wicke ich dir, bist du bis Sonnenuntergang nicht fertig damit,
so geht's dir schlecht. « Damit ging sie weg und ließ ihn allein. Der
Königssohn aber fing bitterlich zu weinen an, denn mit einem
Siebrande Wasser schöpfen, das war ja eine unmögliche Arbeit.
Um Mittag kam Jettchen und brachte das Mittagessen, und als sie ihn
so weinend auf der Erde liegen sah, sprach sie ihm Muth ein und
sagte: »Weine nicht mehr, Johann! Wenn Du Dein Versprechen halten
willst, so will ich die Arbeit für dich ausrichten. « »Ja! « sagte er; »das

will ich gewiß und wahrhaftig halten. « Da wünschte sie, daß der Teich leer wäre, und wie sie das gethan hatte, so war auch gleich alles Wasser heraus bis auf den letzten Tropfen.

»Diese Nacht,« sprach sie darauf, »will ich dich wecken; dann wollen wir zusammen fortlaufen, denn es ist die höchste Zeit; morgen früh, das weiß ich, will die Alte den Backofen heizen und wird dich sicher braten und auffressen, wenn wir nicht machen, daß wir von hier wegkommen. Darum halte dich bereit. « Das versprach er auch. Als nun die Sonne untergegangen war, ging er zu Hause und sagte, mit dem Teiche wäre er fertig. »Schön! « sagte die Hexe, »so sollst du morgen Feiertag haben« und that ganz freundlich und lachte, weil sie sich schon im voraus auf den guten Braten freute. Mit dem, so gingen sie zu Bette.

In der acht aber stand Jettchen auf, spuckte dreimal vor ihr Bett, weckte den Königssohn, und dann liefen sie fort, so schnell sie nur konnten. »Ich darf mich aber nicht umsehen«, sprach das Mädchen, »sonst hat mich die Hexe wieder in ihrer Gewalt; darum musst Du zuweilen zusehen, ob wir nicht verfolgt werden. «

Unterdes war aber die Alte auch schon aufgestanden, denn sie konnte die Zeit nicht erwarten, daß der Backofen geheizt würde, und weil Jettchen ihr dabei helfen sollte, so rief sie: »Jettchen! « »Ja! « rief die Spucke. Aber Jettchen kam nicht. »Jettchen! « rief sie wieder. »Ja! « antwortete die Spucke; aber das Mädchen kam nicht. Da rief sie zum dritten Male: »Jettchen! « »Ja! « rief die Spucke. Aber Jettchen kam noch immer nicht, und als sie endlich vor des Mädchens Bett ging, so war das Nest leer und als sie nun den Königssohn auch nicht in seinem Bette fand, da sah sie wohl, daß die Vögel ausgeflogen waren. Da lief sie schnell hin und weckte ihren Mann, der musste mit drei großen Hunden hinter den beiden her und sollte sie wieder einfangen. Als sich nun der Königssohn einmal umsah, so war der Kerl mit den Hunden schon dicht hinter ihnen. Da wünschte das Mädchen den Königssohn zu einem Dornstrauche und sich selbst zu einer schönen Blume, die mitten darin stand. Wie da der Kerl herankam und wollte den Dornstrauch fassen, so stachen ihn die Dornen in die Hände; da lief er schnell wieder nach Hause und sagte zu seiner Frau: »Ich habe die Beiden nicht fangen können; es stand da ein Dornstrauch und eine Blume darin; aber als ich den Dornstrauch anfaßte, da stachen mich die Dornen und da bin ich weggelaufen.« »O, wie dumm! « sagte die

Hexe und schalt ihren Mann tüchtig aus; »hättest du nur die Blume mitgebracht, so wäre der Dornstrauch von selbst gekommen. Mach nur, daß du gleich wieder fortkommst und schaff mir die Blume.« Da musste der Kerl mit den drei Hunden wieder los und hinter den beiden her.

Die waren aber mittlerweile weitergelaufen. Als sich nun der Königssohn einmal umsah, so war der Kerl mit seinen großen Hunden schon wieder dicht hinter ihnen. Da wünschte sich das Mädchen zu einem großen Teiche und den Königssohn zu einem Enterich, der schwamm darauf. Indem, so kam der Kerl herzugelaufen, und weil der Enterich immer mitten auf dem Teiche schwamm, so dachte er ihn herbeizulocken und rief: »Niep, Niep! Niep, Niep!« Aber der Enterich schnatterte immer mitten auf dem Teiche herum, daß ihn der Kerl nicht greifen konnte. Da lief er wieder nach Hause zu seiner Frau und sagte: »Ich habe die beiden nicht fangen können; da war wohl ein Teich, und ein Enterich schwamm darauf, aber der Enterich hielt sich immer mitten auf dem Teiche. « »O, wie dumm! « schalt die Hexe; »hättest du nur den Enterich fangen können, so wäre der Teich von selbst gekommen. Lauf nur schnell wieder fort und schaff mir den Enterich. « Da musste der Kerl mit den drei Hunden wieder los und hinter den beiden herlaufen.

Die hatten aber mittlerweile ihre natürliche Gestalt wieder angenommen und waren schnell weitergelaufen. Als sich aber der Königssohn einmal umsah, so war der Kerl mit den drei großen Hunden schon wieder dicht hinter ihnen. Da sagte Jettchen: »Ich will mich jetzt zu einem Gemüsegarten wünschen und du sollst ein alter Mann mit langem Barte sein, der in dem Garten herumgeht. « Und wie sie es gewünscht hatte, so war es auch gleich geschehen. Indem, so kam der Mann der alten Hexe herzugelaufen, fand aber nur einen schönen Gemüsegarten, und einen alten Mann mit langem Barte darin, den fragte er, ob er nicht da eben zwei hätte vorbeilaufen sehen! »Gelbe Wurzeln«, sagte der alte Mann. »Ich meine«, schrie ihm der andere zu, »ob Ihr nicht gesehen habt, wo die zwei Leute hingelaufen sind, die hier eben vorbeigekommen sein müssen! « »Gelbe Wurzeln«, sagte der alte Mann. Da fragte der andere zum dritten Male und schrie noch lauter als vorher, aber der alte Mann sagte wieder »Gelbe Wurzeln«. »Hier ist nichts zu machen«, dachte der Mann der

Hexe, »ich will nur wieder zu Hause gehen. « Damit trollte er sich heim zu seinem alten Weibe.

Als Jettchen sah, daß der Kerl fort war, wünschte sie sich und Johann wieder in ihre natürliche Gestalt; dann liefen sie weiter und kamen glücklich über die Grenze, wo das Gebiet der Hexe aufhörte, so daß sie ihnen nichts mehr anhaben konnte.

Nicht lange darnach kamen sie an Johann sein Schloß. Da sprach der Königssohn zu dem Mädchen: »Es möchte meinen Eltern nicht recht sein, wenn ich dich so ohne weiteres mitbrächte; darum will ich erst mal allein zu ihnen gehen; es soll aber nicht lange dauern, so hole ich dich auch herein. « Da setzte sich Jettchen auf einen breiten Stein, der vor dem Schlosse lag und wartete, daß der Königssohn wiederkäme und sie abholte. Als der aber hinein zu seinen Eltern kam, vergaß er das Mädchen und ließ es draußen auf dem Steine sitzen und dachte nicht mehr daran.

Über eine Zeit trug es sich zu, daß der Königssohn sein Fenster offen ließ, da flog eine weiße Taube herein, die rief:

»Johann hat Jettchen vergessen

Auf einem breiten Stein.«

Und als er die Worte hörte, da fiel ihm auf einmal alles wieder ein, was er vergessen hatte, wie das Mädchen so gut gegen ihn gewesen war und daß er sie so treulos hatte sitzen lassen. Er hatte auch nicht eher Ruhe, bis er auszog, das Mädchen aufzusuchen.

Lange Zeit musste er wandern, da kam er endlich an Jettchen ihr Schloß, das von der Hexe war verwünscht worden. Es war gerade Mittag, und um die Zeit hatten die drei Riesen eine Stunde Frist, wo sie nicht zu werfen brauchten, so daß der Königssohn ungehindert in das Schloß gehen konnte. In dem Schlosse war aber alles ganz still und leer; nur ein alter Mann saß darin, der hatte die Hand an die Wange gelegt und schlief, und vor dem Fenster, da stand eine einzige wunderschöne Blume; und als der Königssohn hereintrat, da schlug der alte Mann die Augen auf und sagte: »Vergiß das Beste nicht!«

»Das Beste, was hier zu finden ist, wird wohl die schöne Blume sein, « dachte der Königssohn, nahm sie und wollte wieder aus dem Schlosse gehen. Da waren aber die drei Riesen schon wieder dabei und warfen Steine; aber der Königssohn wußte wohl, wenn sie niederwarfen, so warfen sie auf, und wenn sie aufwarfen, so warfen sie nieder. Darum so nahm er die Zeit wahr, wo sie niederwarfen,

sprang schnell hinzu und berührte sie. Damit hatte er es aber
getroffen; die Riesen waren erlöst und wurden drei Königssöhne und
die schöne Blume wurde zu Jettchen, ihrer Schwester, die sich in die
Blume verwünscht hatte. Da sprach Johann zu ihr: »Nun will ich dich
auch nie und nimmer wieder vergessen, so lange ich lebe«, und das
hat er treulich gehalten bis an sein Ende.


### 24. Das verwünschte Schloss.

In alter Zeit ist mal ein Edelmann gewesen, der hatte einen großen,
schönen Wald und vieles Wild darin, aber alle seine Jägersburschen,
die er noch gehabt hatte, wenn sie ausgingen, in dem Wald zu jagen,
so kamen sie nicht wieder zurück, so daß zuletzt keiner mehr bei dem
Edelmann in Dienst gehen wollte.

Nach langer Zeit kam endlich mal wieder ein junger, hübscher
Bursche zugereist, der stellte sich dem Edelmann als Jäger vor; da
sagte ihm der Edelmann, wie es mit dem Walde bestellt wäre, und daß
noch keiner wieder daraus zurückgekommen sei, aber der Bursche bat
so viel, er möchte ihn doch annehmen, daß er ihn zuletzt doch in
seinen Dienst nahm.

Gleich den andern Tag sattelte der Jäger sein Pferd und zog zum Jagen
in den Wald hinein. Nicht lange war er geritten, so sah er auf einmal
dicht vor sich elf prächtige Hirschkühe und einen prächtigen
Hirschbock, der trug ein Geweih von purem Golde. Da faßte den Jäger
ein heftiges Verlangen, dem wunderbaren Hirsche zu folgen, daß er
ihn womöglich erjagen möchte; darum trieb er sein Pferd zu raschem
Laufe an. Die zwölf Hirsche aber, als er ihnen nachsetzte, sprangen
eilig davon; und zuletzt wurde der Wald so wüst und dicht, daß er die
Hirsche ganz aus den Augen verlor und sich verirrte. Mit dem, so
brach auch die Nacht herein. Da stieg der Jäger auf einen hohen Baum
und sah von da aus der Ferne her ein Licht schimmern. Als er nun in
der Richtung, wo das Licht herschien, weiter ritt, so kam er an einen
großen Pferdestall, darin brannte die Stallaterne, und das war das
Licht gewesen, welches er von dem Baume aus hatte schimmern
sehen. Da band er sein Pferd wie die andern Pferde in den Stall.

Der Pferdestall gehörte aber zu einem Schlosse, das stand nicht weit
davon, und als der Jäger da hineinging, so fand er alles aufs schönste
eingerichtet, aber es war ganz still darin und kein lebendes Wesen zu

hören und zu sehen. Nun stand da ein Schrank voll schöner
Lesebücher, da nahm der Jäger eins von in die Hand, um sich die Zeit
zu kürzen. Mit einem Male so wurde eine Stimme wach, die rief:
»Was beliebt? « »Ei! « sprach der Jäger, »wenns nach meinem
Belieben geht, so möchte ich wohl Waschwasser haben und ein gutes
Abendbrot. « Und was er verlangt hatte, das wurde ihm auch alles
hergebracht. Da wusch er sich und setzte sich zum Abendessen, und
als er gegessen hatte, nahm er wieder sein Buch zur Hand und las.
Um elf Uhr ließ sich wieder die Stimme vernehmen und sagte: wenn
es zwölf wäre, so kämen vier Männer und schleppten ihn im ganzen
Schlosse herum; dabei dürfte er aber ja keinen Laut von sich geben,
sonst müßte er sterben.

Und richtig! Mit dem Schlage zwölf that sich die Thür auf und herein
traten vier schwarze Männer, die faßten ihn unsanft an, schleiften ihn
Trepp auf, Trepp ab im ganzen Schlosse herum; er gab aber keinen
Laut von sich, und als der Schlag eins aus der Glocke ging, da
brachten sie ihn wieder in sein Zimmer zurück.

Da sagte die Stimme: auf dem Tische stände Salbe, da sollte er sich
mit einreiben, und dann stände in dem Nebenzimmer ein schönes Bett,
da sollte er sich hineinlegen.

Das that der Jäger auch und den andern Morgen, da er erwachte,
waren all seine Schmerzen vorüber. Es stand auch schon sein
Morgenbrod bereit. Er erhob sich, als er das sah, von seinem Lager,
verzehrte was ihm gebracht war, und nachdem, so setzte er sich
wieder hin und las schöne Geschichtsbücher, die er nach Belieben aus
dem Schranke nehmen konnte. Den ganzen Tag über wurde er mit
Essen und Trinken wohl versorgt, so daß es ihm sicher alles
wohlgefallen hätte, wenn ihm nicht die unheimlichen schwarzen
Männer von der Nacht vorher noch zu lebhaft in Gedanken gewesen
wären. Darum gedachte er, als der Abend anbrach, heimlich davon zu
gehen. Aber o weh! Die Zugbrücke war aufgesogen und alle
Anstrengungen, sie herunter zu lassen, waren vergeblich. Da musste er
denn wohl wieder umkehren, er mochte wollen oder nicht.

Um elf Uhr wurde wieder die Stimme laut und sagte: statt daß gestern
vier gekommen wären, würden heute Nacht acht kommen und ihn im
ganzen Schlosse herumtragen; wenn er aber den geringsten Laut von
sich gäbe, so müßte er sterben.

Und richtig! Mit dem Schlage zwölf that sich die Thüre auf und hereintraten acht große schwarze Männer, die packten ihn bei den Beinen und schleiften ihn mit dem Kopfe zu unterst Trepp auf, Trepp ab im ganzen Schlosse herum, daß ihm alle Rippen im Leibe knackten und sein Kopf voll Beulen wurde. Aber doch gab er keinen Laut von sich; und wie der Schlag eins aus der Glocke ging, da brachten sie ihn wieder hin, wo sie ihn hergeholt hatten.

Da sagte die Stimme wieder: auf dem Tische stände Salbe, da solle er sich mit einreiben, und in dem Nebenzimmer stände ein schönes Bett, da solle er sich hineinlegen.

Das that der Jäger auch; und den andern Morgen, als er aufwachte, war sein Kopf wieder heil und that ihm kein Finger weh. Es stand auch schon ein gutes Morgenbrod bereit, das verzehrte er mit Behagen, und nachdem so setzte er sich wieder hin und las noch viel schönere Bücher als er den Tag vorher gelesen hatte, und zu bestimmter Zeit kriegte er auch wieder sein gutes Essen und war ganz vergnügt bis zum Abend, wo es anfing dunkel zu werden; da fielen ihm die schwarzen Männer wieder ein und herzlich gerne hätte er sich auf und davon gemacht, wenn er nur gekonnt hätte.

Um elf Uhr sagte die Stimme: anstatt daß gestern acht gekommen wären, kämen heute zwölf; er sollte aber nur standhaft bleiben und kein Wort sagen, sonst müsste er sterben.

Und richtig! Mit dem Schlage zwölf that sich die Thür auf und herein traten zwölf kohlschwarze Männer, die banden ihm Hände und Füße mit eisernen Ketten und schleiften ihn im ganzen Schloße herum und zuletzt hinaus auf den Hof zu einem tiefen Brunnen und thaten, als ob sie ihn hineinwerfen wollten. Aber doch blieb er standhaft und gab keinen Laut von sich. Sowie der Schlag eins aus der Glocke ging, brachten sie ihn wieder zurück in sein Gemach. Er war halb todt und alle Knochen thaten ihm im Leibe weh, aber diesmal kam keine Salbe und wurde ihm auch kein Bett gegeben, so daß er auf allen vieren in eine Ecke kroch und da liegen blieb.

Die ganze Nacht that er vor Schmerz kein Auge zu, und den andern Morgen wurde auch kein Essen gebracht; aber es dauerte nicht lange, so klopfte jemand an die Thür, und als der Jäger »herein!« rief, da er schien ein wunderschönes Mädchen, das gab ihm von der Heilsalbe und sagte: in dem Nebenzimmer im Schranke, da hingen königliche

Kleider, die sollte er anziehen, und wenn er das gethan hätte, so sollte
er nur oben heraufkommen. Damit ging sie wieder hinaus.

Der Jäger zog nun, nachdem er mit der Salbe seine Schmerzen gestillt
hatte, die königlichen Kleider an und ging dann oben in das Schloß
hinauf, und als er in den Saal trat, so saß da eine wunderschöne
Prinzessin mit ihren elf Jungfrauen; das waren die zwölf Hirsche
gewesen, die der Jäger verfolgt hatte; der mit den goldenen Hörnern
war die Prinzessin. Da bedankten sie sich bei dem Jäger, daß er sie
durch seine Standhaftigkeit nun erlöst hatte. Nachdem so wurde der
Jäger König und hielt Hochzeit mit der schönen Prinzessin, und wurde
getanzt und geschmaust; und wenn die Hochzeit noch nicht zu Ende
ist, so dauert sie heute noch.

## 25. Drei Königskinder.

Es war einst ein König, der hatte Befehl gegeben, daß in seinem
Reiche abends nach zehn Uhr keiner mehr arbeiten sollte, und wer das
doch thäte, der sollte schwerer Strafe gewärtig sein. Nun saßen noch
spät abends bei Licht drei arme Mädchen und arbeiteten. Da sprach
die erste: »ich wollte, ich kriegte des Königs Koch zum Mann, « die
zweite: »ich wollte, ich kriegte dem König seinen Minister, « die
dritte und jüngste aber sprach: »ich wollte, daß ich den König selber
zum Mann kriegte«. Das hatte der König alles mit angehört, denn er
stand hinter dem Fenster und horchte, und kam ihm so drollig vor, daß
er beschloß, den drei Mädchen ihre Wünsche zu erfüllen.

Den Tag darauf ließ er die älteste zu sich rufen, die sich den Koch
zum Manne gewünscht hatte und sprach zu ihr: »ich habe gestern
deinen Wunsch vernommen und

weil du den Koch begehrt,

so bist des Koches werth«

und gab ihr den Koch zum Manne. Darauf ließ er die zweite vor sich
kommen und sagte: »ich habe gestern deinen Wunsch vernommen und

weil du den Minister begehrt,

so bist du seiner auch werth«

und gab ihr seinen Minister zum Manne. Nachdem so musste die dritte
und jüngste Schwester vor ihn kommen, die ihn selber zum Manne
gewünscht hatte, zu der sprach er auch: »ich habe gestern deinen
Wunsch vernommen und

weil du meiner begehrt,
so bist du meiner auch werth«
und heirathete sie und machte sie zur Königin.
Über eine Zeit, so wurde die Königin schwanger; da fragte sie der
König, wen sie denn am liebsten zu ihrer Pflege bei sich haben wollte.
Da verlangte sie nach ihrer ältesten Schwester, die des Königs Koch
zum Manne hatte. Die Königin brachte aber einen hübschen Knaben
zur Welt, der trug an seiner Stirn einen goldenen Stern. Weil nun die
älteste Schwester neidisch war, daß die jüngste den König zum Mann
gekriegt hatte, sie selber aber nur des Königs Koch, so legte sie der
Königin einen jungen Hund ins Bett, nahm das Kind, klebte ihm ein
Pechpflaster auf die Stirn, daß der goldene Stern nicht zu sehen war
und that es in einen Kasten; den Kasten mit dem Kinde setzte sie
heimlich auf den Strom,[1] der dicht an des Königs Schloß vorbeifloß,
und da trieben ihn die Wellen immer weiter hinab in das Land hinein.
Der König, da er vernahm, daß seine Frau einen Hund geboren hätte,
ward erst ganz zornig, aber doch, aus großer Liebe zu ihr, gab er sich
zufrieden und war freundlich und gut mit ihr wie zuvor.
Zu derselben Zeit wohnte weiter den Strom hinab ein Gärtner, der
hatte drei Kinder und dicht an dem Strom einen schönen Garten. Da
nun einst die Kinder, wie sie immer thaten, in dem Garten dicht am
Wasser ihre Spiele trieben, so kam ein Kästchen den Strom
herabgeschwommen, und wie es die drei Gärtnerskinder auffischten
und ans Ufer zogen, so lag ein kleiner hübscher Knabe darin, dem saß
auf der Stirn ein Pechpflaster. Da liefen die Gärtnerskinder mit dem
Kästchen und dem Kinde darin voller Freuden zu ihrem Vater und
zeigten es ihm, und der Gärtner, da er das arme hülflose Kind sah,
erbarmte sich seiner und behielt es bei sich und behandelte es, als ob
es sein eigenes Kind gewesen wäre, und die drei Gärtnerskinder
warteten es und spielten damit.
Über ein Jahr kriegte die Königin wieder ein kleines Kind und das war
wieder ein Knabe und trug vor seiner Stirn auch so einen goldenen
Stern, genau wie das erste Kind. Die neidische Schwester aber, welche
die Königin wieder zur Pflege bei sich hatte, nahm das Kind, sobald es
geboren war, heimlich weg, legte ein Pechpflaster auf seine Stirn und
setzte es in einem Kästchen auf den Strom, daß es die Wellen
hinuntertrieben. An seiner Statt legte sie der Königin einen jungen
Hund ins Bett und ging hin und sagte den Königen, seine Gemahlin

hätte diesmal wieder einen Hund zur Welt gebracht. Darüber gerieth der König in heftigen Zorn, versammelte seine Räthe und fragte sie, was sie meinten, daß er in der Sache thun solle? Da hielten sie einen Rath und sprachen; diesmal sollte der König noch verzeihen; wenn aber so was noch einmal wieder vorkäme, so hätte die Königin verdient, daß sie in einem Thurme lebendig vermauert würde und kein Essen und kein Trinken kriegte und so des Todes stürbe. Damit war der König zufrieden.

Es begab sich aber, daß zu derselben Zeit des Gärtners drei Kinder wieder in dem Garten waren und an dem Wasser spielten, da kam das Kästchen mit des Königs zweitem Kinde auf dem Strome dahergeschwommen, das zogen die drei Kinder auch ans Ufer und brachten es voller Freuden zu ihrem Vater, und weil der ein mitleidiger Mann war, so behielt er das arme hülflose Ding bei sich, und die drei Gärtnerskinder warteten es und spielten damit.

Nachdem, da ein Jahr vergangen war, wurde die Königin zum dritten Male schwanger und hatte wieder ihre Schwester bei sich, und als sie nun ein kleines Mädchen kriegte, da legte ihr das boshafte Weib eine Katze ins Bett und setzte das Kind in einem Kasten auf den Strom, daß es die Wellen hinaustrugen in das weite Land hinein. Aber die drei Gärtnerskinder fingen es auf und brachten es ihrem Vater, der erbarmte sich seiner und behielt es bei sich.

Der König, da er vernahm, daß seine Frau zum dritten Male ein Thier zur Welt gebracht hatte, ward seines Zornes nicht mehr Meister, ließ die arme Königin greifen und sie in einem Thurm lebendig vermauern, so daß sie vor Hunger bald umkommen musste.

Eine Zeit darnach begab es sich, daß die drei Gärtnerskinder krank wurden und starben, die Königskinder aber wuchsen und wurden schön und stark, und der Gärtner setzte sie zu seinen Erben ein. Da sie nun einstmals in ihrem Garten spazieren gingen, so kam ein alter Mann vorbei, der redete sie an und sprach: »Wißt ihr, was euch zu eurem Glücke noch fehlt? « »Nein! « sprachen die Kinder; »was sollte uns noch fehlen; wir haben es ja hier so gut. « Da sprach der alte Mann: »Drei Dinge fehlen euch noch:
Der Vogel der Wahrheit,
Das Wasser des Lebens
Und der Apfel Sina;

die sind es, die euch noch fehlen, daß ihr ganz glücklich seid, und zu finden sind sie auf einem hohen Berge; wenn da einer hinaufkommt, so fängt es an zu donnern und zu blitzen und die Erde bebt, und wenn der, welcher die drei Dinge holen will, sich umsieht, so wird er in einen Stein verwandelt.«

Da hub der älteste Knabe an und sprach: »Nun habe ich nicht her weder Ruhe noch Rast, bis ich den Vogel der Wahrheit, das Wasser des Lebens und den Apfel Sina gefunden und erlangt habe. Hier in diesen Baum stoß ich mein Messer, wenn das rostig wird, so bin ich todt und komme nie mehr zurück. « Damit nahm er Abschied von Bruder und Schwester, stieß sein Messer in den Baum und zog fort in die weite Welt hinein.

Lange Zeit warteten die Kinder, daß ihr Bruder wiederkomme, aber er kam und kam nicht, und als sie nach dem Messer sahen, so war es rostig geworden und da konnten sie sich wohl denken, daß ihr Bruder in einen Stein verwandelt war. Da sprach der zweite Knabe: »Ich lasse meinen Bruder nicht im Stiche, es mag kommen wie es will. « Damit nahm er Abschied von seiner Schwester, stieß auch ein Messer in den Baum, daß sie daran erkennen könnte, ob er lebendig wäre oder todt und zog aus, seinen Bruder aufzusuchen.

Das Mädchen wartete lange Zeit vergeblich, daß ihr Bruder wiederkäme, aber er kam und kam nicht, und als sie einmal nach dem Messer sah, so war es auch rostig geworden, wie ihrem ältesten Bruder seins. Da fing sie bitterlich zu weinen an und sprach: »Nun sind doch meine beiden Brüder gewiß in Steine verwandelt; aber ich lasse sie nicht im Stich, es mag kommen wie es will, « und machte sich auf den Weg, ihre Brüder aufzusuchen.

Sie musste erst viele Meilen gehn, bis sie endlich an den Berg kam, wo der Vogel der Wahrheit, das Wasser des Lebens und der Apfel Sina zu finden waren. Da faltete sie ihre Hände und betete erst, und da sie nun den Berg hinanstieg, fing es plötzlich an zu donnern und zu wetterleuchten und die Erde bebte, doch stieg sie getrost, ohne hinter sich zu schauen, bis zum Gipfel, wo der Baum stand mit dem Apfel Sina, und ein Brunnen floß, daraus das Wasser des Lebens quoll. Nachdem sie den Apfel gepflückt und von dem Wasser geschöpft hatte, wollte sie wieder fortgehen, da rief der Vogel der Wahrheit: »Vergiß meiner nicht! Vergiß meiner nicht! « Da nahm sie den Vogel auch mit sich, den sie beinahe ganz vergessen hätte.

Auf dem Berge lagen aber viele viele Steine, die begoß das Mädchen
mit dem Wasser des Lebens, und da wurden sie auf einmal lebendig
und waren auch des Mädchens Brüder dabei, und es entstand da, als
das Mädchen noch immer mehr Steine mit dem Wasser begoß, ein
groß Gewühl von Menschen, die zogen nun alle in Scharen singend
den Berg hinab.

Die beiden Brüder und ihre Schwester gingen nun wieder miteinander
in ihre Heimath und als sie zu Hause angekommen waren, sprach der
Vogel der Wahrheit, sie sollten ein Mahl bereiten und den König zu
Gaste laden Da sagten die Kinder: »Wie können wir den König zu
Gaste bitten und haben doch keine Speise, die für einen König
schicklich ist?« Sprach der Vogel: wenn sie in jede Schüssel ein
Stückchen von dem Apfel Sina legten, so würden die Speisen von
selber kommen. Da thaten die Kinder, wie der Vogel gesagt hatte, und
luden den König zu Gaste, und als er kam und di Schüsseln
aufgedeckt wurden, da waren die köstlichsten Speisen darin.
Während dem, daß sie zu Tische saßen, fing der Vogel zu sprechen an
und fragte den König, ob er denn wohl wüßte, mit wem er da zu
Tische säße? Sprach der König: »Es sind die Kinder eines Gärtners. «
»Nein, « sagte der Vogel, »es sind deine eigenen Kinder. « Und da
erzählte er dem Könige, wie sich alles so zugetragen hatte, und daß
die Königin unschuldig zum Tode verurtheilt wäre, daß ihr die
neidische Schwester die beiden ersten Male zwei kleine Wölpen und
das dritte Mal eine Katze ins Bett gelegt hätte und daß die Kinder vor
der Stirn einen goldenen Stern trügen. Als ihnen der König nun die
Pechpflaster vor dem Kopfe wegnehmen ließ, so kamen die Sterne
zum Vorschein. Da war die Freude groß, und that es dem Könige nur
leid, daß die arme Königin das alles nicht auch mit erleben konnte. Da
sprach der Vogel der Wahrheit, sie sollten ihr nur von dem Wasser des
Lebens bringen, so würde sie wieder lebendig werden. Das thaten sie,
und von dem Wasser kam sie auch wieder ins Leben zurück, und da
hielt der König zum zweiten Male Hochzeit mit ihr.


## 26. Der kluge Knecht.

Ein Bauer sprach zu seiner Frau: »Nun will ich zu Markte und mir
einen neuen Knecht mieten; aber Hans muß er heißen, sonst nehm ich
ihn nicht. « Und als er nun auf den Markt kam, so begegnete ihm

gleich einer, der fragte, ob er keinen Knecht nötig hätte? »Ja, « sagte der Bauer; »aber wie heißt du denn? « »Ich heiße Kurt, « sprach der Bursche. »Dann kann ich dich nicht gebrauchen, « sagte der Bauer; »mein Knecht muß Hans heißen, sonst nehm ich ihn nicht. « Da ging der Bursche weg, zog sich andere Kleider an und trat dem Bauern zum zweiten Male in den Weg. »Habt Ihr nicht einen Knecht nöthig? « fragte er ihn. »O ja«, sagte der Bauer; »aber wie heißt du denn? « »Ich heiße Hans! « sprach der Bursche. »Dann geh nur mit mir«, sagte der Bauer; »so einen habe ich grade gesucht« und nahm den Burschen, der kein Dummer war, mit sich nach Hause und in seinen Dienst.

Des Bauern Frau hielt es aber mit dem Pastor und gab ihm immer das beste Essen und Trinken, was sie nur im Hause hatte; und eines Abends, als der Bauer nicht zu Hause war, hörte der Knecht in der Küche was flüstern; da legte er sein Ohr an die Thür und horchte und hörte, daß der Pastor mit des Bauers Frau darinnen war. Sprach der Pastor: »Ihr habt da einen neuen Knecht gekriegt; wenn der nur nichts merkt. « »Ach, nein, « sagte die Frau, »der sieht mir nicht aus, als wenn er einer von den klügsten wäre. Darum, wenn mein Mann und der Knecht morgen früh zum Pflügen ins Feld ziehen, so kommt nur her; wenn es dann noth thut, so könnt Ihr Euch ja schnell da in die alte Lade verstecken.« Da hatte der Knecht genug gehört und schlich sich leise davon.

Den andern Morgen zog der Bauer mit seinem Knechte Hans zum Pflügen in das Feld hinaus; aber der Knecht hatte vorher heimlich den Pflug so verkeilt, daß nichts damit anzufangen war. Sprach der Bauer: »Ich weiß gar nicht, was das heute mit dem Pfluge ist; lauf doch mal schnell nach Hause, Hans, und hole mir die Barte, daß ich den Pflug wieder in Ordnung bringen kann.« Da lief der Knecht schnell fort, und als er vor das Haus kam, so war es fest zu. Er klopfte »Bum! Bum!« Da hörte er wie die alte Lade rappelte und die Bauersfrau rief von innen: »Wer ist da? « »Ich bins. « »Was willst du denn? « »Ich will die Barte holen. « »Die will ich dir schon herausreichen. « »Nein! « sprach der Knecht, »unser Herr hat gesagt, ich sollte erst die alte Lade verkaufen, die in der Küche steht. « Nun musste die Frau wohl aufmachen; der Knecht aber setzte die Lade auf einen Schubkarren und fuhr damit vor dem Pastor sein Haus, da guckte die Frau Pastorin gerade zum Fenster heraus. » Wollt Ihr nicht eine Lade kaufen? « fragte der Knecht. »Was soll sie denn kosten? « »Fünfundzwanzig

Thaler.« »Das ist zuviel, das geb ich nicht dafür. « » Gut, « sprach der Knecht; »so muß ich sehen, daß ich einen anderen Käufer finde. « Da rief der Pastor vor Angst in der Lade: »Frau, kauf sie nur, Frau, kauf sie nur! « und die Frau musste nun dem Hans die fünfundzwanzig Thaler geben. Damit ging er fort, holte die Barte und kam wieder auf das Feld zu seinem Herrn. »Das hat ja lange gedauert«, sprach der Bauer. »Seid nur zufrieden, Herr! « sagte Hans; »ich habe erst Eure alte Lade verkauft, dafür habe ich fünfundzwanzig Thaler gekriegt. Hier sind sie. « »Junge, « rief der Bauer voller Freude; »dann sollst du auch fünf abhaben«, und gab ihm von dem Gelde fünf Thaler ab. Den Abend ging der Bauer ins Wirthshaus. Da hörte der Knecht, daß in der Küche wieder ein Geflüster war, legte sein Ohr an die Thür und horchte, und es war wieder der Pastor, der heimlich zur Hinterthür hereingekommen war und mit der Frau des Bauern eine Unterredung führte. Sprach der Pastor: »Das war ein schlimmer Spaß mit der Lade.« »Seid nur ohne Sorgen«, sagte die Frau, »mein Mann hat nichts gemerkt; morgen früh, wenn er im Felde ist, so kommt nur dreist wieder her; sollte es dann noth thun, so könnt ihr ja schnell in die Tonne kriechen, die da in der Ecke steht.« Hans, der alles mit angehört hatte, was die beiden zusammen sprachen, schlich sich leise fort und ließ sich nichts merken.

Am andern Morgen, da der Bauer mit seinem Knechte ins Feld kam, war wieder der Pflug verkeilt. »Ich weiß nicht, was das wieder mit dem Pfluge ist«, sagte der Bauer; »geh doch mal schnell hin, Hans, und hole mir die Barte, daß ich ihn wieder in Ordnung bringe. « Da lief der Knecht schnell fort, und als er vor das Haus kam, so war es fest zu. Er klopfte »Bum, Bum! « Da rief die Bauersfrau von innen: »Wer ist davor? « »Ich bins! « »Was willst du denn? « »Ich will die Barte holen, daß wir den Pflug stellen können. « »Die will ich dir wohl herausreichen. « »Nein! « sagte Hans; »unser Herr hat gesagt, ich sollte noch die alte Tonne verkaufen, die in der Küche in der Ecke steht. « Nun musste die Frau wohl aufmachen; der Knecht legte die Tonne auf einen Schubkarren, fuhr damit vor dem Pastor sein Haus und ließ sich fünfzig Thaler dafür bezahlen. Nachdem so ging er hin, holte die Barte und kam wieder auf das Feld zu seinem Herrn. »Du bist ja lange ausgeblieben«, sagte der Bauer. »O Herr, seid nur zufrieden, « sprach Hans, »ich habe erst Eure alte Tonne verkauft, dafür habe ich fünfzig Thaler gekriegt. Hier sind sie. « »Das hast du

gut gemacht, mein Junge, « rief der Bauer und war ganz vergnügt;
»nun sollst du auch gleich fünf Thaler abhaben. «

Den Abend ging der Bauer ins Wirthshaus. Da hörte der Knecht, daß
in der Küche wieder ein Geflüster war, legte sein Ohr an die Thür und
horchte, und es war wieder der Pastor, der heimlich zu des Bauern
Frau gekommen war. Sprach der Pastor: »Das ist mir heute Morgen
aber wieder ein theurer Spaß geworden mit der Tonne; wenn nur Euer
Mann nichts erfahren hat. « »Seid ohne Sorgen«, sagte die Frau;
»mein Mann hat nichts gemerkt, morgen früh, wenn er im Felde ist, so
kommt nur dreist wieder her; sollte es dann noth thun, so könnt ihr ja
schnell in den Backofen kriechen, der kann nicht weggefahren und
verkauft werden.« Hans, der alles mit angehört hatte, was die beiden
zusammen sprachen, schlich sich leise fort und ließ sich nichts
merken.

Am andern Morgen, da der Bauer mit seinem Knechte Hans ins Feld
kam, war wieder der Pflug verkeilt. »Ich weiß nicht, was das wieder
mit dem Pfluge ist, « sagte der Bauer, »geh doch mal schnell hin,
Hans, und hole mir die Barte, daß ich ihn wieder in Ordnung bringe. «
Da lief der Knecht schnell fort, und als er vor das Haus kam, so war es
fest zu. Er klopfte »Bum bum! « Da rief die Bauersfrau von innen:
»Wer ist davor? « »Ich bins! « »Was willst du denn? « »Die Barte
holen. « »Die will ich dir wohl herausreichen. « »Nein, « sagte Hans;
»mein Herr hat gesagt, ich sollte noch den Backofen heizen, daß Brot
gebacken würde. « Nun musste die Frau wohl aufmachen; der Knecht
aber nahm ein Bund Stroh, schob es in den Ofen und wollte es
anzünden. Da schrie der Pastor, der in dem Ofen saß: »Laß mich doch
erst heraus, laß mich doch erst heraus! « »Nicht anders, « sprach
Hans, »als wenn du mir hundert Thaler geben willst. « »Ach ja, ach ja!
« schrie der Pastor; »die will ich dir ja gerne geben, nur laß mich aus
dem Ofen heraus. « Da ließ ihn Hans aus dem Ofen steigen und nahm
die hundert Thaler in Empfang; dann ging er hin und brachte seinem
Herrn die Barte. Von dem Gelde sagte er aber diesmal nichts, sondern
behielt die hundert Thaler für sich allein.

Den Abend ging der Bauer wieder ins Wirthshaus. Hans blieb aber
daheim und horchte an der Küchenthür, denn der Pastor war wieder zu
des Bauern Frau gegangen. Sprach der Pastor: »Das ist mir aber heute
morgen wieder ein verdammt theurer Spaß geworden.« »Ja,« sprach
die Frau, »der Hans hat seine Nase überall; wir müssen es jetzt anders

anfangen, denn hier im Hause ist es nicht mehr sicher; darum so geht morgen früh zu Eurem Acker vor dem Walde, wo Euer Knecht pflügt, dann will ich Euch eine gute Suppe und dem Knecht ein schönes Butterbrod mit Fleisch bringen; mein Mann geht auch zum Pflügen, aber weit davon, so daß er unmöglich etwas merken kann.« Hans, der wieder alles gehört hatte, was die beiden miteinander verabredeten, schlich sich leise fort und that, als wenn er von nichts was wüßte. Als nun am folgenden Morgen der Hans mit seinem Herrn in das Feld zog, sprach er zu ihm: »Wißt ihr was, Herr; laßt uns heute nur den Acker pflügen, der vor dem Walde neben des Pastors Lande liegt. « Das war der Bauer zufrieden; und als sie hinkamen, so war der Pastor mit seinem Knechte auch da und ließ seinen Acker pflügen, der neben des Bauers Acker lag.

Zur Frühstückszeit kam dem Bauer seine Frau dahergegangen und wollte dem Pastor die schöne Suppe bringen. Da sprach der Knecht Hans zu seinem Herrn: »Seht, Herr, da kommt unsere Frau mit dem Morgenbrode, « und da konnte sie nicht anders, sie musste die Suppe und das schöne Butterbrod ihrem Manne und dem Knechte Hans bringen. »Frau, « sagte der Bauer, »das ist doch recht schön von dir, daß du uns ein so gutes Morgenbrod auf das Feld bringst. « »Ja, « sprach sie da und that ganz freundlich; »ich dachte, ihr würdet hier draußen wohl frieren, und da habe ich gedacht, ich wollte euch mal recht was zu gute thun. « Währenddem, daß nun der Bauer seine Suppe aß, ging Hans zu dem Pastor, der aus der Ferne ganz verdrießlich zusah, und bei jedem Schritte ließ er von seinem Butterbrode ein Stück auf den Boden fallen. Nachdem er dem Pastor einen guten Morgen gewünscht hatte, ging er wieder zurück zu seinem Herrn, dem sagte er leise, daß es die Frau nicht hören konnte, ins Ohr: »Der Herr Pastor hat gesagt, Ihr solltet doch mal zu ihm hinkommen. « Der Bauer wischte sein Maul und wollte hingehen, und wie er ging und die Stückchen von dem Butterbrode auf der Erde liegen sah, so dauerte es ihn, daß die schöne Gottesgabe umkommen sollte, darum bückte er sich jedesmal, wo er ein Stückchen liegen fand und hob es auf. Da meinte nun der Pastor nicht anders, als der Hans hätte alles verrathen, und der Bauer nähme nun Steine vom Boden auf und wollte ihm damit zu Leibe rücken, und da fing er an zu laufen und sprang davon, als wenn ihm der Kopf brannte. »Was mag nur unserm Herrn Pastor eingefallen sein«, dachte der Bauer, »daß der fortläuft wie närrisch, nun er mich kommen sieht. « Als sich der Bauer nun umdrehte, um zurückzugehen, da sprang seine Frau auch auf und lief fort, daß ihr die Röcke flogen, denn sie meinte auch wie der Pastor, ihr Mann wisse schon alles und wolle ihr jetzt zu Leibe rücken. Sprach der Bauer zu seinem Knechte Hans: »Was heißt denn das, Hans, daß meine Frau auf einmal so an zu laufen fängt? « »Ach, Herr, « sprach Hans, »sie hat gesagt, sie wollte mal sehen, wer am schnellsten laufen könnte, Ihr oder sie. « »Ei! « sagte der Bauer, »das müßte doch sonderbar zugehen, wenn ich mein Weib nicht einmal wieder kriegen könnte. « Und da fing der Bauer auch an zu rennen, immer hinter dem Weibe her, und die, da sie sah, daß der Mann hinter ihr her war, lief nun umso schneller; aber zuletzt holte sie der Mann doch ein und faßte sie und rief: »Jetzt hab ich dich.« Da schrie die Frau in ihrer Angst: »Ach lieber Mann, vergieb es mir doch! Ich will auch in meinem Leben nichts wieder mit dem Pastor zu thun haben. « So hatte sie sich selber verrathen, und der Bauer merkte nun wohl, was die Glocke geschlagen hatte, paßte auch nachher wohl auf, daß seine Frau ihr Versprechen halten musste, sie mochte wollen der nicht.


### 27. Die alte Slüksche.

Die alte Slüksche hatte eine rechte Schnüffelnase und konnte gleich alles riechen, was im Dorfe gebacken oder gebraten wurde. Nun wohnte da auch ein junger Bauer mit seiner Frau, der fing, da er eines Tages auf dem Felde pflügte, einen Hasen, gab ihn dem Knechte und schickte ihn damit zu seiner Frau, daß sie ihn auf den Mittag braten und zurichten sollte. Die Frau kriegte den Hasen auch zu Feuer, und als er nun recht briet und brutzelte und schön braun wurde, so hatte es die alte Slüksche gleich gewittert, kam in die Küche und schnüffelte mit ihrer langen Nase um den Braten herum. »Ach Gott, Nachbarin«, sprach sie zu der Bauersfrau; »das riecht mal schön und ist so appetitlich, lasse Sie uns mal ein Stück davon probiren! « »Nein, nein, « sagte die Frau, »wenn das mein Mann merkt, so kriege ich Schläge. « »Ach Gott«, sagte die alte Slüksche und hielt ihre Schnüffelnase dicht über den Braten, »nur ein ganz kleines Stückchen, das merkt er ja nichts. « Da ließ sich die Frau bereden und schnitt ein Stück von dem Braten ab, und das schmeckte so schön, daß sie noch ein zweites Stück abschnitt, und als sie erst in den Geschmack kamen, da

verzehrten sie endlich den ganzen Braten. »O weh, « sprach da die
Frau, »was soll ich nun sagen, wenn mein Mann zu Hause kommt und
findet den Braten nicht. « »Och, « sagte die alte Slüksche, »wenn er
fragt, so sagt nur, Ihr wüßtet von nichts; er möchte wohl geträumt
haben. « Damit wischte sie ihr Maul und ging weg.
Den Mittag, da der Bauer zu Hause kam und die Frau ihm sein
gewöhnliches Essen vorsetzte, fragte er, wo denn der Hase wäre, den
sie ihm auf den Mittag hätte zurichten sollen. »Ich habe keinen Hasen
gesehen, « antwortete die Frau und stellte sich ganz verwundert. »Ei!
« sprach der Mann »ich habe dir doch diesen Morgen durch den
Knecht einen Hasen geschickt und dabei sagen lassen, du solltest ihn
auf den Mittag zurechtmachen, und nun weißt du von nichts? « »Ach
Mann, das hat dir die Nacht wohl nur geträumt; besinne dich nur
recht, so wird es dir wohl einfallen. « Es ist doch sonderbar, dachte
der Bauer, daß man so lebhaft träumen kann, meinte ich doch, ich
hätte meiner Frau einen leibhaftigen Hasen geschickt, und nun ist es
doch nur ein Traum gewesen.
Eine Zeit darnach trug es sich zu, daß der Bauer auf dem Felde eine
Wachtel fing; da schickte er sie durch den Knecht zu seiner Frau und
ließ ihr sagen, sie sollte die Wachtel auf den Mittag braten und zurecht
machen. Die Frau kriegte das Wachtelchen auch gleich in die Pfanne,
und als es nun recht briet und brutzelte, so hatte es die alte Slüksche
mit ihrer Schnüffelnase gleich gewittert und kam in die Küche
geschlichen, und als sie da das Wachtelchen so schön braun in der
Pfanne liegen sah, sprach sie zu der jungen Frau: »Ach Gott,
Nachbarin, das riecht so schön und ist so appetitlich; lasse Sie uns
doch ein Stückchen davon probiren.« »Ach nein! « sagte die Frau;
»wenn das mein Mann merkt, so kriege ich Schläge. « »Ach nur ein
kleines bißchen«, sprach die alte Slüksche; »das merkt er ja nicht. «
Da ließ sich die Frau bereden und schnitt dem Wachtelchen erst ein
Bein ab, und dann das andere, und endlich verzehrten die beiden das
ganze Wachtelchen, daß nichts davon überblieb. »O weh, « sprach da
die Frau; »was fange ich nun an, wenn mein Mann zu Hause kommt
und findet das Wachtelchen nicht? « »Och, « sagte die alte Slüksche;
»wenn er fragt, so sagt nur, das möchte ihm wohl geträumt haben. «
Damit wischte sie ihr Maul und ging weg.
Den Mittag, da die Frau ihrem Manne sein gewöhnliches Essen
brachte, fragte er, wo denn das Wachtelchen wäre, das er ihr diesen

Morgen geschickt hätte. »Du hast wohl wieder geträumt, « sprach die
Frau und that ganz verwundert, »ich habe kein Wachtelchen gesehen.
« »Ei! « sagte der Bauer, »es ist doch sonderbar, daß man so lebhaft
träumen kann. « Aber diesmal hatte er doch gemerkt, daß ihn seine
Frau zum besten hatte und dachte, warte nur, dich will ich anführen,
schnitt sich drei Haselstöcke und brachte sie heimlich in die Kammer.
No ja, dachte die Frau, die es gesehen hatte, nun gehts mir aber
schlecht. Sie wußte sich aber doch zu helfen.
In der Abendzeit, während ihr Mann nicht zu Hause war, ging sie zu
der alten Slükschen und sagte zu ihr: »Wißt Ihr was? Ihr könntet diese
Nacht wohl mal bei meinem Manne in der Kammer schlafen. «
»Liebend gern, « sagte die alte Slüksche, »das will ich wohl tun. «
Und den Abend ging sie hin und legte sich in der Frau ihr Bett. Bald
darnach kam der Bauer, der meinte, seine Frau läge da im Bette, im
Dunkeln hereingeschlichen, schnitt ihr die Haare ab und prügelte sie
so lange bis die drei Haselstöcke in Stücken waren, dann gab er ihr
noch einen Schub, daß sie aus der Thüre flog.
Am andern Morgen aber brachte die Bauersfrau ihrem Manne ganz
vergnüglich den Kaffee. Sprach der Mann: »Nun Frau, wie haben die
Schläge geschmeckt? « »Welche Schläge?« »Nun die mit den drei
Haselstöcken.« »Ich glaube gar, du hast wieder geträumt; ich habe
keine Schläge gekriegt. « »So? dann habe ich dir auch wohl die Haare
nicht abgeschnitten? Setz mal gleich deine Mütze ab. « Das that die
Frau, und da sah der Bauer, daß sie noch alle Haare auf dem Kopfe
hatte. »Hol mich der Kuckuck, « rief er da, »nun sehe ich doch wohl
ein, daß alles nur ein Traum gewesen ist. «
Die alte Slüksche mit der Schnüffelnase hatte aber noch lange einen
blauen Buckel zu tragen und schnüffelte so bald nicht wieder.


### 28. Die zwei Brüder.

Es war einmal ein Bauer, der wurde so arm, daß er nur ein einziges
Pferd behielt. Da nahm er einen Fischteich in Pacht, daß er sich von
der Fischerei ernähren möchte. In dem Teiche hatte er schon
mehrmals einen mächtig großen Fisch bemerkt, der ging niemals in
das Netz hinein, aber der Mann hatte nicht eher Ruhe noch Rast, bis er
den Fisch doch endlich gefangen hatte. Da er ihn nun ans Land legte,
that der Fisch sein Maul auf und sprach: »Du hast mich nun in deiner

Gewalt, Fischer, und ich merken wohl, daß ich nicht wieder fortkomme; darum befolge meinen Rath und nimm wenn du mich geschlachtet hast, mein Herz, meine Leber, meine Galle und vier von meinen Floßfedern; das Herz gib deiner Frau zu essen, die Leber Deinem Pferde, die Galle dem Hunde und die Floßfedern vergrabe unter dem Tropfenfall. Wenn du das thust, so wird es dein Glück sein. « Da that der Mann, wie der Fisch ihm gesagt hatte.

Über eine Zeit, so gebar des Fischers Frau zwei Knaben, das Pferd warf zwei Füllen, der Hund zwei Junge, und als der Fischer unter dem Tropfenfalle nach den Floßfedern sah, so waren daraus zwei Schwerter und zwei Pistolen geworden. Die beiden Kinder, da sie größer wurden, hatten eine sonderliche Lust, mit den blanken Waffen zu spielen; das sah aber ihr Vater gar nicht gern, nahm sie ihnen weg und versteckte sie oben im Hause unter den Hahnenbalken; die Kinder wußten sie aber doch wieder in ihre Hände zu bringen. Als sie sechzehn Jahre alt waren, sprach der, welcher zuerst geboren war, zu seinem Bruder: »Es läßt mir hier zu Hause keine Ruhe mehr; ich will jetzt fort in die Fremde und sehen, daß ich mein Glück mache. « Er nahm ein Pferd, einen Hund, ein Schwert und eine Pistole, verabschiedete sich bei Vater, Mutter und Bruder und ritt weg in die weite Welt hinein. Vorher stieß er aber noch ein Messer in einen Baum, daß sein Bruder daran erkennen könnte, ob es ihm gut ginge oder ob ihn ein Unglück widerfahren sei.

Er ritt eine lange Zeit; da kam er endlich an den königlichen Hof, da waren alle Geländer schwarz mit weißen Knöpfen darauf. In dem Wirthshause dem Schlosse gegenüber nahm er Herberge und fragte sogleich den Wirth, was denn das zu bedeuten hätte; die Gitter um das königliche Schloß wären ja alle ganz schwarz mit weißen Knöpfen. Sprach der Wirth: »Das kommt daher, weil die junge Prinzessin morgen dem Drachen geopfert werden muß. « »Warum wird der Drache denn nicht getödtet? « fragte er. »Ach Gott, « sprach der Wirth; »es haben schon viele versucht, denn der König hat dem seine Tochter versprochen, der den siebenköpfigen Drachen besiegen würde, aber sie sind alle ums Leben gekommen. « Da faßte er den Entschluß, das Wagestück zu unternehmen und ritt den andern Tag zur bestimmten Stunde den Drachenstein hinauf. Da saß die Prinzessin und war ganz schwarz angezogen und weinte und erwartete jeden Augenblick den greulichen Drachen, und indem, so kam das

Ungeheuer auch schon heulend und mit Gebrause durch die Luft dahergeflogen und wollte die Prinzessin verschlingen. Aber der Junge ritt ihm muthig entgegen, schwang sein Schwert, und wie er den ersten Hieb that, so flogen drei Köpfe ab, mit dem zweiten Hiebe wieder drei und als er zum dritten Male sein Schwert schwang, lag der siebente und letzte Kopf des Drachen auf dem Boden. Da hatte er die Prinzessin erlöst; die dankte ihm und wollte ihn gleich mit zu ihrem Vater nehmen. Er wollte aber nicht, so viel sie auch bat, sondern sprach: »Erst muß ich noch weiter in die Welt hinein, bis über ein Jahr, da will ich wiederkommen, wenn ich dann noch am Leben bin. « Weil er sich nun gar nicht halten ließ, so schenkte ihm die Prinzessin zum Andenken ihr seidenes Tuch und dem Pferde und dem Hunde, die bei dem Kampfe treulich mitgeholfen hatten, gab sie von ihrem Korallenhalsbande jedem drei Schnüre um den Hals. Darauf schnitt der Junge den sieben Drachenköpfen die Zungen aus, wickelte sie in das seidene Tuch der Prinzessin, und nachdem er von ihr Abschied genommen hatte, ritt er wieder den Berg hinab in das Wirthshaus, zahlte seine Zeche und sprach zu dem Wirthe, wenn ein Jahr vergangen wäre, so käme er wieder zurück; damit zog er weiter fort. Nun war da an dem königlichen Hofe ein alter General, der hatte aus der Ferne alles mit angesehen, was sich auf dem Drachenstein zutrug, und da er sah, daß der, welcher den Drachen getödtet hatte, fort und die Prinzessin allein war, stieg er zu ihr hinauf und bedrohte sie mit heftigen Worten, daß sie schweigen oder auf der Stelle sterben müßte; und dann nahm er zum Wahrzeichen die sieben Drachenköpfe mit und ging mit der Prinzessin zu ihrem Vater dem Könige und gab sich für den aus, der den Drachen besiegt und die Prinzessin erlöst hätte. Die Prinzessin stellte aber die Bedingung, daß erst über ein Jahr die Hochzeit gefeiert werden sollte.
Der rechte Drachentödter war unterdeß weiter geritten und kam an ein fließendes Wasser, da hinüber führte eine Brücke, die war so beschaffen, daß sie wegfloß, wenn einer hinüber war. In demselben Augenblicke, da der Junge auf der andern Seite ankam, wurde die Brücke auch von dem Strome hinweggerissen. »Das ist noch einmal gut gegangen«, sprach er, »es war Zeit, daß ich hinüberkam. « Nicht lange war er geritten, so kam er an ein verwünschtes Schloß, da war kein Baum und kein Strauch und war alles still und öde. Bei dem Schlosse war aber ein großer Pferdestall mit vielen Pferden darin;

denen kam der Hafer von selber in die Krippen; da brachte der Junge
sein Pferd in den Stall und ging dann in das Schloß hinein.

In dem Schlosse waren zwei Junfern; die eine war weiß, die andere
war schwarz; die weiße lag im Bett und war nicht lebendig und auch
nicht todt und konnte kein Wort sprechen; die schwarze aber redete
den Jungen an und sprach: »Du hast hier eine schwere Aufgabe zu
vollbringen, wenn du uns und unser Schloß erlösen willst. Drei Nächte
hintereinander musst du wachen und darfst kein Auge zuthun; schläfst
du aber ein, so ist hier noch eine alte Zigeunerin, die macht dich todt.
« Darnach brachte sie ihn in ein schönes Zimmer, gab ihm gutes Essen
und Trinken und ließ ihn allein. Bis drei Uhr in der Nacht hielt es der
Junge aus und blieb wach, da wurde er aber auf einmal so müde, daß
er fest einschlief. Da kam die alte Zigeunerin hereingeschlichen und
trug ein großes Beil in der Hand, damit hackte sie den Jungen in vier
Stücke, trug ihn in ein Faß und salzte ihn ein.

Um dieselbe Stunde stand der andere Bruder daheim bei dem Messer
und sah, daß es auf einmal rostig wurde. »Nun ist mein Bruder in
großer Noth, « sprach er; »aber ich lasse ihn nicht im Stich, es mag
kommen wie es will. « Sogleich setzte er sich auf sein Pferd, nahm
seinen Hund, sein Schwert und seine Pistole mit, verabschiedete sich
bei Vater und Mutter und zog fort, seinen Bruder aufzusuchen.

Er kam auch in die Stadt und in dasselbe Wirthshaus, wo sein Bruder
zuletzt eingekehrt war, und als ihn der Wirth kommen sah, meinte er,
es wäre der andere und sprach: »Ihr kommt ja früh zurück; ich meinte,
Ihr wolltet erst über ein Jahr wieder hier sein, und jetzt ist doch kaum
ein halbes verflossen.« »Ach, Herr Wirth«, sagte der Junge; »Ihr haltet
mich gewiß für meinen Bruder; könnt Ihr mir vielleicht sagen, wo er
hingeritten ist? « Da zeigte ihm der Wirth den Weg, den sein Bruder
geritten war. Er zog die Straße weiter fort und kam an das Wasser und
die Brücke, und als er da hinüber ritt und eben auf der andern Seite
war, floß sie hinweg. »Das ist noch einmal gut gegangen«, rief er; »es
war Zeit, daß ich hinüberkam. « Als er nun immer weiterzog, fand er
auch das Schloß, daraus kam ihm seines Bruders Hund entgegen
gelaufen, und in dem Stalle, wo den Pferden der Hafer von selber in
die Krippen fiel, stand seines Bruders Pferd. Da sah er wohl, daß hier
oder nirgends sein Bruder zu finden sei, band sein Pferd in den Stall
und ging in das Schloß hinein.

Es waren da auch wieder die beiden Junfern, eine weiße und eine schwarze; die weiße lag noch immer im Bette; sie lebte nicht und war nicht todt und konnte kein Wort sprechen. Die schwarze war aber schon etwas weiß geworden, weil der erste Bruder bis drei Uhr in der Nacht gewacht hatte, und als sie der andere fragte, ob sein Bruder nicht hier wäre, erzählte sie ihm, wie es dem ergangen sei, daß er eingeschlafen wäre und daß ihn die alte Zigeunerin ums Leben gebracht hätte. Da ruhte der Junge nicht eher, bis er das alte Weib fand, das sich versteckt hatte, und da musste sie aus ihrem Schlupfwinkel heraus, und der Junge bedrohte sie und sprach: »Verdammte alte Hexe! gieb meinen Bruder heraus, oder ich haue dich in eine halbe Stiege Stücke! « Da wurde das Weib bange, lief schnell hin und machte den Bruder wieder lebendig. Als der andere sah, daß sein Bruder wieder am Leben war, schwang er sein Schwert und hackte der alten Hexe den Kopf ab.

»O weh! « sprach da die schwarze Junfer; »nun kann das Schloß nicht anders erlöst werden, als wenn ihr den sieben Nägeln, die dort hinter der Thür in der Wand sitzen, mit zwei Hieben die Köpfe abhaut. « Der zweite Bruder zog sein Schwert zuerst, und mit dem ersten Hiebe, den er that, flogen von fünf Nägeln die Köpfe ab und aus jedem Nagelkopfe floß ein Tropfen Blut. »So, Bruder; nun haue du die andern ab; du bist zwar eine gute Weile eingesalzen gewesen, aber ich denke, die beiden letzten Köpfe wirst du doch wohl herunterbringen. « Da nahm der erste Bruder, der solange im Salze gelegen, alle seine Kraft zusammen und hieb mit seinem Schwerte den beiden letzten Nägeln auch glücklich die Köpfe ab und aus jedem Nagelkopfe floß wieder ein Tropfen Blut.

In diesem selben Augenblicke hörte aber auch die Verwünschung auf. Trompeten erschallten, Bäume und Blumen wuchsen aus der Erde und wurde auf einmal ein Gewühl von Menschen, die da alle mit verwünscht gewesen waren. Da wurde auch die schwarze Prinzessin ganz weiß, und die weiße, die nicht lebendig und nicht todt war, erwachte nun aus ihrem Zauberschlafe und wurde wieder frisch und lebendig. Ihr gehörte das Schloß; und da heirathete sie den jüngsten Bruder und hielt Hochzeit mit ihm.

Der älteste Bruder aber, als die Hochzeit zu Ende war, zog wieder von da fort nach der Stadt, wo die Prinzessin wohnte, die er von dem Drachen erlöst hatte und kehrte wieder in dem Wirthshause ein, das

dem Schlosse gegenüber lag. Es war aber zu der Zeit gerade ein Jahr vergangen, seit er von hier fort war. Sprach der Wirth: »Das heiß ich pünktlich sein; heute vor einem Jahre sah es hier traurig aus, heute aber ist Hochzeit drüben auf des Königs Schlosse, denn die Prinzessin heirathet den alten General, der den Drachen getödtet hat. Ein Jahr hatte sie sich ausbedungen und das ist heute herum. « »Glaubt Ihr denn wohl, Herr Wirth«, sprach der Junge, »daß mir mein Hund von dem Braten holt, der vor der königlichen Prinzessin auf dem Tische steht? « »Das kann nicht sein«, meinte der Wirth und verwettete eine große Summe, daß das nicht möglich wäre. Da hing der Junge dem Hunde die drei Reihen Perlen um, die ihm die Prinzessin gegeben, steckte ihm hinten in das Nackenhaar einen Zettel, worauf er schrieb: »Ich wünsche Braten von der königlichen Tafel zu haben, « und schickte ihn hinüber in das Schloß. Obgleich ihn die Wache nicht durchlassen wollte und Halt! gebot, so kehrte sich der Hund doch nicht daran, sondern ging gerades Wegs in den Saal zu der Prinzessin, die mit dem ganzen Hofstaate bei Tafel saß und klopfte ihr mit der Pfote auf den Schooß. Da erkannte die Prinzessin den Hund an den drei Reihen Perlen, ging mit ihm in das Nebenzimmer und fand in seinem Nackenhaar den Zettel, worauf geschrieben stand: »Ich wünsche Braten von der königlichen Tafel zu haben. « Nachdem die Prinzessin dem Hunde einen Korb mit Braten ins Maul gegeben, ließ sie der Schloßwache sagen, sie sollte den Hund nur frei passiren lassen. Der kam mit dem Braten auch getreulich zu seinem Herrn, und der Wirth musste die Wette bezahlen.
Die Prinzessin, welche nun wohl sah, daß ihr Befreier angekommen war, bat ihren Vater, den König, daß er den Herrn, dem der Hund gehörte, holen lassen sollte. Da gab der König ihren Bitten nach, und ließ ihn in einer Kutsche mit vier Schimmeln auf das Schloß holen. Er setzte sich ganz bescheiden zu unterst an die Tafel, darauf lagen zur Schau die sieben Köpfe des Drachen, und es wurde von den Gästen viel von der Tapferkeit des alten Generals hin und her gesprochen. Da stand der Junge ganz gelassen auf, sah den Drachenköpfen in den Schlund und fragte wie das wäre; ob die Drachen denn keine Zunge hätten? »Nein! « sprach schnell der alte General, »Drachen haben keine Zungen. « »Das haben sie doch! « sprach der Junge, »und wer den Drachen getödtet hat, der muß auch wissen, wo die Zungen geblieben sind. « Damit band er sein seidenes Tuch auf, nahm die

sieben Drachenzungen heraus und zeigte sie den Gästen, und als er sie den Drachenköpfen in den Schlund hielt, so paßten sie ganz genau. Als der alte General das sah, wollte er flüchten, aber der König ließ ihn von der Wache festnehmen und sah nun wohl, wer der rechte Drachentödter gewesen war; darnach so heirathete der Junge die königliche Prinzessin. Der treulose alte General wurde aber zur Strafe von vier Ochsen mitten auseinandergerissen.


### 29. Der Schmied und der Pfaffe.

Es war ein loser Pfaff, der hatte dem Schmied seine Frau gern und sie ihn; weil aber die beiden bange waren, daß der Mann etwas merken thäte, so sann der Pfaff einen Streich aus, wie er den Schmied könnte von da wegschaffen. Darum so ging der Pfaff zum Edelmann und sprach: »Ihr habt da in Eurem Dorf einen sehr kunstreichen Schmied, der kann machen was er will; und ist seine Kunst so groß, daß er Euch in einer Nacht ein Schloß auf den Hof baut; aber Ihr müsst es ihm befehlen bei Leib und Leben, sonst thut ers nicht.« Da ließ der Edelmann den Schmied vor sich kommen und sprach: »Ich habe so viel von deiner Kunst reden hören, daß ich dich einmal auf die Probe stellen will; so baue mir denn ein Schloß auf meinen Hof, aber in einer Nacht musst du damit fertig sein. « »Ach Gott, Herr, « sprach der Schmied; »das ist ja nicht möglich, das kann und kann ich nicht. « »Ich sage dir,« rief der Edelmann, »ist morgen früh das Schloß nicht fertig, so lasse ich dich aufhängen, ohne Gnade und Barmherzigkeit.« Da ging der Schmied ganz traurig fort und nach Hause zu seiner Frau. »Ach Frau, « sagte er, »ich soll dem Edelmann noch in dieser Nacht ein Schloß bauen, und wenn ich das nicht fertig bringe, so muß ich sterben. « »Da ist kein anderer Rath, « sprach die Frau, »als du musst fort und das diesen Abend noch. « »Ja, « sagte er; »ehe ich so mein Leben lasse, will ich lieber fortwandern, so weit mich meine Füße tragen wollen. « So schnürte er denn in der Eile sein Bündel, nahm traurig von seiner Frau Abschied und ging weg und gedachte niemals wieder zu kommen. Das wars, was der Pfaff und die Frau eben gewollt hatten.
Mit Anbruch der Nacht kam der Schmied in einen Wald; da begegnete ihm ein grauer Mann, der redete ihn an und fragte: »Wohin mein lieber Schmied? « »Ach! « sagte der Schmied; »ich sollte noch in

dieser Nacht dem Edelmann ein Schloß bauen, das hat er mir befohlen bei Todesstrafe; und weil ich das nicht kann, so will ich nun gehen, so weit mich meine Füße tragen können. « »Geh nur wieder nach Hause, « sprach der graue Mann; »ich will es schon für dich ausrichten; morgen früh zur rechten Zeit soll das Schloß fertig sein. « Da kehrte der Schmied wieder um und ging nach Hause zu seiner Frau. Die Frau wollte gerade hin und den Pfaffen holen, und als sie nun auf einmal ihren Mann wieder ankommen sah, rief sie ganz verwundert: »Ach Gott, Mann, kommst du schon wieder; wie will das nun werden, wenn morgen früh das Schloß nicht fertig ist. « »Es mag nun kommen wie es will,« sprach der Schmied, »aber ich kann und kann es nicht aushalten, von dir und von Haus so lange fort zu sein.« Damit legte er sich zu Bett und schlief ein.

Den andern Morgen stand der Edelmann schon ganz früh auf und sah aus dem Fenster und traute seinen Augen kaum, denn vor ihm auf dem Hofe stand ein neues prächtiges Schloß, das glänzte ihm entgegen in den Strahlen der ersten Morgensonne. Als das der Pfaff erfuhr und sah, daß sein Anschlag nicht geglückt war, ging er wieder zu dem Edelmann und sprach: »Seht Ihr nun wohl, daß der Schmied die Kunst versteht; jetzt sagt ihm, daß er Euch auch noch bis morgen früh den Himphamp vor das Schloß bringt; Ihr müsst es ihm aber bei Leib und Leben anbefehlen, sonst thut ers nicht.« Da ließ der Edelmann den Schmied zum zweiten Male vor sich fordern. Sprach der Edelmann: »Du hast das Schloß ganz zu meiner Zufriedenheit aufgebaut; nun bringe mir auch noch bis morgen früh den Himphamp vor das Schloß, da wird dir wohl mit deiner Kunst ein Leichtes sein. « »Ach Herr«, sagte der Schmied, »wie soll ich Euch den Himphamp bringen, und weiß doch nicht was das ist; das kann und kann ich nicht. « »Einerlei! « sprach der Edelmann; »ich sage dir, ist morgen früh der Himphamp nicht vor meinem Schlosse, so lasse ich dich aufhängen ohne Gnade und Barmherzigkeit. « Da ging der Schmied traurig fort und nach Hause zu seiner Frau. »Ach Gott, Frau«, sagte er; »nun soll ich gar dem Edelmann den Himphamp schaffen bis morgen früh, und wenn ich das nicht kann, so will er mich aufhängen lassen ohne Gnade und Barmherzigkeit. « »Da ist kein anderer Rath, « sprach die Frau, »als du musst noch diesen Abend fort von hier. « »Ja«, sagte er, »das wird das Beste sein; ehe ich so mein Leben lasse, will ich doch lieber fortgehen, so weit mich meine Füße tragen können. « So schnürte er denn sein Bündel und ging fort mit traurigem Herzen. Das hatten aber der Pfaff und das treulose Weib nur gewollt; und nicht lange war er weg, so schlich der Pfaff zu dem Weibe in das Haus hinein.

Der Schmied kam unterdessen wieder in den Wald und wieder begegnete ihm der graue Mann und fragte: »Wohin mein lieber Schmied? « »Ach!« sagte der Schmied; »nun der Edelmann das Schloß hat, nun will er auch den Himphamp haben, und weil ich den nicht schaffen kann, so will ich gehn, soweit mich meine Füße tragen können.« »Das hat kein anderer als der Pfaffe schuld,« sprach der graue Mann, »der hält's mit deiner Frau und will dich gerne aus dem Wege schaffen; aber geh nur wieder nach Hause, da sind die beiden grad beisammen; und wenn du dann siehst, daß der Pfaff deiner Frau einen Kuß giebt,« so sprich »Halt fest!« nimm deine Peitsche und klappe die beiden vor dir her aus dem Hause die Straße entlang zu des Edelmanns Schlosse hin; und wenn wer kommt und will sie voneinanderreißen, so sprich wieder: »Halt fest!« so werden sie alle aneinander fest hängen, bis du sprichst: »Laß los! Das wird ein schöner Himphamp werden. « Da bedankte sich der Schmied bei dem grauen Manne und kehrte wieder nach Hause um. Es war am frühen Morgen, als er wieder in sein Dorf kam, und als er sich nun leise in sein Haus schlich, so sah er wie der Pfaff seiner Frau grad einen Kuß gab. »Halt fest! « rief der Schmied. Da der Pfaff die Stimme des Schmiedes hörte, wollte er eilig fortspringen, aber o weh! er saß an der Frau fest wie angeleimt. Da nahm der Schmied seine Peitsche von der Wand und klappte die beiden vor sich her aus dem Hause hinaus die ganze Straße entlang, und als sie vor dem Pfaffen sein Haus kamen, trat gerade die Magd mit einer Schürze voll Heu heraus und wollte der Kuh das Morgenfutter bringen. Die Magd, da sie ihren Herrn in der schlimmen Lage sah, lief schnell herbei und faßte ihn an, um ihn ins Haus zu holen, daß die Leute seine Schande nicht sehen sollten. »Halt fest! « rief der Schmied und wie er das gesagt hatte, saß des Pfaffen Magd auch fest und musste mit. Zu der Zeit tutete gerade der Kuhhirt und trieb seine Heerde vor sich her und da kam eine alte Kuh und wollte von dem Heu fressen, das des Pfaffen Magd in der Schürze trug. »Halt fest! « rief der Schmied, und wie er das gesagt hatte, saß die alte Kuh auch fest und musste mit. Das sah ein Bäcker, der eben den Ofen geheizt hatte und nun dabei war, die Kohlen auszuziehen. Schnell kam er angerannt mit seiner langen Ofenlaute und schlug die Kuh damit. »Halt fest! « rief der Schmied, und wie er das gesagt hatte, saß der Bäcker mit seiner mächtig langen Ofenlaute auch fest und musste mit.

Der Edelmann war den Morgen schon früh aufgestanden, lag im Fenster und sah auf den Hof hinaus. Da kam der Schmied mit seinem Himphamp angezogen, und als der Edelmann das sah, fing er laut zu lachen an und sprach: »Das hast du gut gemacht, mein lieber Schmied; das ist ein schöner Himphamp, den du mir da gebracht hast; aber laß sie jetzt nur wieder los, daß sie nach Hause gehen können.« Da sprach der Schmied: »Laß los!« und wie er das gesagt hatte, lief ein jeder hin, wo er hergekommen war, der Pfaff, die Frau, die Magd, die Kuh und der Bäcker mit seiner langen Ofenlaute. Der Pfaff hat sich darnach aber so geschämt, daß er niemals wieder in dem Schmied sein Haus gekommen ist.


### 30. De rabe un de pogge.

Et kam äis en rabe aneflâgen un sette sick an en dik un in den dike satt 'ne pogge. Do säe de rabe mit siner knörigen stimme täo der poggen: »Brauer kum herût, brauer kum herût!« »Ne, ne!« säe de pogge, »du hackest mi, du hackest mi!« »Ferwahr nich, ferwahr nich!« säe de rabe, un köre säo lange, bet de pogge doch terlest ût'n water herût kam. Säo bolle awerst de pogge an't land kam, hacke de rabe täo un krêg mine läiwe pogge bi'n hals. Do fong de pogge an, täo schräien un räip: »Heb eck et nich esegt! Heb eck et nich esegt!« »Eck heb et jo nich eswoaren, eck heb et jo nich eswoaren!« säe de rabe mit siner knörigen stimme un stôk de pogge hendal un mêne, wenn häi et nich eswoaren härre, säo brûke häi sin wôrt ok nich täo hôlen.


### 31. Der harte Winter.

Es war einmal ein unvernünftig kalter Winter, da gingen zwei gute Kameraden mit einander auf das Eis zum Schlittschuhlaufen. Nun waren aber hin und wieder Löcher in das Eis geschlagen, der Fische wegen; und als die beiden Schlittschuhläufer nun im vollen Zuge waren, versah's der Eine, rutschte in ein Loch und traf so heftig mit dem Halse vor die scharfe Eiskante, daß der Kopf auf das Eis hinglitschte und der Rumpf ins Wasser fiel. Der Andere, schnell entschlossen, wollte seinen Kameraden nicht im Stiche lassen, zog ihn heraus, holte den Kopf und setzte ihn wieder gehörig auf, und weil es eine solch barbarische Kälte in dem Winter war, so fror der Kopf auch gleich wieder fest. Da freute sich der, dem das geschah, daß die Sache noch so glücklich abgelaufen war. Seine Kleider waren aber alle ganz naß geworden; darum so ging er mit seinem Kameraden in ein Wirthshaus, setzte sich neben den warmen Ofen, seine Kleider zu trocknen und ließ sich von dem Wirthe einen Bittern geben. »Prost Kamerad! « sprach er und trank dem andern zu; »auf den Schreck können wir wohl Einen nehmen. «

Nun hatte er sich durch das kalte Bad aber doch einen starken Schnupfen geholt, daß ihm die Nase lief. Da er sie nun zwischen die Finger klemmte, sich zu schnäuzen, behielt er seinen Kopf in der Hand, denn der war in der warmen Stube wieder losgethaut. Das war nun freilich für den armen Menschen recht fatal, und er meinte schon, daß er nun in der Welt nichts rechts mehr beginnen könnte; aber er wußte doch Rath zu schaffen, ging hin und ließ sich anstellen als Dielenträger, und war das eine gar schöne Arbeit für ihn, weil ihm dabei niemals der Kopf im Wege saß, wie andern Leuten, die auch Dielen tragen müssen.

### 32. Der Soldat und das Feuerzeug.

Es zog ein abgedankter Soldat die Landstraße daher; sein Geld und seine Wegzehrung waren zu Ende; arbeiten konnte er nicht, stehlen mochte er nicht und so blieb ihm nichts anderes übrig, als sich mit Betteln sein Brod zu suchen. Das gefiel ihm aber auch nicht sonderlich. So kam er einst in einen dichten Wald, und ganz verloren in seine trüben Gedanken, kam er vom Wege ab und verirrte sich. Da begegnete ihm ein kleines schwarzes Männchen, das fragte ihn, was ihm denn fehlte, er wäre ja so traurig? »Ach Gott, « sprach der Soldat, »wie sollt ich nicht traurig sein! Im Kriege ging es lustig her, da hatt ich Geld und Wein vollauf, aber jetzt muß ich Hunger und Durst leiden, meine Kleider sind zerrissen, mein Muth ist hin.« Das Männchen tröstete ihn und sprach: »Geh nur diesen Weg hier, so kommst du an ein verwünschtes Schloß, das wird von vielen wilden Thieren bewacht. Vor dem Schlosse liegt ein großer Stein, wenn du dich darauf setzest, so werden die Thiere fürchterlich an zu brüllen fangen, aber bleib nur ruhig sitzen bis die Glocke zwölf schlägt, da schlafen die Thiere ein. Dann geh in das Schloß hinein, da kannst du dir so viel Geld nehmen, daß du deine Lebtag genug daran hast; mit dem Schlage Eins musst du aber zurück sein, sonst geht es dir schlecht.«

Der Soldat bedankte sich und ging auf dem Wege weiter, den das Männlein ihm gezeigt hatte. Als er nun an das Schloß kam und sich auf den großen Stein setzte, fingen alle die wilden Thiere, die das Schloß bewachten, auf einmal fürchterlich zu brüllen an, aber der Soldat kehrte sich an nichts, blieb ruhig sitzen bis um zwölf, wo die Thiere einschliefen, und ging dann in das Schloß hinein. Zuerst kam er in ein schönes Zimmer, das war ganz voll Kupfergeld und lag ein schlafender Riese dabei. Der Soldat füllte seine Taschen und wollte schon wieder fortgehen, als er noch eine zweite Thür bemerkte. Er machte sie auf und kam nun in ein zweites Zimmer, das war viel schöner als das erste, und auf dem Boden lagen große Haufen Silbergeld, lauter blanke Thaler, und ein Riese lag dabei und schnarchte. Da warf der Soldat schnell sein Kupfergeld wieder fort, steckte seine Taschen voll Silbermünze, so viel nur hineinging und dachte: »Nun hast du dein Lebelang Geld genug, nun sollst nur wieder umkehren.« Er sah aber da noch eine dritte Thür, machte sie auf und guckte hinein, und gut! daß er es gethan hatte, denn da lag lauter rothes Gold in großen Haufen und auch ein Riese dabei, aber der schnarchte und schlief ganz fest, und das Zimmer war so schön, wie der Soldat noch keins in seinem Leben gesehen hatte. Schnell warf er sein Silbergeld weg und packte nun so viel Gold ein, wie er nur tragen konnte und wollte wieder zurückgehen. Da sah er aber noch eine vierte Thür, die machte er auch auf und kam nun in das vierte und letzte Zimmer, das war schöner als das schönste Zimmer in des Königs Schlosse. Geld war da nicht, aber auf der Tafel stand Wein und Braten, der roch so schön, und die Teller, Messer und Gabeln waren von purem Golde. Da setzte sich der Soldat und pflegte seinen hungrigen Magen nach Herzenslust und trank von dem Weine so viel er nur mochte. Mittlerweile war es aber Zeit geworden, daß er wieder umkehren musste. Nun hing an der Wand eine Pfeife und ein Tabaksbeutel und auf dem Tische stand ein Feuerzeug, das steckte er auch noch alles ein, denn er war ein großer Freund vom Rauchen, und darnach so beeilte er sich, daß er aus dem Schlosse noch zu rechter Zeit wieder herauskam. Es war auch die höchste Zeit gewesen, denn

kaum war er wieder bei dem großen Stein angelangt, so schlug die
Glocke Eins, und die wilden Thiere erwachten und brüllten
fürchterlich.

Der Soldat ging nun mit seinem vielen Gelde weiter, kam auch
glücklich aus dem Walde und gelangte in die Stadt, wo der König Hof
hielt. Er erkundigte sich gleich nach dem vornehmsten Gasthofe, ging
hinein und verlangte Herberge und weil er so zerlumpt und schmutzig
aussah, brachte ihn der Wirth in die Bedientenstube. »Das ist ja hier
eine elende Wirthschaft«, sprach der Soldat; »bringt mir Wein her! «
Da ging der Wirth hin und holte ein Flasche von der schlechtesten
Sorte und meinte, die wäre für so einen Lump wohl gut genug; aber
der Soldat, der in dem verwünschten Schlosse den köstlichen Wein
getrunken hatte, wußte wohl was gut schmeckte, probte den Wein,
schnitt ein Gesicht und rief: »Bah! der Wein ist ja gar nicht zu
genießen! Bringt bessern her! « Der Wirth bequemte sich und holte
eine Flasche von der Mittelsorte; aber der Soldat, da er ihn geprobt
hatte, rief wieder: »Bah! bringt bessern her! Es koste, was es will; hier
ist Geld! « Damit warf er ein paar Goldstücke auf den Tisch. Als das
der Wirth sah, wurde er auf einmal ganz höflich, ging in den Keller
und brachte eine Flasche vom besten. »So! « sprach der Soldat, »der
läßt sich trinken. Nun gebt mir auch ein besseres Quartier, daß ich aus
diesem elenden Loche komme. « Da brachte ihn der Wirth mit tiefen
Bücklingen in das schönste Zimmer, das er im Hause hatte. »Jetzt,
Herr Wirth! « sprach der Soldat, »bringt mir einen Juden her, daß er
mir Kleider und Wagen und Pferde schafft. « Der Jude kam. »Hör mal
Jude, « sprach der Soldat, »du kannst mir wohl schöne Kleider
schaffen, wie sie der König trägt, auch drei Kutschen und zu jeder
Kutsche sechs Pferde; sechs Schimmel, sechs schwarze und sechs
Isabellen. « »Das ist recht schön! « schmunzelte der Jud; »aber hat der
Herr auch Geld dazu, mit Verlaub zu fragen? « »Hier, Jude, hast du
Geld, « sprach der Soldat, griff in die Tasche und warf ein paar Hände
voll Goldstücke auf den Tisch. Der Jude strich das Geld schmunzelnd
ein und ging unter tiefen Bücklingen zur Thür hinaus. Er hatte auch
bald alles aufs beste besorgt, wie es der Soldat gewünscht hatte. Der
lebte nun alle Tage in Saus und Braus, und jeden Mittag, wenn er
gegessen hatte, fuhr er in seiner Kutsche durch die Stadt und vor des
Königs Schlosse vorbei.

Es hatte der König aber drei Töchter, die sahen von ihrem Fenster aus, wie der Soldat in seinem prächtigen Kleide und in seiner schönen Kutsche da jeden Tag vorbei fuhr. Da sprach die älteste: »Das ist gewiß ein reicher Prinz, den will ich mal zu Gaste bitten. « Sie schickte ihren Diener nach dem Gasthofe und ließ den Soldaten zu sich einladen. Er kam auch und brachte eine ganze Tasche voll Goldstücke mit. Nach dem Essen wurde Karten gespielt; der Soldat spielte aber so unglücklich, daß er all sein Geld verlor, was er mitgebracht hatte. Den andern Abend ließ ihn die zweite Prinzessin einladen; da erging es ihm auch so unglücklich beim Spiele, daß er wieder sein mitgenommenes Geld verspielte, und das war sein letztes. Den dritten Abend wurde er zu der jüngsten und schönsten Prinzessin eingeladen, und weil er da für sein Leben gern hinging, sein Geld aber zu Ende war, so verkaufte er Wagen und Pferde und bekam eine hübsche Summe dafür. Damit ging er zu der Prinzessin. Nach dem Essen wurde wieder Karten gespielt, und wieder verlor der Soldat alles Geld, das er mitgebracht hatte. Nun war er so arm, wie er gewesen war, da er seinen Abschied kriegte und bettelnd durch die Welt zog.

Ganz mißmuthig und verzweifelt ging er in seinen Gasthof zurück und legte sich zu Bett. Er konnte kein Auge zuthun und wälzte sich voll Unruhe von einer Seite auf die andere. Endlich, weil ers im Bette gar nicht aushalten konnte, stand er auf und ging im Zimmer auf und ab. Da fiel ihm mit einem Male die Pfeife und das Feuerzeug ein, das er mit aus dem verwünschten Schlosse gebracht hatte, und weil ihm seine trüben Gedanken gar keine Ruhe ließen, so dachte er zu seiner Zerstreuung eine Pfeife zu rauchen, nahm das Feuerzeug und pinkte, daß die Funken flogen. So wie er aber den ersten Schlag that, stand plötzlich ein allmächtig großer Riese vor ihm, der war einer von den dreien, die in dem verwünschten Schlosse das Geld bewachten. »Was befiehlt der Herr? « fragte der Riese. »Bringe mir einen Sack voll Geld! « sprach der Soldat. Kaum hatte er das Wort gesagt, so war der Riese auch schon wieder fort, und kam bald zurück und schleppte einen großen Maltersack voll Geld herein. »So! « sprach der Soldat; »nun hole mir auch die jüngste Prinzessin her. « Der Riese lief fort und brachte die Prinzessin mit sammt der Bettstelle. Nachdem nun der Soldat die Prinzessin tüchtig abgeküßt hatte, musste sie der Riese wieder forttragen.

Den andern Morgen sprach die Prinzessin zu ihrer Mutter: »Ach liebe Mutter, diese Nacht wars mir doch gerade, als hätte mich ein Riese mit der Bettstelle zu einem schönen Prinzen getragen und der hätte mich geküßt. « »Liebes Kind«, sprach die Mutter, »das sind Träume, denke nicht mehr daran. «

In der folgenden Nacht nahm der Soldat wieder sein Feuerzeug und schlug Feuer. Sogleich erschien der Riese und fragte: »Was befiehlt der Herr? « »Hole mir die Prinzessin her«, sprach der Soldat. Der Riese lief fort und brachte sie mit sammt der Bettstelle. Nachdem nun der Soldat die schöne Prinzessin wieder tüchtig abgeküßt hatte, musste sie der Riese wieder forttragen.

Den andern Morgen sprach die Prinzessin zu ihrer Mutter: »Ach liebe Mutter, diese Nacht war mir's doch grade so wieder wie vorige Nacht; ein Riese trug mich zu dem schönen Prinzen und der hat mich geküßt. « »Liebes Kind«, sprach die Mutter, »das sind Träume; denke nicht mehr daran. « Es kam der Königin aber doch sonderbar vor, daß das Mädchen zwei Nächte hinter einander immer denselben Traum gehabt hatte, und weil sie gern gewußt hätte, ob etwas Wahres daran sei, so nähte sie einen Beutel, füllte ihn mit Erbsen, schnitt ein kleines Loch hinein, daß die Erbsen allmählich herauslaufen könnten, und hängte ihn an der Prinzessin ihr Bett. In der Nacht kam der Riese auch richtig wieder an; während er aber die Prinzessin forttrug, fielen, ohne daß er etwas merkte, die Erbsen nach und nach aus dem Beutel heraus auf den Boden den ganzen Weg entlang, und als nun die Königin am andern Morgen nachsah, merkte sie wohl, daß ihres Töchterleins Träume nicht ohne Grund waren. Die ausgestreuten Erbsen verriethen ihr den Weg, den der Riese gegangen war, nach dem Gasthause bis vor des Soldaten Zimmerthür. Da nahm sie den Wirth heimlich beiseite und befragte ihn, wes Standes und Herkommens der Gast wäre, der da bei ihm im Hause wohnte. Der Wirth sprach, er wüßte es selber nicht so recht, aber es müßte wohl ein abgedankter Soldat sein, der plötzlich zu vielem Gelde gekommen sei; als er angekommen, hätte er eine alte schmutzige Soldatenuniform getragen. Da lief die Königin schnell hin und holte die Wache, die nahm den Soldaten, ehe er sich's versah, gefangen und brachte ihn in einen festgemauerten Gefängnißthurm. Der König, da er die Sache erfuhr, verurtheilte den Soldaten zum Tode.

Nun hätte sich der Soldat leicht befreien können, wenn er nur sein
Feuerzeug gehabt hätte, das hatte er aber in der Eile in seinem
Gasthofe liegen lassen. Den andern Tag sollte er hingerichtet werden.
Da saß er nun schon des Morgens ganz früh, da eben der Tag anbrach,
ganz traurig vor dem Gefängnißgitter, und wie er so auf die Straße
hinaussah, ging da gerade seines Wirthes Dienstmagd vorbei und hatte
Milch geholt. Da rief er das Mädchen an und versprach ihr viel Geld,
wenn sie ihm sein Feuerzeug holen wollte, das er auf seinem Zimmer
vergessen hätte. Das Mädchen lief auch schnell hin und brachte es
ihm. Da schlug der Soldat Feuer und sogleich stand der Riese vor ihm
und fragte: »Was befiehlt der Herr? « »Befreie mich aus diesem
Gefängnisse«, sprach der Soldat. Da lief der Riese fort und holte seine
beiden Kameraden, und nun brachen sie die Mauer entzwei, daß der
Soldat glücklich in Freiheit kam. Als das geschehen war, sprachen die
Riesen: »Wir haben dir nun so viele Dienste geleistet, daß du uns auch
wohl den Gefallen thun kannst, uns zu erlösen. In dem verwünschten
Schlosse hängt in dem ersten Zimmer ein Schwert an der Wand, damit
musst du uns und den wilden Thieren die Köpfe abschlagen, dann hört
die Verwünschung auf. « »Ja,« sagte der Soldat, »so schwer es mir
auch wird, an euch meinen Wohlthätern so zu handeln, wenn es nicht
anders sein kann, will ich es doch gerne thun. Nur müsst ihr mir aber
noch zu guter Letzt die jüngste Prinzessin holen, denn ohne die kann
ich nicht leben. « Da liefen die Riesen fort und brachten sie ihm. Der
Soldat nahm sie nun mit nach dem verwünschten Schlosse. Dort setzte
er sich wieder auf den großen Stein bis die Glocke zwölf schlug, ging
dann in das Schloß, fand das Schwert und hieb damit den Riesen und
den wilden Thieren, die das Schloß bewachten, die Köpfe ab. Da
ertönte auf einmal die schönste Musik und entstand ein Gewühl
fröhlicher Menschen, die huldigten dem Soldaten als ihrem König.
Der Soldat aber hielt bald darnach Hochzeit mit seiner schönen
Prinzessin.


### 33. Der Bettler aus dem Paradies.

Et was äis ne fräo der störv ör mann, un anse däi en jahr dote was,
fräie de fräoe weer; säi harr et 'r awerst nich ten besten mee drapen.
De mann stund den ganzen dag un schult, un wenn de fräoe äis wat
nich rech emaoket harre, säo sä häi jümmer: »du gôsekopp, du

gôsekopp! « Ör selige mann harr awerst Martin ehäiten. »Och gott,
dachte do de fräoe, wenn doch min selige Martin noch liäwe, wenn
doch min selige Martin noch liäwe! «
Do kam äis täo der fräoen, anse ör mann jüst nich inne was, en olen
bädeler un bidde üm en almosen, un de fräoe frage öhne, »wo häi
denn här wöre?« »Eck bin ut Paris«, säe de bädeler. »Och, gott«, säe
de fräoe, »wenn ji ut'n Paradise sind, säo kenne ji dar ok wol minen
seligen Martin. « »Jao! « säe de bädeler, »dar sind awerst viäle
Martins; dar is en lütken Martin, en langen Martin, en dünnen Martin,
en dicken Martin. « »De dicke«, säe de fräoe, »däi is et. Nanu segget
mi äis, wo geit et öhne denn dar? « »Och«, säe de bädeler, »dene geit
et ganz bedreuwet, sin tüg is klaterig un geld hat häi ok nich mehr un
mot snurren gaen anse ek ok.« Do wôrd de fräoe ganz bedreuwet, dat
et öhren Martin in jönner welt säo power gung, un frage den bädeler,
of häi denn wol bolle weer mit öhren Martin te hope käime. »Eck
denke«, säe de bädeler, »dat eck'en ünner en paar dagen weer täo säin
kriege.« »Will ji denn wol säo gäot wäsen«, säe de fräoe, »un niämen
öhne etwas geld un tüg mee? Eck will jük jo geren dervär betalen,
denn eck will nich, dat ji et ümme süss däoet. « »Gott ja, worümme
dat nich«, säe de bädeler, »jäoe Martin is min beste fründ, un wenn ji
wat an öhne täo bestellen hebbet, säo giäwet man her, eck will et jo
geren ümme süss mee niämen.« Do gung de fräoe vär öhren kuffer un
kreg en büel vull geld herut, un ut'n schappe hale se öhren seligen
Martin sin sönndagestüg, dat gaf säi alles den bädeler hen un gaf'n ok
noch geld awerher vär sine gefälligkeit. »Och«, säe de bädeler, »dat
wöre jo nich nödig ewesen; awerst et is man jüst van wegen der stüer,
däi eck vär dat tüg betalen mot, wenn eck dar baben weer awer de
grenze kûome.« Anse de bädeler nu weggung, bestelle de fräoe noch
viäle grüsse an öhren läiwen seligen Martin. »Wäset man ohne sörgen,
eck will wol alles richtig bestellen,« säe de bädeler un make, dat häi
wegkam, un freie sick, dat häi säo lichtfarig an geld un tüg ekuomen
was.
Mitdessen säo kamm der fräoen öhr mann weer in, un weil se säo
vergnügt un lächerlik utkêk, säo frage de mann, wat denn passirt wöre,
säi säige jao säo vergnügt ut? Do vertelle säi öhne in aller freide, wo
et öhr egaen härre, dat dar äiner ut'n paradise wäsen wöre, de härre öhr
kundschopp van öhren Martin ebrocht, un do härre säi öhne, weil häi
in jönner welt noth lien möste, en büel vull geld un sin sönndagestüg

hen eschicket. »Du gôsekopp! « schult de mann do; »da hast du di doch weer anföhren laten! « un äin, twäi, dräi kreg häi sin pärd ut'n stalle un jage grade achter den bädeler her.

De bädeler, do häi vernam, dat dar äine täo päre achter öhne ankam, wusste glik wol, wat dat täo bedüen harre, tog sick grade ganz splinternâked ut, smêt sin tüg in'n graben un sprung jümmer risch in de höchte. Ans de kerel nu anjagen kam un dat sach, frage häi den bädeler, wat häi denn dar täo springen döe? »Och, du läiwe tiet!« säe de bädeler, »wi hebbet dar baben in'n himmel eben en danz eholen, un do bin eck der luken täo nahe kuomen un bin herdal efallen; nu kann eck noch jümmer den rechten sprung nich edräpen, dat eck dar weer henup kuome.« Do frage öhne de mann, »of hier nich eben äine mit'n bündel tüg värbi egaen wöre? « »Ja wol!« säe de bädeler, »jüst eben is häi hier värbi elopen, häi keek sick alle ogenblick ganz ängstliken ümme, of ok wer achter öhne ankam un ans häi dat pärgetrappel höre, läip häi grade dar in dat buschwark henin.« »Denn weset säo gäot un holt äis min pärd, « säe de kerel, »denn säo will eck'n wol kriegen, « gaf den bädeler sin pärd täo holen un läip in dat gebüsch henin. Ünderdess tog aber de bädeler flink sin tüg weer an, sette sick up den kerel sin pärd un jage weg, säo grade ans häi man könne.

Min läiwe kerel sochte nu dat ganze buschwark dör, aber häi sochte un sochte un könne niks finnen, un ans häi nu weer terügge kam, säo was sin pärd wege mit sammt den manne, däi et harre holen schöllt. Da sach häi wol in, dat häi an eföhrt was, un ärgere sick, dat häi nu doch noch eben säo dumm ewesen was ans sine fräoe, dä häi jümmer vär'n gôsekopp ut eschullen harre.

Ans häi nu weer na hûs kam, säo frage sine fräoe glik: »No, wo is et? Hast'n weer ekriägen. « »Ja,« säe de mann, »de arme minsche dûre mi, dat häi säo viäl te drägen harre up den wîen weg, darümme säo heb eck'n ok noch min pärd egiäben, nu kann häi doch ok tewielen rîen un brûket nich jümmer te fäote te lopen.« Dat säe awerst de mann man jüst, ümme dat öhne sine fräoe niks utlachen schölle, un hat sä sin liäwe nich weer vär'n gôsekopp ut eschullen, wenn sä äis wat verkehrt maoke.


### Der Bettler aus dem Paradies. (Hochdeutsch.)

Eine Witwe hatte wieder geheirathet. Ihr zweiter Kerl aber schalt viel, und wenn sie was nicht recht machte, so sagte er immer »Du

Gosekopp« zu ihr. – »Ach, « seufzte sie oft, »wenn doch mein seliger Martin noch lebte. « – Einst, als ihr Mann nicht zu Haus war, kam ein Bettler. – »Wo seid ihr denn her? « fragte die Frau. – »Aus Paris«, sagte der Bettler. – »Aus dem Paradies? « rief die Frau; »dann kennt ihr auch wohl meinen seligen Martin. « – »Tja! « meinte der Bettler; »es giebt da viele Martins; da ist ein kleiner Martin, ein langer Martin, ein dünner Martin, ein dicker Martin« – – »Der dicke«, rief die Frau, »der ist es. Wie geht es ihm denn da? « –»Recht betrübt, « sagte der Bettler; »er muß schnurren gehn, wie ich. Wenn ihr ihm was schicken wollt, so will ich es gern mitnehmen, denn in ein paar Tagen, denk ich, krieg ich ihn wieder zu sehn. « – Da lief die Frau vor das Schapp, holte ihrem Martin sein bestes Sonntagszeug, band es in ein Bündel, nahm einen Beutel voll Geld aus der Lade, reichte alles dem Bettler hin und gab ihm zuletzt auch fürs Mitnehmen noch was extra überher. »Och«, sagte der Bettler, »das wäre ja nicht nötig gewesen; aber es ist nur bloß von wegen der Steuer an der Grenze.« Damit verabschiedete sich der Bettler, nachdem sie ihm noch viele herzliche Grüße an ihren seligen Martin aufgetragen hatte. – Als ihr Mann nach Haus kam, war seine erste Frage: »Warum siehst du denn heute so vergnügt aus? « – Da erzählte sie ihm, was ihr eben passiert war. – »Du Gosekopp! « schrie der Mann. Er setzte sich aufs Pferd und jagte hinter dem Bettelmann her. Dieser, sowie er das Pferdegetrappel hörte, wußte Bescheid. Schnell zog er sich splitternackt aus, warf das Zeug in den Graben und huckte auf einer Stelle immer risch in die Höhe. – »Was machst du denn da? « fragte der Kerl. »Och, och! « jammerte der Bettler. »wir hatten einen Tanz da oben, da kam ich der Luke zu nah, und nun kann ich noch immer den rechten Sprung nicht treffen, daß ich wieder hinauf komme. « Da erkundigte sich der Kerl bei ihm, ob er nicht Wen gesehen hätte mit einem Bündel Zeug. »Jüst eben,« sagte der Bettler, »lief so Einer, der sich ängstlich umsah, dort in das Buschwerk hinein. « »Dann will ich ihn wohl kriegen, « rief der Kerl; »halt mal eben mein Pferd so lange. « Der Kerl sprang ins Gebüsch, der Bettler zog sich schnell an, schwang sich aufs Pferd und galoppierte davon. »Na, hast'n wiedergekriegt? « fragte die Frau ihren Mann, als er kleinlaut zurückkehrte. »Ja, « sagte er, »aber der arme Mensch tat mir leid, weil er so einen weiten Weg hat, und da hab ich ihm auch noch mein Pferd gegeben.«
Seitdem sagte er nie mehr Gosekopp zu seiner Frau.

## 34. Der verwunschene Prinz.

Es waren einmal ein Mann und eine Frau, die hatten nur eine einzige
Tochter. Nun begab es sich aber, daß die Frau krank wurde, und weil
es von Tage zu Tage schlimmer mit ihr ward und sie endlich fühlte,
daß ihre Sterbestunde gekommen war, rief sie ihr Kind zu sich ans
Bett und gab ihm einen Ring von ihrem Finger und sprach: »Den trage
zu meinem Andenken und heb ihn wohl auf.« Darnach legte sie sich
und starb; und noch war kein Jahr seitdem vergangen, da nahm sich
der Mann eine andere Frau. Sie war aber gar nicht gut gegen das Kind;
das Mädchen durfte nie mit in die Stube kommen, sondern musste
immer auf der Diele beim Heerde sitzen, und als einmal die
Stiefmutter den schönen goldenen Ring an ihrem Finger sah, fing sie
an zu schelten und bedrohte das Mädchen. »Ich sollte dir den theuren
Ring eigentlich wegnehmen«, sagte sie; »aber das sage ich dir,
verlierst du ihn, so prügele ich dich, daß du schwarz wirst. « Nun
musste das arme Mädchen alle Tage Wasser schleppen, und als sie
auch einmal wieder die Brunnenstange anfaßte, um den schweren
Eimer in die Höhe zu ziehen, glitt ihr der Ring vom Finger und fiel in
den tiefen Brunnen hinein. Darüber fing sie bitterlich zu weinen an.
Mit dem, so kam ein Laubfröschlein im Grase dahergehüpft, fing an
zu sprechen und fragte: »Was fehlt dir denn, du wackres Mädchen,
daß du so bitterlich weinen thust? Das sage mir, so will ich sehen, ob
ich dir helfen kann. « »Ach Fröschlein! « sprach das Mädchen, »du
kannst mir doch nicht helfen. Ich habe meiner Mutter ihren goldenen
Ring in den Brunnen fallen lassen, und wenn das meine Stiefmutter
erfährt, so werde ich gewiß Schläge kriegen. « »Sei nur still und laß
dein Weinen sein,« sprach das Fröschlein; »wenn ich diese Nacht bei
dir in deinem Bettlein schlafen soll, so will ich dir den Ring wohl
wieder holen.« »Ach ja liebes Fröschlein, « sprach das Mädchen, »ich
will ja gerne alles thun was du verlangst, wenn ich nur mein goldenes
Ringlein wieder kriege! « Sprach das Fröschlein: »So setze mich in
den Wassereimer und laß mich in den Brunnen hinab, daß ich dir dein
goldenes Ringlein wieder hole. « Da setzte das Mädchen den
Laubfrosch in den Eimer und ließ ihn in den Brunnen hinab, da
tauchte er unter und kam bald wieder angeschwommen mit dem
Ringlein in seinem Maule. Das Mädchen zog ihn wieder herauf, nahm
den Ring steckt' ihn voller Freuden an ihren Finger und ging ins Haus
und dachte nicht mehr an das Laubfröschlein und was es ihm hatte

versprechen müssen. Des Abends aber, da das Mädchen wieder wie immer auf der Hausflur beim Heerde saß und spann, klopfte mit einmal was an die Seitenthüre und rief: »Wackres Mädchen, wackres Mädchen! was du versprochen hast, musst du auch halten; setze mich in dein Haus. « Das Mädchen machte die Thüre auf und erschrack ordentlich, denn davor saß das Laubfröschlein. Erst wollte das Mädchen die Thüre wieder zuschlagen; weil es aber an sein Versprechen dachte, und daß ihm der Frosch wieder zu seinem Ringe verholfen hatte, setzte es ihn in ihr Haus herein. Der Frosch hüpfte nun mit an den Heerd und sah zu wie das Mädchen spann. Nachdem, da es Zeit war, schlafen zu gehn, ging das Mädchen in ihre Kammer, zog die Thür hinter sich zu und ließ das Fröschlein draußen sitzen. Da klopfte es an die Kammerthür und rief: »Wackres Mädchen, wackres Mädchen! Was du versprochen hast, musst du auch halten! Setz' mich in deine Kammer.« Das Mädchen hätte lieber das Fröschlein draußen gelassen, aber es dachte daran, was es ihm am Brunnen versprochen hatte, nahm es und setzte es in seine Kammer. Nun zog das Mädchen sein Nachtzeug an, löschte das Licht und legte sich zu Bett und meinte, das Fröschlein würde nun wohl zufrieden sein. Aber nein! es wollte auch bei dem Mädchen im Bette schlafen und rief: »Wackres Mädchen, wackres Mädchen! Was du versprochen hast, musst du auch halten! Setz' mich in dein Bett.« Da nahm das Mädchen das Fröschlein auch noch zu sich ins Bett und sprach: »So! Nun sei aber auch hübsch still, sonst muß ich dich wieder hinaussetzen. « Bald darnach, weil das Fröschlein ganz stille war, schlief das Mädchen ein. Den andern Morgen aber, als es aufwachte und sich nach dem Fröschlein umsah, war kein Fröschlein mehr da, sondern lag da ein wunderhübscher junger Prinz im Bette, der lachte das Mädchen freundlich an, küßte es und sprach: »Ich danke dir, daß du mich erlöst hast. Mein Großvater hatte mich in einen Laubfrosch verwünscht, und nicht eher konnte ich wieder eine menschliche Gestalt annehmen, bis mich ein Mädchen freiwillig mit in sein Bett nahm. «
Noch denselben Tag zog nun der Prinz mit dem Mädchen fort in sein Königreich und nahm sie zu seiner Frau und sie hatte es gut bei ihm bis an ihr Ende.

## 35. Das Hemd des Zufriedenen.

Es war einmal ein reicher König, dem machte das Regieren so viele
Sorgen, daß er darum nicht schlafen konnte die ganze Nacht. Das
ward ihm zuletzt so unerträglich, daß er seine Räthe zusammen berief
und ihnen sein Leid klagte. Es war aber darunter ein alter erfahrener
Mann, der erhob sich, da er vernommen, wie es um den König stand,
von seinem Stuhle und sprach: »Es giebt nur ein Mittel, daß wieder
Schlaf in des Königs Augen kommt, aber es wird schwer zu erlangen
sein; so nämlich dem Könige das Hemd eines zufriedenen Menschen
geschafft werden könnte und er das beständig auf seinem Leibe trüge,
so halte ich dafür, daß ihm sicherlich geholfen wäre.« Da das der
König vernahm, beschloß er, dem Rathe des klugen Mannes zu folgen
und wählte eine Anzahl verständiger Männer, die sollten das Reich
durchwandern und schauen, ob sie nicht ein Hemd finden könnten,
wie es dem Könige Noth that. Die Männer zogen aus und gingen
zuerst in die schönen volkreichen Städte, weil sie gedachten, daß sie
da wohl am ehesten zu ihrem Zwecke kämen; aber vergebens war ihr
Fragen von Haus zu Haus nach einem zufriedenen Menschen; dem
Einen gebrach dies, dem Andern das; so mochte sich keiner zufrieden
nennen. Da sprachen die Männer untereinander: »Hier in der Stadt
finden wir doch nimmer, wonach wir suchen; darum so wollen wir
jetzunder auf das Land hinausgehen, da wird die Zufriedenheit wohl
noch zu Hause sein,« sprachen's, ließen die Stadt mit ihrem Gewühle
hinter sich und gingen den Weg durch das wallende Korn dem Dorfe
zu. Sie fragten von Haus zu Haus, von Hütte zu Hütte, sie gingen in
das nächste Dorf und weiter von da, sie kehrten bei Armen und bei
Reichen ein, aber keinen fanden sie, der ganz zufrieden war. Da
kehrten die Männer traurig wieder um und begaben sich auf den
Heimweg. Wie sie nun so in sorgende Gedanken vertieft über eine
Flur dahinwandelten, trafen sie auf einen Schweinhirten, der da
gemächlich bei seiner Heerde lag; indem so kam auch des Hirten Frau,
trug auf ihren Armen ein Kind, und brachte ihrem Manne das
Morgenbrod. Der Hirt setzte sich vergnüglich zum Essen, verzehrte
was ihm gebracht war, und nachdem so spielte er mit seinem Kinde.
Das sahen die Männer des Königs mit Erstaunen, traten herzu und
fragten den Mann: wie es käme, daß er so vergnügt wäre und hätte
doch nur ein so geringes Auskommen? »Meine lieben Herren«, sprach
der Sauhirt, »das kommt daher, weil ich mit dem, was ich habe,

zufrieden bin. « Da freuten sich die Männer höchlich, daß sie endlich einen zufriedenen Menschen gefunden hatten, und erzählten ihm, in welcher Sache sie von dem Könige wären ausgesandt worden, und baten ihn, daß er ihnen möchte für Geld und gute Worte ein Hemd von seinem Leibe geben. Der Sauhirt lächelte und sprach: »So gern ich Euch, meine lieben Herren, in Eurem Anliegen möchte zu Willen sein, so ist es mir doch nicht möglich; denn Zufriedenheit habe ich wohl, aber kein Hemd am Leibe.« Als das die Männer vernahmen, erschracken sie und gaben nun ganz die Hoffnung auf, ein Hemd zu finden, wie es dem Könige Noth that. Betrübt und mit gesenkten Blicken traten sie wieder vor ihren Herrn und berichteten ihm, wie all ihr Suchen und Fragen sei vergeblich gewesen; sie hätten manchen gefunden, der wohl ein Hemd gehabt hätte, aber keine Zufriedenheit, und endlich hätten sie Einen angetroffen, der wäre freilich zufrieden gewesen, aber leider hätte er kein Hemd gehabt.

So musste denn der König seine Sorgen ferner tragen und voll Unruhe oft Nächte lang auf seinem Bette liegen, ohne daß Schlaf in seine Augen kam, und konnte ihm nicht geholfen werden.


## 36. Der Herrgott als Pathe.

Es war einmal ein armer, armer Mann, dem wurde ein Knabe geboren. Da nun die Zeit kam, daß das Kind sollte getauft werden, ging der Vater aus, einen Pathen zu suchen, der es über die Taufe hielte; weil aber der Mann so ganz arm war und keinen Schmaus geben konnte, so wollte ihm niemand zu Willen sein. Darüber wurde der arme Mann ganz traurig und kam in große Sorge, wie er es anstellen sollte, daß sein Kind die Taufe erhielte. Einst, da er auch in derselben Sache war über Feld gewesen und wieder ohne etwas ausgerichtet zu haben den Heimweg ging, begegnete ihm ein alter Mann, der einen grauen Kittel trug; derselbe, als er den Armen so traurig sah, redete er ihn an und fragte, was ihm denn fehlte, daß er so in Sorgen seines Weges ginge? »Ach Gott«, sprach der Arme, »mir ist ein Sohn geboren und die Zeit ist da, daß er muß getauft werden, aber niemand will des Kindes Pathe sein; da bin ich nun in großer Verlegenheit. « »Sei nur wieder guten Muthes«, sprach der graue Mann, »so es dir recht ist, will ich dein Kind wohl aus der Taufe heben. « Das nahm der arme Mann mit Freuden an. Zur bestimmten Stunde stellte sich auch der Pathe ein, und als die Taufe nun zu Ende war, nahm er von dem Armen Abschied und sprach: »Nun trage Sorge, daß der Knabe gut erzogen wird; wenn er vierzehn Jahre alt ist, so will ich wiederkommen und bringen ihm sein Pathengeschenk. « Damit ging er fort. Es war aber unser Herrgott selber gewesen, der dem armen Vater aus seiner Verlegenheit geholfen hatte.

Der Knabe wuchs nun heran und wurde so klug und lernbegierig, daß sich ein jeder darüber verwunderte.

Er wurde vierzehn Jahre alt, und sein Vater hatte schon gar nicht mehr an den grauen Mann gedacht, denn der, meinte er, würde doch wohl niemals wiederkommen und zu der Zeit schon längst gestorben sein. An dem Tage aber, da gerade die vierzehn Jahre herum waren, kam der Mann, der des Knaben Pathe war, in seinem grauen Kittel auf einem wunderschönen Schimmel vor des armen Mannes Haus geritten, stieg ab und trat in das Haus hinein. »Die vierzehn Jahre sind nun herum«, sprach er zu dem armen Manne, »und ich bin gekommen, mein Wort zu lösen und deinem Sohn das Pathengeschenk zu bringen, das soll mein schöner Schimmel sein; wenn der Junge den wohl achtet und pflegt und ihn um Rath fragt, wenn er etwas vorzunehmen gedenkt und immer thut, was das kluge Thier ihm sagt, so wird er niemals in Verlegenheit geraten.« Damit ging er fort und ließ den Schimmel zurück.

Da sprach der Junge zu seinem Vater: »Nun ich den schönen Schimmel habe, will ich auch nicht mehr hier zu Hause bleiben, sondern will wegreiten in die weite Welt hinein und will sehen, daß ich mein Glück mache. « Er nahm Abschied von Vater und Mutter, setzte sich zu Pferde und ritt fort. Nicht lange war er geritten, so sah er dicht am Wege eine Feder liegen, die glänzte wie lauter Gold und Silber. »Ei, ei! die schöne Feder will ich mir nehmen! Was meinst du Schimmel? « sprach der Junge und stieg ab sie aufzuheben. »Laß doch die Feder, « sagte der Schimmel, »das sind ja deine Sachen nicht! « Sprach der Junge: »Lieber Schimmel, die Feder hätt' ich doch gar zu gern; da kann ich schön mit schreiben und dann ist sie gewiß auch viel an Gelde werth; nicht wahr, ich nehm sie nur mit? « »Wenn du meinst, so thu's! « sagte der Schimmel, »aber das sage ich dir vorher, du thätest besser, wenn du sie liegen ließest. « Aber der Junge kehrte sich nicht an die Warnung seines Schimmels, nahm die Feder mit und ritt weiter. – Zu Nacht kam er an den Hof des Königs, da gab er sich für einen Schreiber aus, und der König, der gerade darum benöthigt war, nahm ihn in seinen Dienst. Nun schnitt er sich die schöne Feder und schrieb damit. Sie war aber so glänzend und gab so hellen Schein, daß er gar kein Licht anzuzünden brauchte, wenn er des Abends beim Schreiben saß. Das sah einer von der Dienerschaft, ging stracks zum Könige und erzählte es ihm, und der König, den es Wunder nahm, ließ den Schreiber sogleich vor sich kommen, und der musste ihm nun die Feder zeigen. Nicht sobald aber hatte der König die wunderbare Feder gesehen, als ihn auch ein heftiges Verlangen erfaßte nach dem Vogel, der die Feder getragen hatte. »Die Feder ist erstaunlich schön und Goldes werth«, sprach der König, »aber schöner noch und unbezahlbar muß der Vogel sein, der die Feder getragen hat. « »Ja! « sagte der Junge; »wenn man nur wüßte, wo er zu finden ist. « »Du mühest dich vergeblich mich zu täuschen«, entgegnete der König; »wo die Feder gewesen, wird auch der Vogel sein; darum so gebiete ich dir bei Leib und Leben, daß du mir den Vogel zur Stelle schaffst. « Der Junge erschrack und machte Einwendungen, das half ihm aber alles nichts, denn der König verharrte fest auf seinem Sinn. Da ging er unmuthvoll zu seinem Schimmel in den Stall und klagte ihm sein Leid und sprach: »Ach lieber Schimmel, wie will das mit mir noch werden! Nun der König die schöne Feder gesehen hat, nun will er auch den Vogel haben, der sie trug; den soll ich ihm schaffen bei Todesstrafe und weiß doch nicht, wo er zu finden ist. Was soll ich nun beginnen, das sage mir. « »Da haben wirs! « entgegnete der Schimmel; »hättest du damals, wie ich dir rieth, die Feder liegen lassen, so wärest du jetzt nicht in Verlegenheit. Es läßt sich aber wohl noch Rath schaffen. Eine gute Strecke von hier weiß ich ein verwünschtes Schloß, darin hängt in einem goldenen Käfige der Vogel an der Wand; darum so wollen wir uns aufmachen und sehen, ob wir ihn nicht erlangen können.« Da der Junge das vernahm, schwang er sich alsbald in den Sattel und jagte davon, den Vogel aufzusuchen. Ehe er aber zu dem verwünschten Schlosse gelangen konnte, musste er erst einen großen Strom passiren, darüber eine Brücke geschlagen war. Da er eben hinüber reiten wollte, sah er unten einen Fisch, der war mit einer Kette an das Ufer festgeschlossen und zappelte und mühte sich vergebens, loszukommen. »Wo! Schimmel! « sprach der Junge, als er den armen Fisch so zappeln sah, stieg ab und setzte ihn in Freiheit. »Das will ich dir gedenken, « rief der Fisch; »wenn du meiner einmal bedürfen solltest, so rufe nur: König der Fische! dann will ich dir, soviel in meinen Kräften steht, behülflich sein. « Als der Fisch das gesprochen hatte, senkte er sich munter in die Tiefe des Wassers hinab. Der Junge aber ritt über die Brücke hinüber nach dem Schlosse hinzu, band seinen Schimmel vor die Thür und ging hinein. Er fand auch richtig das Zimmer, wo der Vogel in dem goldenen Käfig an der Wand hing, nahm ihn herab und wollte eben wieder umkehren, als er da auch eine Junfer sitzen sah, die hielt in der Hand ein Bund Schlüssel und lag in festem Schlafe, wie wenn sie todt gewesen wäre. Sie war aber so wunderschön, daß der Junge in seinem Leben nichts schöneres gesehen hatte. Eilig lief er nun zu seinem Schimmel zurück und sprach: »Ach liebster Schimmel, den Vogel habe ich nun, aber da im Schlosse sitzt auch eine Junfer, die ist so wunderschön, daß ich sie für mein Leben gerne mitnehmen möchte; was meinst du? Thu ichs wohl?« »Ich sage dir, « entgegnete der Schimmel, »laß du die Junfer, wo sie ist; du hast immer Dinge im Kopfe, die dich nichts angehen. « »Ach lieber, bester Herzensschimmel,« sprach der Junge, »du glaubst gar nicht, wie schön sie ist; ich muß und muß sie haben, es mag nun kommen, wie es will« »No ja!« entgegnete der Schimmel; »wenn du es denn durchaus willst, so thu, was du nicht lassen kannst; aber das sage ich dir vorher, du wirst dadurch in große Ungelegenheiten kommen.« Aber der Junge kehrte sich nicht an die Warnung seines Schimmels, trug die Junfer, die noch immer in festem Schlafe lag, auf seinen Armen aus dem Schlosse, nahm sie vor sich aufs Pferd, band den Käfig, worin der wunderbare Vogel saß, an den Sattel und ritt in Eile dem Strome zu. Kaum war er aber in der Mitte der Brücke angekommen, so entstand hinter ihm in der Gegend des Schlosses ein schrecklich Gekrach und Gepolter, wie wenn die Erde bärste, denn das Schloß war nun erlöst, die Junfer schrack zusammen und erwachte aus ihrem Zauberschlafe, ließ aber in demselben Augenblicke das Bund Schlüssel, das sie bis dahin in der Hand hielt, unversehens über den Brückenrand in den Strom fallen. Der Junge ritt nun, ohne sich an etwas zu kehren, an des Königs Hof zurück und brachte ihm den schönen Vogel in dem goldenen Käfig. Da aber der König die wunderschöne Junfer sah, entbrannte er in so heftiger Liebe zu ihr, daß er von Stund an darauf bedacht war, wie er den Jungen möchte aus dem Wege schaffen. Weil er ihm nun sonst nichts anhaben konnte, so machte er allerlei falsche Vorwände und befahl ihm zuletzt bei

Todesstrafe den Hof zu meiden, den Schimmel, den Vogel und die
Junfer aber zurückzulassen. Der Junge erschrak und machte
Einwendungen, das half ihm aber alles nichts, denn der König
verharrte fest bei seinem Worte. Da ging er unmuthvoll zu seinem
Schimmel in den Stall und klagte ihm sein Leid und sprach: »Ach
lieber Schimmel, wie will das mit mir noch werden! Nun der König
die schöne Junfer gesehen hat, nun will er mich hier nicht länger
leiden; ich soll den Hof verlassen und nichts mit mir nehmen, das hat
er mir geboten bei Todesstrafe. Was fange ich nun an? Das sage mir!
« »Da haben wirs! « entgegnete der Schimmel; »hättest du damals,
wie ich dir rieth, die Junfer gelassen, wo sie war, so wärest du jetzt
nicht in Verlegenheit. Nun heißt es, Schimmel, schaff Rath! « »Ach,
lieber Schimmel! « sprach der Junge, »ich will auch von jetzt an
immer folgsam sein, wenn du mir nur diesmal noch aus der Noth
hilfst. « Sprach der Schimmel: »So gehe nur, wie der König befohlen,
von hier fort, dann will ich mich krank stellen, und der Vogel und die
Junfer werden auch wohl traurig werden; du aber verkleide dich als
alter Arzt und komm zurück und biete dem König deine Dienste an.
Da unter der Schwelle liegt eine Ruthe vergraben, damit streiche mir,
wenn du wiederkommst, über den Rücken, dem Vogel über die Federn
und der Junfer hebe damit den Schleier auf, so wird wohl alles wieder
gut werden. Dann reite mich auf dem Hofe spazieren, den Vogel laß
vor die Thür in die frische Luft hängen, und wenn dann die Junfer vor
die Thüre kommt, so sieh zu, daß du den rechten Augenblick
wahrnimmst, zieh die Junfer zu dir aufs Pferd, nimm schnell den
Vogel von der Wand und jage fort, so schnell du kannst«.
Der Junge that, wie ihn der Schimmel geheißen hatte, nahm die Ruthe
unter der Schwelle hervor und ging fort. Nicht lange war er weg, so
lag der Schimmel im Stalle und war krank, der Vogel blusterte die
Federn und ließ den Kopf hängen, die Junfer aber saß und weinte. Da
kam der Junge, nachdem er sich in einen alten Arzt verkleidet hatte,
unerkannt wieder an des Königs Hof und bot seine Dienste an. »Ich
habe da«, sprach der König, »einen Schimmel, einen Vogel und eine
Junfer, die sind alle drei nicht recht munter, wenn du mir die kuriren
könntest, so wollte ich dir viel Geld geben.« Der Junge sagte, er
wollte einmal seine Kunst versuchen, ließ sich zu der Junfer bringen,
die den Schleier über das Gesicht gezogen hatte und weinte, hob ihr
mit seiner Ruthe den Schleier auf, und da erkannte sie ihn und ließ ihr

Weinen sein. »Damit es aber gänzlich besser mit ihr wird, « sprach der
Junge, »muß sie jeden Tag auf dem Hofe die frische Luft genießen;
sonst möchte sie einen Rückfall bekommen. « Jetzt ging es zu dem
Vogel. Sobald ihm der Junge mit seiner Ruthe über die Federn strich,
hob er den Kopf, putzte sich und sprang munter in seinem Käfig
umher. »Er muß aber vor die Thür in die frische Luft gehängt werden,
« sprach der Junge, »sonst möchte er einen Rückfall bekommen. «
Nachdem der Vogel kurirt war, gings an den Schimmel. Sobald ihm
der Junge nur mit der Ruthe über den Rücken strich, war er so munter
wie vorher. »Er muß aber täglich Bewegung in frischer Luft haben, «
sprach der Junge, »sonst möchte er einen Rückfall bekommen. « Nun
ritt der Junge täglich mit dem Schimmel auf dem Hofe herum, der
Vogel ward vor die Thür gehängt und die Junfer spazierte zu ihrer
Erholung in der frischen Luft herum.

Einstmals, da der Junge wieder den Schimmel ritt und die Junfer auf
dem Hofe spazierte, nahm er den günstigen Augenblick wahr, wo ihn
keiner beachtete, hob die Junfer vor sich aufs Pferd, riß den Käfig mit
dem Vogel von der Wand und jagte davon, so schnell er nur immer
konnte. Der König, dem das gemeldet ward, hieß sogleich seine
Diener zu Pferde steigen, daß sie den Jungen verfolgen sollten; aber
der Schimmel lief wie der Wind über Hagen und Zäune, so daß die,
welche ihn verfolgten, bald wieder umkehrten, weil sie wohl einsahen,
wie vergeblich es war, den Flüchtigen noch weiter nachzusetzen.

Der Schimmel rannte nun in vollem Galopp immer weiter und weiter
über den Strom und die Brücke bis vor das Schloß, welches war
verwünscht gewesen; da stand er still, als wenn er nun zu Hause wäre;
als sie aber hineingingen, waren alle Zimmer fest verschlossen und
war zu keinem der Schlüssel zu finden. Nun wohnten da um das
Schloß herum Leute, die fragte der Junge, ob sie nicht die Schlüssel zu
dem schönen Schlosse wüßten. »Nein! « sagten die Leute, »die sind
verloren gegangen; wer sie aber findet, der ist Herr des Schlosses und
König über das ganze Land. « Da ging der Junge betrübt zu seinem
Schimmel und sprach: »Lieber Schimmel, wir müssen wohl weiter
reisen, denn was hilft uns nun das schöne Schloß, da wir doch nicht
wissen, wo dazu die Schlüssel sind. « »Nur nicht verzagt«, entgegnete
der Schimmel; »es läßt sich wohl noch Rath schaffen; als du damals
mit der Junfer über die Brücke rittst, ließ sie die Schlüssel in den
Strom fallen; vielleicht kann dir der König der Fische sie wieder

suchen.« Da erinnerte sich der Junge daran, was der Fisch ihm versprochen hatte, als er ihm die Freiheit wiedergab, lief schnell an den Strom und rief: »König der Fische, König der Fische! « Kaum hatte er das gesagt, so kam der Fisch ans Ufer geschwommen und fragte: »Was steht zu Diensten? « Sprach der Junge: »Es ist schon eine gute Zeit her, da hat eine Junfer ein Bund Schlüssel hier von der Brücke ins Wasser fallen lassen; wenn du mir das wieder schaffen könntest, so geschähe mir ein großer Gefallen.« »Was in meinen Kräften steht, will ich thun!« entgegnete der König der Fische; und alsbald rief er sein Volk zusammen und machte bekannt, so und so, zu der und der Zeit, an der und der Stelle wäre ein Bund Schlüssel von der Brücke ins Wasser gefallen und verloren gegangen, und wer das wieder fände, der sollte eine gute Belohnung haben. Sieh da! da entstand ein Gewühl und Gewimmel unter den Fischen; der eine schwamm hierhin, der andere schwamm dahin, denn jeder wollte gern die Belohnung empfangen; es dauerte auch nicht lange, so kam einer von den Fischen eilig wieder angeschwommen und meldete dem Könige: »Das Bund Schlüssel wäre da, aber es läge ein großer, allmächtiger Wallfisch darauf, der wolle nicht von der Stelle rücken.« »Da wollen wir bald zukommen! « sprach der König; »dazu haben wir den Sägefisch mit seiner langen Säge. Rufe mir doch mal gleich Einer den Sägefisch her! « Der Sägefisch wurde gerufen und kam und sprach: »Was giebt's? « Sprach der König zu ihm: »Hör mal! So und so! Es liegt ein Wallfisch auf einem Bunde Schlüssel und will nicht von der Stelle; du kannst ihm wohl mit deiner langen Säge ein wenig in den Bauch schneiden, dann wollen wir doch mal sehen, ob der Flegel nicht rücken kann.« Der Sägefisch schwamm fort und hin und sägte dem Wallfisch in den dicken Bauch. »Au! « schrie der Wallfisch; »ich sage dir, du läßt das? « Aber das half ihm nichts, er musste doch zuletzt ein wenig auflichten; da zogen die Fische das Bund Schlüssel hervor und brachten es ihrem Könige; der König gab es dem Jungen, der Junge bedankte sich und lief damit nach dem Schlosse und öffnete all die prächtigen Zimmer, und war nun Herr des Schlosses und König über das ganze Land und heirathete die schöne Junfer; und wenn sie nicht gestorben sind, so leben sie noch bis heute und auf diesen Tag.

## 37. Aschenpüeling (Aschenputtel)

Et was äis en dêren, dä möste jümmer buten up der däl in der aschen
liggen un kreg nicks täo äten anse aschenmäos un aschenpannkäoken;
weil nu öhre kleder darvan jümmer ganz vull aschen wören, säo nöme
sä öhre stäifmutter nich anders ans: Aschenpüeling (aschenpfühlchen).
Der fräoen öhre beiden rechten döchter güngen awerst in gladden
kledern, putzen sick den ganzen dag un döen nicks anse dat sä mit
öhrer süster schüllen, jüst anse de mutter, un wenn et wôr wat täo
danzen gaf, säo gung et nich anders, säi mösten ok hen; ünderdess
möste Aschenpüeling innehöen un wöre doch ok geren meegaen.
Nu hat et sick äis täo edrägen, dat de könig hochtît häilt un en grôte
festlichkeit anstelle, dartäo word ok de stäifmutter enödiget. Ans säi
sick mit öhren beiden döchtern dat hochtîtstüg antog un
Aschenpüeling dabi helpen möste, »Mutter«, säe do Aschenpüeling;
»wäset säo gäot un latet mi doch ok mehe na der hochtît gaen, wenn't
ok man up äine stünne is.« »Süh äis! « säe de stäifmutter un köre ganz
spitz; »du Aschenpüeling wut naer hochtît! Hier gäit eck di en himpen
saat, un en himpen asche tä hope, wenn du däi weer ut enander esocht
hast, denn konnst du ok mehe up de hochtît gaen.« Do gôt öhr dat wîf
en himpen saat un en himpen asche te hope un gung mit öhren beiden
döchtern weg up de hochtît.

Aschenpüeling fong awerst bitterlich an täo grinen, un dat harte
blödde öhr, dat säi nich ok meh gaen dröfte, un sä dachte an öhre
verstorbene mutter, bi der harr säi't jümmer säo gäot ehatt. »Ach,
gott«, säe säi, »sintdeme min mutter dote is, hebbe ek doch näine
frohe stünne mehr. « Säi wôrd säo bedreuwet un dat harte word öhr
säo swâr, dat säi in'n huse nich blîben könne un des abends henut gung
up den kerkhof an dat graf öhrer verstorbenen mutter; dar sette säi sick
dal un green öhre bittersten tranen. Do gaf de läiwe gott der mutter de
gnade dat säi spräken un sick bewegen könne. Säi fong in öhren sarke
an täo kloppen un säe: »Min läiwe kind! wat grinst du doch säo viäl
un läst mi näine ruhe hier in mînen grawe!« »Och, mutter, mutter«,
säe do Aschenpüeling; »min harte is säo swar un mîne ogen sind roth
van grînen; nu du dote bist, nu hebbe ek doch näine freide un frohe
stünne mehr up düsser welt; mi wör dat beste dat ek ok störwe un
läige bi di in der kolen êren; un do klage säi öhr, dat säi't säo slecht
härre, dat säi nich satt täo äten kriäge, un öhre stäifmutter un
stäifsüstern wören jümmer säo flätsch gegen säi«. »Wäs man sille,

min läiwe kind, un hör up täo grînen«, säe do de mutter un recke öhr
en lütken stock ut'n grawe; »hier nimm düssen lütken stock un ga hen
achter use hûs, dar steit en Alhörenbôm, wenn du dar mit den stocke
ansleist un wünschest di wat, säo kummt ut den bôme alles herut, wat
du man hebben wut. Nu lat awerst ok din grînen un benimm mi de
ruhe nich in mînen grawe« Ans säi dat esegt harre, wörd säi stille un
släip weer in öhren sarke ans värher. Aschenpüeling awerst wische
sick nu de tranen af, nam den lütken stock, un weil säi den ganzen dag
nicks ekriägen harre ans aschenmäos un aschenpannkäoken un
hüngrig was, säo gung säi achter öhr hûs un släog an den Alhörenbôm
un wünsche sick wat täo äten. Do kam ut den bome herut suer un
kartuffeln mit speck darawer gebraet, dat möchte Aschenpüeling van
allen spîsen an't läiweste äten. Ans säi sick nu orntliken satt egiäten
harre do säe säi: »Nu will eck ok na'r hochtit up dat königliche sloss! «
släog mit öhren stocke an den Alhörenbom un wünsche sick en glatt
klêd un en paar näie schäoe. Kum dat säi dat wôrd esegt harre, säo
kam ut den bôme herut en wunderhübsch witt klêd mit roen stippen un
en paar schäoe, dä wören ganz van golde. Do wosch sick de deern,
kämme öhre haare un tog dat gladde kleed un de goldenen schäo an;
säo gung säi hen na'r hochtît up dat königliche sloss, un ans säi in den
saal tratt, verwundern sick alle lüe awer de wunderschöne dame; doch
niemand wusste wer säi was, ok nich öhre stäifmutter un öhre beiden
stäifsüstern.
Nu was dar up der hochtît ok en jungen riken prinz, ans däi de schöne
dame sach, kreg häi 'se glik täon danze her, un den ganzen abend
danze häi mit süss näiner ans man jüst mit öhr, un drücke öhr de hand
un läit säi nich ut'n ogen, wo säi gung un stund. In der morgentît, do
de lüe bolle na hûs güngen, make säi sick awerst van öhne los un läip
weg; häi geswinde achter öhr an un wolle säi na hus begleiten, könne
säi awerst doch nich weer ekriegen; man bi den graden lopen harre säi
äinen van öhren goldenen schäon verlaren, den fund de prinz, un ans
häi damêe bi de lucht kam, sach häi dat de schäo säo lütk un zierlich
was, ans häi in sînen liäben noch näinen esäen harre. »De schöne
dame mot mîne weren, anders wêre eck nich froh!« dachte häi un gun
na'n bedde; man häi könne näin oge täo däon, denn jümmer un
jümmer moste häi an de schöne dame denken.
De deern was awerst van den slosse geswinde weer na hûs un ünder
den Alhörenbôm elopen, dar tog säi sick erst ör ole tüg weer an un läe

sick darna bi den fürheerd in dä aschen; dat hübsche witte klêd mit den roen stippen un de äine goldene schäo verswünnen awerst weer in den bôm henin. Mitdessen säo kam ôk de stäifmutter mit öhren beiden döchtern na hûs. »Wöerst du nu fliedig ewäsen, du Aschenpüeling, säo härrest du ok mee up de hochtît gaen könnt«, säe de stäifmutter; »da harrst du äis säen schöllt, wat dar vär'ne hübsche dame was, dä könne säo glad danzen un harr en slôtewitt kled an mit roen stippen un schäoe, dä wören ganz van golde.« Dat säe awerst de stäifmutter man jüst, ümme der deern dat harte recht swar täo maken. Man Aschen-püeling sweg still; säi wusste jo wol, wer de schöne dame ewäsen was. Den andern dag läit de prinz bekannt maken: »häi härre gistern abend en lütken goldenen schäo efunnen, welker deern dä schäo passe, dä schölle sine gemalinne weren.« Häi gung mit sinen schäo hûs bi hûs, man dar was näine, der de schäo passen döe. An't leste kam häi ok in dat hûs der stäifmutter. Do möste de ölste dochter den schäo an't erste anproberen; dä hacken was awerst täo lang. Do gung de mutter mit öhr henût in de kamer, nam dat bîl un haue van den hacken en stück af: nu passe de schäo, de prinz nam de deern vär sick up sîn pärd un rêt dermee nâ sînen slosse hentäo. Säi mösten awerst dör en grot holt, dar satt up'n bome en rabe, de räip:

*»schäo vull bläot, schäo vull bläot!*
*et is de rechte nich, et is de rechte nich!«*

Do sach de prinz, dat der deern dat bläot ût'n schäon läip, dreie sin pärd herüm un brochte säi weer na örer mutter un säe: »Dat is de rechte nich! hebbe ji süss näine dochter?« Nu möste de twäite dochter den schäo anpassen; der was awerst de grote teen täo lang. Do gung de mutter mit ör henût, nam dat bîl un haue den teen af; nu passe de schäo; de prinz nam de deern vär sick up sin pärd un rêt darmee na sinen slosse hentäo. In den holte satt awerst weer de rabe de räip:

*»schäo vull bläot, schäo vull bläot!*
*et is de rechte nich, et is de rechte nich! «*

Do sach de prinz, dat der deern dat bläot ut'n schäon läip, dreie sin pärd herüm un brochte säi weer na örer mutter un säe: »Dat is ok de rechte nich! hebbe ji süss näine dochter mehr?« »Ja!« säe de stäifmutter, »wi hebbet dar noch säo'n Aschenpüeling, däi is awerst säo smutzig, dat säi sick vär lüen nich kann säen laten.« »Latet säi doch äis herinkuomen«, säe de prinz. Do möste Aschenpueling in de dönzen kuomen un passen ok den goldenen schäo an un süh dar! häi

satt wie angegaten. Do kêk de prinz der deern nîpe in de ôgen un sach
nu wol, dat sîne schöne dame van gistern abend was. Vuller freiden
nam häi se nu vär sick up sin pärd un reet dermee na sinen slosse
hentäo, un ans säi bi den raben värbi käimen, do släog däi mit den
fittken un nickköppe un räip:

*»dat is de rechte, dat is de rechte! «*

»Ja, min vuogel! dat is de rechte un schall't ok blîben nu un alle tît!«
säe de prinz un reet mit sînen läiwen Aschenpüeling up sîn sloss un
häilt hochtit mit ör, de dure acht dage lang.


## 38. Friedrich Goldhaar.

Vor dieser Zeit ist mal ein armer Mann gewesen, der hatte einen
einzigen Sohn mit Namen Friedrich; und es begab sich, als er grade
sechzehn Jahre alt war, daß an dem nämlichen Tage ein Wagen mit
vier Hengsten bespannt vor des Mannes Thüre hielt, da stieg ein
vornehmer Herr heraus, trat ein und fragte den armen Mann, ob er ihm
nicht einen Knecht wüßte, der Friedrich hieße und grade sechzehn
Jahre alt wäre. »Da kommt Ihr eben in das rechte Haus, « sagte der
Mann, »mein Sohn Friedrich hat heute seinen sechzehnten Geburtstag.
« Sprach der Fremde: »So will ich ihn, wenn es Euch recht ist, in
meine Dienste nehmen und will Euch im Voraus den Lohn bezahlen,
aber nur unter der Bedingung kann er mein Knecht sein, daß er sieben
volle Jahre aushält und in den sieben Jahren niemals zu Hause geht.«
Damit war der Mann zufrieden; der Fremde warf einen schweren
Beutel mit Geld auf den Tisch, nahm seinen Knecht Friedrich mit in
seinen Wagen und fort gings wie der Wind, daß den vier Hengsten die
Mähnen sausten. Eine Stunde mochten sie wohl gefahren sein, da ließ
der Herr den Wagen halten und sprach: »Friedrich, sieh mal hinaus! «
»Ja Herr!« »Friedrich, was siehst du? « »Ach Herr«, sprach Friedrich,
»ich sehe ein schönes Schloß, das liegt nicht weit von hier. « Sprach
der Herr: »Hier hast du meine Uhr, Friedrich, die ist grade zehn; nun
geh, derweil ich auf dich warte, nach dem Schlosse, da wirst du gut
bewirthet werden, aber Punkt elf, nicht früher und nicht später, gehst
du wieder fort, und was man dir dann giebt, das bringe mit.« »Gut,
Herr! « sprach Friedrich und ging in das Schloß; da waren viele
Diener, die trugen gutes Essen auf und luden den Friedrich zum Sitzen
ein. Der ließ sich auch nicht lange nöthigen, aß und trank nach

Herzenslust und nachdem, da es ihm bald Zeit dünkte, sah er nach der Uhr, und weil es nahe vor elfe war, so brach er auf zum Weitergehen. Da wurde ihm ein Hammelbraten gereicht, den nahm er mit, wie ihm sein Herr befohlen hatte. Als er nun wieder an den Wagen kam, fragte der Herr: »Nun, Friedrich, was bringst du mit? « »O Herr, sie haben mir einen Hammelbraten gegeben! « »Schön! Friedrich, « sprach der Herr, »lege ihn nur hinten in den Kutschkasten, wir werden ihn heute wohl noch nöthig haben. « Friedrich that, wie ihm geheißen war. Dann stieg er wieder zu seinem Herrn in den Wagen, und fort gings wie der Wind, daß den vier Hengsten die Mähnen sausten.

So mochten sie wohl eine Stunde gefahren sein, da ließ der Herr den Wagen halten und sprach: »Friedrich! Sieh mal hinaus! « »Ja Herr!« »Was siehst du, Friedrich? « »O Herr, ich sehe nicht weit von hier ein Schloß, das ist noch viel schöner als das erste war. « Sprach der Herr: »Hier hast du meine Uhr, Friedrich, die ist gerade zwölf; nun geh, derweil ich auf dich warte, in das Schloß, da wirst du noch besser bewirthet werden als das erste Mal; aber Punkt eins, nicht früher und nicht später, gehst du wieder fort, und was man dir dann giebt, das bringe mit!« »Gut, Herr! « sprach Friedrich und ging in das Schloß; da waren noch viel mehr Diener als in dem ersten Schloß; die trugen Speisen und Weine auf von allen Sorten und luden den Friedrich zum Sitzen ein. Er ließ sich auch nicht lange nöthigen, aß und trank nach Herzenslust und als die Uhr nahe vor eins war, rüstete er sich zum Weitergehen. Da wurde ihm ein Gänsebraten gereicht, den nahm er mit, wie ihm sein Herr befohlen hatte. Als er nun wieder zurück an den Wagen kam, so fragte der Herr: »Nun, Friedrich, was bringst du mit? « »O Herr, sie haben mir diesmal einen Gänsebraten gegeben! « »Schön! Friedrich; lege ihn nur hinten in den Kutschkasten, wir werden ihn wohl heute noch gebrauchen können. « Friedrich that, wie ihm geheißen war; dann stieg er wieder zu seinem Herrn in den Wagen, und fort gings wie der Wind, daß den vier Hengsten die Mähnen sausten.

Eine Stunde wohl mochten sie so gefahren sein, da ließ der Herr den Wagen zum dritten Male halten und sprach: »Friedrich! Sieh mal hinaus! « »Ja Herr!« »Friedrich, was siehst du nun? « »O, Herr! Nun sehe ich nicht weit von hier ein Schloß, das ist so schön, wie ich in meinem ganzen Leben noch keins gesehen habe. « Sprach der Herr: »Hier, Friedrich, hast du meine Uhr, die ist grade Zwei; nun geh, derweil ich auf dich warte, in das Schloß, da wird man dich bewirthen, wie noch nie; aber Punkt drei Uhr, nicht früher und nicht später, gehst du wieder fort und was man dir dann giebt, das bringe mit.« »Gut, Herr!« sprach Friedrich und ging in das Schloß; da war ein Leben und Gewühl von Dienern, nicht anders wie an eines Königs Hofe, die trugen die köstlichsten Speisen und Weine auf und luden den Friedrich zum Sitzen ein. Er ließ sich auch nicht lange nöthigen, aß und trank nach Herzenslust und als die Uhr nahe vor drei war, rüstete er sich zum Weitergehen. Da wurde ihm ein Schweinsbraten gereicht, den nahm er mit, wie ihm sein Herr befohlen hatte. Als er nun wieder zurück an den Wagen kam, so fragte der Herr: »Nun, Friedrich, was bringst du diesmal mit?« »O, Herr; sie haben mir einen Schweinsbraten gegeben.« »Schön, Friedrich; lege ihn nur hinten in den Kutschkasten; wir werden ihn wohl heute noch gebrauchen können.« Friedrich that, wie ihm geheißen war; dann stieg er wieder zu seinem Herrn in den Wagen und fort gings wie der Wind, daß den vier Hengsten die Mähnen sausten.

Wohl eine Stunde mochten sie so gefahren sein, da ließ der Herr zum vierten Male halten. »Friedrich!« sprach er wieder; »sieh mal hinaus! « »Ja Herr!« »Friedrich, was siehst du denn nun?« »O Herr, ich sehe nicht weit von hier ein Schloß, das ist so erbärmlich schlecht, wie ich in meinem ganzen Leben noch keins gesehen habe.« »Das ist aber gerade das Schloß, mein lieber Friedrich, wo du die sieben Jahre dienen musst. Jetzt nimm die drei Braten, die wirst du gut gebrauchen können; denn um auf das Schloß zu kommen, musst du durch drei Pforten; vor der ersten liegt ein Löwe, vor der zweiten ein Bär, vor der dritten ein Wildschwein; dem Löwen gibst du den Hammelbraten, dem Bären den Gänsebraten und dem Wildschwein den Schweinsbraten, so werden sie dich frei passiren lassen; in dem Schlosse aber wirst du Einen finden, der wird dir deine Arbeit geben. Leb wohl, Friedrich und halt dich gut!« Friedrich stieg aus, wie ihm sein Herr befohlen und fort rollte der Wagen wie der Wind, daß den vier Hengsten die Mähnen sausten.

Als Friedrich nun auf das Schloß wollte, so lag vor der ersten Pforte ein Löwe, dem gab er den Hammelbraten; vor der zweiten Pforte lag ein Bär, dem gab er den Gänsebraten, vor der dritten Pforte aber lag ein Wildschwein, dem warf er den Schweinsbraten hin; da ließen ihn die Thiere frei in das Schloß hinein. Kaum war er eingetreten, so kam ihm gleich ein graues Männchen entgegen. »Sieh! Friedrich! Bist du da?« sprach das Männchen; »auf dich habe ich schon lange gewartet. Nun merk auf! Hier hast du ein kleines Stöckchen, damit kannst du dir das nöthige Essen schaffen. In meinem Stalle steht sodann ein Schimmel und ein Esel; dem Schimmel giebst du Aas zu fressen, dem Esel Heu; thust du aber anders und giebst dem Schimmel Heu und dem Esel das Aas, so musst du sterben. Ferner siehst du da im Hofe zwei Brunnen; aus dem einen, der offen ist, kannst du trinken und auch dem Vieh daraus zu saufen geben, der andere ist mit einer Fallthüre verschlossen, da darfst du aber niemals hineinsehen; thust du's doch, so musst du sterben. Noch eins! Merke dir diese Zimmerthür; läßt du dir jemals einfallen, sie auf zu machen, so musst du sterben. Nun weißt du was du zu tun und wie du dich in deinen sieben Dienstjahren zu verhalten hast. Adieu!« Damit ging das Männchen fort.

Friedrich trat nun seinen Dienst an, fütterte zur rechten Zeit den Schimmel mit Aas und den Esel mit Heu und tränkte sie aus dem offenen Brunnen, wie das Männlein ihm geboten hatte. Mit Hülfe seines Stöckleins wünschte er sich Essen herbei, so viel er mochte; hüthete sich auch wohl in den verdeckten Brunnen zu sehen oder das verbotene Zimmer aufzumachen. So vergingen drei Jahre. Nun hatte er aber, da er so plötzlich von Haus fortgekommen war, nicht daran gedacht, Kamm und Scheere mitzunehmen, darum wuchs ihm sein Haar zuletzt so lang, daß es in verwilderten Locken tief über seinen Nacken hinabwallte.

Drei Jahre lang hatte er pünktlich gethan, was ihm befohlen war, da faßte ihn ein heftiges Verlangen, einmal zuzusehen, was wohl in dem verbotenen Zimmer sein möchte. Kaum aber hatte er die Thüre aufgemacht, so schlug ihm daraus mit Qualm und Dampf die heiße, lichte Lohe entgegen, und in demselben Augenblicke erschien auch das graue Männchen, das sich sonst in den drei Jahren gar nicht wieder hatte sehen lassen. »Friedrich, du hast geguckt!« sprach es drohend; »diesmal soll es noch so hingehen; thust du es aber noch ein einziges Mal wieder, so musst du ohne Gnade sterben!« Damit verschwand es. »Ich werde mich wohl hüthen,« dachte Friedrich; »in einem Zimmer voll Feuer und Flammen habe ich nichts zu suchen.« So ging wieder ein Jahr dahin; er that pünktlich, was ihm befohlen war, fütterte den Schimmel mit Aas und den Esel mit Heu und tränkte sie aus dem offenen Brunnen. Aber einstmals, da er wieder Wasser schöpfte, trieb ihn doch die Neugierde so sehr, daß er hinging und den verdeckten Brunnen aufmachte und sich hinüberbeugte, zu schauen, was wohl darinnen wäre. Mit dem so fielen seine langen Locken in das Wasser hinab, und als er sie zurückzog, waren sie, soweit das Wasser gereicht, ganz golden geworden. Da schöpfte er mit den Händen noch mehr von dem Wasser und wusch sein ganzes Haar damit, das glänzte nun mit sammt den Händen wie eitel Gold. In dem nämlichen Augenblicke erschien aber auch schon das graue Männchen wieder. »Friedrich! « sprach es drohend; »du hast geguckt! Thust du das noch ein einziges Mal, so musst du sterben ohne Gnade und Barmherzigkeit. « Damit verschwand es. Friedrich aber, dem die Sache noch jedesmal so glücklich abgelaufen war, nahm sich vor, nun auch dem Schimmel nicht mehr Aas, sondern Heu und dem Esel nicht mehr Heu, sondern Aas zu geben. Gedacht, gethan. Sobald aber der Schimmel das Heu zu fressen kriegte, fing er mit einem Male zu sprechen an. »Friedrich,« sprach der Schimmel, »es wird uns beiden schlimm ergehen, wenn wir nicht suchen zeitig von hier weg zu kommen; heut Mittag um zwölf halte dich zur Flucht bereit, aber vergiß nicht, meinen Kamm, meine Bürste und meinen Staublappen mitzunehmen, sie können uns vielleicht von größtem Nutzen sein.« Friedrich, dem es auf dem alten einsamen Schlosse auch gar nicht mehr recht gefallen wollte, that wie der Schimmel ihm geheißen hatte; er umwickelte sich aber Kopf und Hände mit Tüchern, daß von dem Golde nichts mehr zu sehen war, dann sattelte er den Schimmel und Punkt zwölf Uhr schwang er sich auf und jagte ins Weite, so schnell der Schimmel nur laufen konnte.

Nicht lange waren sie geritten, da rief der Schimmel: »Friedrich, sieh dich mal um, ob auch wer kommt! « »O weh! « sprach Friedrich, »ich sehe das graue Männchen, das ist schon ganz dicht hinter uns! « »So wirf schnell den Kamm zurück! « Friedrich that es und alsbald wurde daraus ein langer tiefer Graben, den musste das Männchen erst umgehen, eh es weiter konnte. Aber es dauerte nicht lange, da rief der Schimmel wieder: »Friedrich, sieh dich mal um, ob auch wer kommt! « »O weh«, sprach Friedrich; »ich sehe das graue Männchen, das ist schon wieder ganz nahe hinter uns. « »So wirf schnell die Bürste zurück! « Friedrich that es; und sogleich entstand daraus ein dichter, ganz mit Dorngebüsch durchwachsener Wald, da musste das

Männchen erst mit Mühe hindurch, ehe es weiter konnte. Aber es dauerte nicht lange, als der Schimmel zum dritten Male rief: »Friedrich, sieh dich mal um, ob auch wer kommt! « »O weh«, sprach Friedrich, »ich sehe das graue Männchen, das ist schon wieder ganz nahe hinter uns. « »So wirf schnell den Staublappen zurück! « Kaum war es geschehen, so entstand daraus ein großes, großes Wasser, das war so tief und gingen so hohe Wellen darauf, daß das Männlein nicht hinüber konnte und verdrießlich wieder nach Hause lief.

Friedrich ritt nun gemächlich weiter; und als er gegen Abend über einen Hügel kam, sah er auf einmal vor sich in der Ebene ausgebreitet eine prächtige Stadt, deren Thürme glänzten weithin von den Strahlen der rothen Abendsonne. Es war das aber die Stadt, wo der König Hof hielt. Nun stand nicht weit vom Wege ab ein großer hohler Eichbaum, als den der Schimmel sah, sprach er: »Ich will hier in dem hohlen Baume bleiben; du aber geh hin an den königlichen Hof und vermiethe dich als Küchenjunge; alle vierzehn Tage musst du aber kommen und mir ein Pfund Brod bringen.« So blieb der Schimmel in der hohlen Eiche; Friedrich aber ging an den königlichen Hof und fragte den König, ob er nicht einen Küchenjungen gebrauchen könnte. »Du kommst mir recht, « sprach der König; »einen Küchenjungen habe ich gerade nöthig. Aber was heißt denn das? Du hast ja deinen Kopf und deine Hände verbunden. « »Mit Verlaub, Herr König! Ich habe einen bösen Grind. « Sprach der König: »So kann ich dich nur unter der Bedingung in meine Dienste nehmen, daß du des Nachts bei dem Vieh im Stalle liegst. « Friedrich war damit zufrieden und wurde nun des Königs Küchenjunge; das Gesinde aber nannte ihn nicht anders als den Grindhans, darum, daß er Kopf und Hände stets verbunden trug.

Nach vierzehn Tagen ging er zu der hohlen Eiche und brachte dem Schimmel ein Pfund Brod. Da fragte der Schimmel: »Nun, Friedrich, wie gefällt dir dein Dienst? « »Ach, schlecht, « entgegnete er; »sie schelten mich immer Grindhans, und dann muß ich auch bei dem Vieh im Stalle schlafen. « Sprach der Schimmel: »So geh hin zu dem Gärtner, der dicht neben des Königs Schlosse wohnt, bei dem verdinge dich als Gärtnerbursch. Hier nimm diese drei Büchsen voll Samen, wenn du den ausstreust, so werden daraus die schönsten Blumen wachsen. Du darfst aber auch nicht vergessen, mir alle vierzehn Tage ein Pfund Brod zu bringen. « Friedrich ging nun hin zu dem Gärtner und fragte, ob er nicht einen Burschen gebrauchen könnte. »Du kommst mir gerade recht, « sprach der Gärtner; »einen Burschen, wie du bist, habe ich schon lange gesucht; aber warum hast du dir denn Kopf und Hände verbunden? « »Mit Verlaub, Herr Gärtner; ich habe den Grind. « Sprach der Gärtner: »So kann ich dich nicht anders behalten, als wenn du im Gartenhause schlafen willst. « Friedrich war damit zufrieden; er streute den Samen ins Land, den ihm der Schimmel gegeben hatte, und bald wuchsen die schönsten Blumen hervor.

Eines morgens, da er ganz allein im Garten arbeitete, fiel ihm ein: »Du hast nun so lange Zeit dein Haar nicht los gehabt, daß es wohl an der Zeit ist, es einmal zu kämmen. « Darum so machte er das Tuch los, setzte sich an einen sonnigen Ort und strählte sich das Haar. Das war eine Pracht zu sehen, wie ihm da die langen goldenen Locken über die Schultern wallten und wie sie funkelten und blitzten wie lauter Gold in der Morgensonne. Nun lagen aber die Zimmer der königlichen Prinzessin nach dem Garten hin; in die strahlte der Sonnenwiderschein von Friedrichs Goldhaar und spielte an den Wänden, und als die Prinzessin das sah, öffnete sie das Fenster, zu schauen, woher der ungewohnte Glanz wohl kommen möchte; da sah sie, daß des Gärtners Bursche mit goldenen Händen seine goldenen Locken strählte, die schimmerten in so lichtem Scheine, daß die Prinzessin ihre Augen mit den Händen deckte. Der Bursche gefiel ihr aber so wohl, daß sie sogleich ihre Dienerin zu dem Gärtner schickte, er möchte ihr doch von den schönen Blumen aus seinem Garten einen Strauß schicken, aber der Bursche solle ihn herbringen. Als das Friedrich vernahm, pflückte er einen schönen Strauß, ging damit aufs Schloß und brachte ihn der Prinzessin; seinen Kopf, wie auch seine Hände hatte er aber wieder mit Tüchern umwickelt, daß von dem Golde nichts zu sehen war. »Grober Schlingel! « rief da die Prinzessin; »warum nimmst du die Mütze nicht ab? Weißt du nicht, vor wem du stehst? « »Ihr seid die königliche Prinzessin! « entgegnete Friedrich; »aber meine Mütze kann ich nicht abnehmen, weil ich den Grind habe. « »Junge, du lügst! « rief die Prinzessin, sprang auf ihn zu und wollte ihm das Tuch vom Kopfe ziehen, er aber entwischte ihr und lief weg in den Garten an seine Arbeit. Den andern Morgen schickte die Prinzessin wieder zu dem Gärtner, er möchte ihr von den schönen Blumen noch einen Strauß schicken, aber der Bursche müßte ihn herbringen. Als Friedrich das vernahm, pflückte er einen noch viel schöneren Strauß als das erste Mal, ging damit aufs Schloß und brachte ihn der Prinzessin; sobald er aber in der Stube war, verschloß die Prinzessin die Thüre. »Grober Schlingel! « rief sie wieder; »warum nimmst du deine Mütze nicht ab? Weißt du nicht, vor wem du stehst und daß sich das nicht schickt? « »Ihr seid die königliche Prinzessin, « entgegnete Friedrich; »aber verzeiht! meine Mütze kann ich nicht abnehmen, weil ich den Grind habe. « »Junge! Schelm! du lügst! « rief die Prinzessin, sprang auf ihn zu und rang so lange mit ihm, bis sie ihm endlich das Tuch vom Kopfe zog; da wallten ihm mit einem Male seine langen goldenen Locken über den Nacken herab. »Das wußt ich wohl, du Goldjunge! « rief die Prinzessin voller Freuden; »dich will ich nun auch zu meinem Gemahle haben, es mag gehen wie es will! « Und da faßte sie ihn bei den Locken und küßte ihn und konnte sich gar nicht satt sehen an all dem Glanze, der von dem goldenen Haare strahlte.

Es währte aber nicht lange, so ward dem Könige hinterbracht, daß sich seine Tochter zu dem Gärtnerburschen, dem Grindhans, hielte und daß sie dächte, ihn zu ihrem Gemahl zu nehmen. Darüber gerieth der Königin so heftigen Zorn, daß er der Prinzessin Befehl gab, das Schloß zu verlassen. Da ging sie hin zu ihrem lieben Gärtnerburschen, mit dem wohnte sie nun zusammen in dem kleinen Gartenhause.

Es begab sich aber zu derselben Zeit, daß ein mächtiger Feind mit einem großen Kriegsheere in des Königs Land fiel; da rüstete sich der König, eine Schlacht zu schlagen. Den Tag vorher aber, ehe der König auszog, kam Friedrich zu dem Schimmel in der hohlen Eiche und brachte ihm sein Brod. Da fragte der Schimmel: »Nun, Friedrich, wie gefällt es dir bei dem Gärtner? « »Recht gut! « entgegnete er. Sprach der Schimmel: »Morgen früh komme bei Zeiten wieder, so will ich dir einen guten Rat geben. « Als nun Friedrich am andern Morgen zu dem Schimmel kam, gab ihm der ein Schwert und sprach: »Es wird nicht lange währen, so kommt der König mit seinem Heere an dem Strome heraufgezogen; dann setze du dich ans Ufer und schlage mit dem Schwerte ins Wasser und sprich dazu: ›Einen erhauen, Einen erstochen!‹ und wenn das Heer vorüber ist, so komm zurück.« Friedrich that, wie ihm der Schimmel gesagt hatte. Da nun das Heer heranzog und ihn sitzen sah, sprachen die Soldaten untereinander: »Seht! da sitzt Grindhans, des Königs Schwiegersohn! « und spotteten über ihn. Sobald sie aber vorüber waren, ging Friedrich schnell wieder zu dem Schimmel zurück, der gab ihm zu dem Schwerte auch noch eine prächtige Rüstung. »Friedrich,« sprach der Schimmel da, »es wird nun die Zeit sein, wo die Heere gegen einander stoßen, darum rüste dich und reite auf den Kampfplatz, wenn du dann drei Kreuzhiebe mit deinem Schwerte thust, so werden gleich dreimal hunderttausend Feinde erschlagen liegen, und der König wird heute den Sieg erlangen; verweile dich aber nicht, sondern reite, sobald es geschehen, hier zu der Eiche zurück, lege deine Rüstung ab und setze dich an den Strom und thu wie vorhin.« Da machte Friedrich sein Goldhaar los, rüstete sich, schwang sich auf den Schimmel und ritt in vollem Galopp dem Heere nach, daß seine goldenen Locken im Winde wehten; und als er auf das Feld kam, wo die Heere an einander waren, that er drei Kreuzhiebe mit seinem Schwerte, da lagen gleich dreimal hunderttausend Feinde erschlagen, die andern flohen. So war an diesem Tage die Schlacht für den König gewonnen. Da rief der König: »Nun bringt mir den Reuter mit dem Goldhaar her, daß ich sehe, wer er ist und ihn belohnen kann, denn er allein hat uns den Sieg erstritten!« Er war aber nirgends mehr zu finden; denn Friedrich, nachdem die Schlacht entschieden, war sogleich wieder davongeritten. Er brachte den Schimmel wieder in die hohle Eiche, legte die blanke Rüstung ab und umwand seinen Kopf mit dem Tuche; darnach ging er an den Strom und haute mit dem Schwerte ins Wasser und sprach dabei in einem fort: »Einen erhauen, Einen erstochen; Einen erhauen, Einen erstochen! «

Da nun das Heer, des Sieges froh, mit voller Musik stromab den Heimweg zog und die Soldaten den Friedrich an dem Strome sitzen sahen, sprachen sie untereinander: »Seht! da sitzt Grindhans, des Königs Schwiegersohn! « Als sie aber vorüber waren, brachte Friedrich dem Schimmel das Schwert zurück. Da sprach der Schimmel: »Morgen früh komm wieder und thu, wie du heute gethan hast, denn es wird noch eine zweite Schlacht zu schlagen sein, weil des Königs Feinde sich wieder gesammelt haben. « Es kam auch, wie der Schimmel gesagt hatte.

Den andern Morgen zog der König mit seinem Heere den Strom hinauf, und die Soldaten hatten über Friedrich ihren Spott und sprachen unter einander: »Seht! da sitzt der Grindhans, des Königs Schwiegersohn! « Er aber wartete, bis sie vorüber waren; dann rüstete

er sich, schwang sich in den Sattel und jagte ihnen nach in vollem
Galopp, daß seine goldenen Locken im Winde wallten. Es war auch
die höchste Zeit, daß er auf dem Schlachtfelde ankam, denn schon war
des Königs Heer im Weichen. Da schwang er rasch sein Schwert und
that diesmal fünf Kreuzhiebe, da lagen fünfmal hunderttausend Feinde
erschlagen und waren alle todt bis auf den letzten Mann.
Es hatte aber der König diesmal den Befehl gegeben, wenn der Reuter
mit dem Goldhaar wiederkäme, daß man ihn um jeden Preis anhalten,
oder, wenn er entflöhe, auf ihn schießen sollte, so groß war des
Königs Verlangen, zu wissen, wer er war und woher er käme. Da nun
Friedrich, als der Sieg entschieden, rasch davon jagte, und die
Soldaten sahen, daß sie ihn nicht fangen konnten, gaben sie Feuer; er
entkam aber glücklich; nur eine Kugel schrammte ihm das Bein.
Nachdem er nun in der hohlen Eiche seinen Waffenschmuck wieder
abgelegt und sein Haar mit dem Tuche umwunden hatte, setzte er sich
an das Wasser; und als das Heer nun unter voller Musik den Strom
hinab marschierte, sprachen die Soldaten spottend: »Seht! da sitzt
Grindhans, des Königs Schwiegersohn! « Er aber kehrte sich nicht
daran, sondern brachte, da sie vorüber waren, dem Schimmel das
Schwert zurück. Da sprach der Schimmel: »Jetzt, Friedrich, ist deine
Prüfungszeit zu Ende; darum so binde deine Locken los, rüste dich
und ziehe an den Hof des Königs. Erst aber thu mir den Gefallen und
schlag mir den Kopf ab, daß ich nun auch erlöst werde. « Weil nun der
Schimmel so sehr darum bat, so faßte Friedrich das Schwert und hieb
ihm den Kopf ab. Sobald aber das Blut floß, verwandelte sich der
Schimmel in eine schöne Dame, und die war niemand anders, als die
Schwester des Königs, welche in den Schimmel war verwünscht
gewesen. Da ging Friedrich mit ihr an den königlichen Hof und gab
sich zu erkennen und erzählte dem Könige, wie das alles so
gekommen war. Da ward auch die Prinzessin aus dem Gartenhause
geholt, und der König vermählte sie nun mit Friedrich und stellte eine
große Hochzeit an; und als sie zur Kirche gingen, erstaunte alles Volk
und freute sich über Friedrichs goldene Locken und Hände, die
blitzten und funkelten wie lauter Gold im Sonnenlichte.

### 39. Der Schweinejunge und die Prinzessin.

Da war einmal ein Schweinejunge, der kaufte sich, die Zeit zu kürzen, eine Pfeife und drei kleine bunte Ferklein dazu, und brachte es durch Zeit und Fleiß zuwege, daß die Thierlein nach dem Ton der Pfeife gar zierlich auf zwei Beinen tanzen lernten; Galopp und Walzer, kurzum alle Tänze, wie sie des Landes Brauch waren. Wenn er dann seine Heerde hinaustrieb in den Wald und sich da lagerte, so zog er sein Pfeifchen hervor und spielte eine lustige Weise, und wie er pfiff, fingen die drei Ferklein gleich zu tanzen an und sprangen munter um ihn herum; das war ihm eine liebe Zeitverkürzung in der Einsamkeit des Waldes.

Nun traf es sich, daß er einmal hinaustrieb bis vor der königlichen Prinzessin ihr Sommerschloß. Da legte er sich unter einen Eichbaum in die warme Sonne und ließ wieder seine Schweinchen nach der Pfeife tanzen. Das sah von ihrem Fenster aus die Prinzessin und kam ihr so lieb und drollig vor, daß sie sogleich ihre Magd zu dem Jungen hinunter schickte und ihn fragen ließ, ob er nicht von den Ferklein eins verkaufen wollte. »Einen schönen Gruß von der Prinzessin«, sagte die Magd zu dem Jungen, »und ob von deinen schönen bunten Ferklein nicht eins zu kaufen wäre? « »Zu kaufen nicht«, sprach der Junge, »aber abzuverdienen. Sage nur deiner Prinzessin, wenn ich eine Nacht bei ihrer Kammerjunfer im Bette schlafen sollte, so würde ich gern von meinen Ferklein eins hergeben:« Mit dem Bescheid ging die Magd zu der Prinzessin; die trug aber so großes Verlangen nach dem niedlichen Ferklein, daß sie dem Jungen seinen Willen ließ. Darnach als sie das Ferklein hatte, kaufte sie sich eine Pfeife und wollte das Ferklein auch tanzen lassen, aber es tanzte nicht; sie spielte die schönsten Tänze, die sie nur wußte, sie liebkoste das Thier, sie streichelte es, aber das Ferklein tanzte nicht. »Ach Gott«, rief die Prinzessin da, »das Thierchen will gewiß nicht tanzen, weil es keinen Gespielen bei sich hat; ich muß sehen, daß ich noch eins dazu kriege. « Sie war aber ganz traurig, daß ihr Ferkelchen gar nicht tanzen wollte.

Den andern Tag hüthete der Junge wieder sein Vieh in der Nähe des Schlosses. Da schickte die Prinzessin zum zweiten Male zu ihm, ob nicht von den beiden Ferklein noch eins zu kaufen stände. »Zu kaufen nicht«, ließ der Junge wieder sagen, »aber abzuverdienen. Wenn ich noch eine Nacht bei der Prinzessin ihrer Kammerjunfer im Bette schlafen soll, so will ich auch das andere Ferkelchen hergeben; anders thu ich es nicht. « Die Prinzessin, die doch gar zu gern das Ferkelchen gehabt hätte, ließ dem Jungen seinen Willen. Darnach, als sie das Ferklein hatte, brachte sie es zu dem andern, nahm ihre Pfeife hervor und blies viel schöne Stücklein, aber die Ferklein tanzten nicht; nun sah sie wohl, daß die Pfeife die Schuld hatte; darum so wartete sie mit Ungeduld, da der Junge wiederkäme, ob sie nicht von ihm das dritte Ferkelchen sammt der Pfeife erlangen könnte.

Der Junge kam den andern Tag auch richtig wieder an, legte sich unter den Eichbaum in den warmen Sonnenschein und ließ sein einziges Ferkelchen nach der Pfeife tanzen, Galopp und Walzer, kurz alle Tänze, wie sie des Landes Brauch waren. Da schickte die Prinzessin zu ihm hin und ließ fragen, ob nicht auch das dritte Ferklein sammt der Pfeife zu verkaufen wäre. »Zu kaufen nicht«, ließ der Junge wieder sagen, »aber abzuverdienen. Wenn ich diese Nacht bei der Prinzessin selber im Bette schlafen soll, so will ich darum gern mein Ferkelchen sammt der Pfeife geben. « Als das die Prinzessin vernahm, war es ihr doch ein wenig zu arg; weil sie aber doch gar zu gerne das Ferkelchen und die Pfeife gehabt hätte, so ließ sie dem Jungen sagen, ob es ihm nicht einerlei wäre, wenn er noch eine Nacht bei der Kammerjunfer im Bette schliefe. »Ne! « antwortete der Junge, »hier ist nichts zu handeln. Wenn die Prinzessin nicht will, was ich gesagt habe, so ist es auch gut, so behalte ich mein Ferkelchen und meine Pfeife. « Da sah die Prinzessin wohl ein, daß kein anderer Rath war, sie musste dem Jungen seinen Willen lassen. Nun hatte sie aber auch alle die drei kleinen bunten Ferklein beisammen, die tanzten gar drollig nach dem Tone der Pfeife, Galopp und Walzer, kurz alle Tänze, wie sie im Lande Brauch waren, und das war für die Prinzessin so ergötzlich, daß sie gar nicht müde ward, den Thierchen aufzuspielen. Dem Jungen aber, nun er seine Ferkelchen und seine Pfeife nicht mehr hatte, gefiel es in der Gegend gar nicht mehr; darum so begab er sich auf die Wanderschaft und ging ein gut Stück Weges in die weite Welt hinein.

Es begab sich aber zu derselben Zeit, daß der König in allen Ländern bekannt machen ließ, wer das Muttermal errathen könnte, das die Prinzessin an ihrem Leibe hätte, der sollte sie zur Gemahlin haben, er sei arm oder reich, hoch oder niedrig; wer aber käme und könnte es nicht errathen, der müßte den Kopf und dazu das Leben lassen. Da nun diese Kunde dem Schweinejungen zu Ohren kam, machte er sich alsbald auf den Heimweg, denn er gedachte das Räthsel zu lösen. Unterwegs gesellte sich ein Pfaff zu ihm, der fragte ihn wohin? und woher? und in was für Geschäften er wäre ausgegangen? »Ich will hin an den königlichen Hof, « entgegnete der Junge, »ob ich nicht das Muttermal der Prinzessin errathen kann. « Sprach der Pfaff: »Weißt du denn schon was davon, mein Sohn? Du möchtest sonst leichtlich darum den Kopf und dazu dein junges Leben verlieren. « »So recht weiß ich es noch nicht,« sagte der Junge, »aber soviel ist gewiß, die Prinzessin hat in der einen Seite drei Haare sitzen.« Als das der Pfaff vernahm, gedachte er, da er nun das Zeichen wußte, auch sein Heil zu versuchen und dem Jungen womöglich zuvorzukommen. »Ich bin in derselben Sache ausgegangen, wie du mein Sohn«, sprach er zu dem Jungen, »darum wollen wir den Weg zusammen gehen, so es dir recht ist. « Der Junge war es zufrieden, und sie gingen mit einander weiter, bis sie an den königlichen Hof kamen. Da ließen sie sich sogleich bei dem Könige anmelden, und als der vernahm, um welcher Sache willen sie gekommen waren, ließ er den Scharfrichter holen, der musste sich mit dem blanken Schwerte bereit halten. »So! « sprach der König, »jetzt kann die Sache ihren Anfang nehmen. Zuerst kommt der Pfaff an die Reihe, wie billig ist, und dann der Schweinejunge. Also sagt an, Herr Pfaff! Welches ist das Zeichen, das meine Tochter an ihrem Leibe hat? « Der listige Pfaff, der sich schon freute, daß er zuerst an die Reihe kam, sprach schnell: »Drei Haare in der einen Seite! « »Ganz recht! « sprach der König; »aber, lieber Herr, in welcher Seite? und dann, wie lang sein sie? und wie dick sein sie? und wie sehn sie aus? « Da stand nun der Pfaff und ließ sein Maul hängen und wußte nicht, was er sagen sollte. »Höre mal Pfaff!« fuhr ihn der König an; »von Rechts wegen müßtest du jetzt einen Kopf kürzer gemacht werden; weil du aber doch etwas errathen hast, so soll dir für diesmal noch das Leben geschenkt sein!« Damit wandte er sich an den Schweinejungen und sprach: »Nun, mein Junge, jetzt rathe du! Welches ist das Zeichen, das meine Tochter an ihrem Leibe hat? « »Drei Haare in der einen Seite.« »Ganz recht, mein Sohn! Aber in welcher Seite?« »In der linken Seite.« »Richtig! Aber nun: wie lang sein sie? und wie dick sein sie? und wie sehen sie aus? « »Mit Verlaub Herr König, sie sind so lang und so dick wie Strickstöcke und sind, so wie mich dünkt, ganz golden. « »Richtig, mein Sohn, « rief da der

König; »du hast es errathen und sollst nun auch die Prinzessin haben, und das von Rechts wegen. « So musste der Pfaff beschämt seines Weges gehn; der Schweinejunge aber hielt Hochzeit mit der schönen Prinzessin.


## 40. Der Mordgraf.

Vor tausend Jahren oder länger ist mal ein König gewesen, der hatte eine wunderschöne Tochter. Da trug es sich zu, daß zur selben Zeit ein Mann an ihres Vater Hof kam, der nannte sich Graf von Schwarzburg und bewarb sich um ihre Hand, und weil er schön von Ansehn war, so wurde ihm die Prinzessin von Herzen zugethan und versprach ihm die Ehe. »Aber, mein Schatz, wo bist du denn her und wo liegt dein Schloß? « fragte ihn einstmals die Prinzessin. »Mein Schloß«, entgegnete er, »liegt hinter dem Walde in der Haide, da wohne ich ganz allein; wenn du mich da besuchen willst, so komm den Mittwoch, dann will ich sicher zu Hause sein. « Die Prinzessin sagte es zu; ging aber nicht Mittwoch, sondern Freitag; »denn, dachte sie, es wird meinem Bräutigam wohl jederzeit recht sein, wenn ich komme, ihn zu besuchen. « So ließ sie denn am Freitag vier schwarze Pferde vor ihre Kutsche spannen und nahm nur eine einzige Junfer zu ihrer Begleitung mit. Als sie nun an den Rand des großen Waldes kamen, sahen sie ganz einsam in der weiten Haide des Grafen Schloß. Da stieg die Prinzessin, die ihren Bräutigam zu überraschen gedachte, mit ihrer Junfer aus und befahl dem Kutscher zu warten bis sie wiederkämen. Als sie nun vor das Schloß kamen, lag in einer Hütte vor dem Thor ein großer, großer Hund, der schlug mit lauter Stimme drei Mal an. »Hau! Hau! Hau! « und an dem Giebel des Schlosses hing ein Käfig mit einem großen Vogel, der rief drei Mal: »Zurück! Zurück! Zurück!« Dann war wieder alles ganz still. Es ließ sich auch kein Mensch blicken und war so öde und unheimlich da; das Schloß stand so allein auf der weiten Haide; der große Hund, der sonderbare Vogel; die Prinzessin wurde ganz beklommen, so schaurig kam ihr alles vor; doch ging sie weiter und in das Schloß hinein. Da stand auf der Diele ein Klotz, darüber war ein weißes Laken gelegt, und als sie das aufdeckte, so lag ein großes blankes Beil darunter, und der Klotz war über und über voll Blut; die Prinzessin wurde ganz beklommen, so schaurig kam ihr das alles vor; doch ging sie weiter und in den

Keller hinein. Da standen viele große Fässer, die waren voll von eingesalztem Menschenfleische, in dem einen die Finger, in dem andern die Arme, in dem dritten die Füße, in dem vierten die Beine, in dem fünften die Rümpfe, aber die Köpfe fehlten. »O weh! « sprach die Prinzessin, »wir sind in einem Mörderhause. « Weil aber alles still blieb, so gingen sie auch noch die Treppe hinauf; in dem ersten Zimmer standen zwei gemachte Betten, in dem zweiten drei, in dem dritten vier, und in dem vierten Zimmer da hingen an den Wänden herum lauter Mädchenköpfe, das konnte man wohl erkennen an den langen Haaren. »O weh! « sprach die Prinzessin; »mein Liebster ist ein Mörder und Mädchenräuber. « Indem daß sie das sagte, sah sie durch das Fenster, wie ein Mann über die Haide dahergeritten kam, der hatte vor sich auf dem Pferde ein Mädchen sitzen. »Da kommt er schon! « rief die Prinzessin und wurde blaß wie der Tod; »da kommt er schon, das ist sein Pferd; wenn er uns hier findet, so ist uns der Tod gewiß!« Und schnell sprangen die beiden Mädchen die Treppe hinab und wollten aus dem Hause hinaus, aber in demselben Augenblicke ritt auch der Mörder schon auf den Hof; da blieb den beiden nichts anderes übrig als sich in den dunkeln Entenstall zu verstecken, der an der Diele unter der Treppe lag und mit einer Gitterthüre verschlossen war. Kaum waren sie drin, so kam der Graf mit einem wunderschönen Mädchen in das Haus. Er holte ihr aus dem Keller ein Glas Wein und gab ihr davon zu trinken und sprach: »Nun, mein Kind, wie schmeckt dir dieser Wein? « »Sehr süß! « sagte das Mädchen. »Ja! « sprach der Graf, »sehr süß! aber süßer ist das Leben! « Dann brachte er ihr ein ander Glas und ließ sie wieder trinken und fragte: »Nun, mein Kind, wie schmeckt dir denn dieser Wein? « »Sehr bitter! « sagte das Mädchen. »Ja, sehr bitter! « sprach der Graf; »aber bitterer ist der Tod; du musst jetzt sterben! « Da musste sie sich ganz nackt ausziehen; und ob sie gleich laut weinte und jammerte und vor dem Bösewicht auf ihre Knie fiel und um ihr Leben flehte, so half es ihr doch alles nichts; er schleppte sie an den Klotz, er hob das weiße Laken, er hackte ihr mit dem blanken Beile alle ihre schönen Finger ab. Auf dem einen Finger steckte aber ein schöner Goldring, und es traf sich, daß der Finger von dem Hiebe bei Seite sprang und sprang durch die Gitterthüre in den Entenstall und der Prinzessin grade in den Schooß. Da fing der Mörder nach dem Finger zu suchen an, des Ringes wegen, und kam mehrmals dicht vor den Entenstall. Den beiden Mädchen, die darin versteckt saßen, stockte das Blut; sie hielten den Athem an; hätten sie den geringsten Laut von sich gegeben, so wären sie verloren gewesen. Zum Glück gab der Mörder sein Suchen auf und ging wieder zu dem unglücklichen Mädchen zurück, das weinte und jammerte laut und bat um sein Leben; aber es half ihr alles nichts; der Bösewicht hackte ihr Arme und Beine ab und zuletzt den Kopf und trug die Stücke in den Keller und salzte sie ein. Darauf setzte er sich wieder auf sein Pferd, das vor der Thüre angebunden stand, und ritt fort.

Als nun die Prinzessin und ihre Jungfer vernahmen, daß der Graf fort war, kamen sie aus ihrem Versteck hervor und sahen ihm nach; da war er schon wieder weit hinten auf der Haide. Den Finger mit dem Goldringe wickelte die Prinzessin in ihr Taschentuch, und nun liefen sie eilig aus dem Hause; der große Hund schlug dreimal an: »Hau! Hau! Hau!« der Vogel schrie; sie liefen über die Haide in den Wald, sie stürzten sich in den Wagen, sie befahlen dem Kutscher auf die Pferde zu schlagen; so jagten sie in einem fort bis auf den königlichen Hof; da brachen die Pferde todt zusammen.

Den andern Tag kam der Bräutigam der Prinzessin wieder zum Besuch auf das königliche Schloß; sie ließ sich aber nichts merken, sondern that ganz freundlich und stellte ein großes Gastmahl an. Da sie nun bei Tische saßen, brachte die Prinzessin einen Vorschlag, es sollte ein jeder nach der Reihe eine Geschichte erzählen, sie sei kurz oder lang. Da sprach der Graf, der ihr an der Tafel gegenüber saß: wer den Vorschlag gethan, der müßte auch, wie billig, den Anfang machen. »Mir recht! « entgegnete die Prinzessin; »so will ich einen Traum erzählen, der handelt von dir, mein Schatz! Mir hat heut Nacht geträumt, ich wollte dich besuchen und käme durch einen dunklen Wald auf eine weite, weite Haide; da stand dein Schloß; und vor dem Schloß da lag ein großer Hund, der bellte: ›Hau! Hau! Hau! ‹ und an dem Giebel hing in einem Bauer ein wunderlicher Vogel, der rief: ›Zurück! Zurück! Zurück! ‹ Es war aber alles nur ein Traum. Ich ging weiter in das Haus; da warst du, mein Schatz, nicht daheim, denn ich war den Freitag zu dir gekommen und nicht den Mittwoch, da stand auf der Flur ein Klotz, der war mit einem weißen Laken zugedeckt, und als ich das Laken aufhob, fand ich ein großes blankes Beil, und der Klotz war über und über von Blut roth.« »Halte ein wenig ein, mein Schatz«, sprach der Graf und war ganz blaß geworden; »ich will mal hinaus; es wird mir hier so heiß. « »Ach nein! « sprach die Prinzessin; »gleich bin ich zu Ende. Es war alles nur ein Traum, aber es kam mir vor, ich ginge in den Keller, da standen viele große Fässer, die waren alle voll von eingesalztem Menschenfleische, und als ich die Treppe hinauf in deine Zimmer kam, da standen in dem ersten zwei gemachte Betten, in dem zweiten drei, in dem dritten vier, und in dem vierten Zimmer hingen an den Wänden herum viele Mädchenköpfe, das sah ich an den langen Haaren. Ist das nicht schrecklich? Es war aber alles nur ein Traum. Und als ich aus dem Fenster sah, da kamst du, mein Schatz, über die Haide daher geritten. « »Halte ein wenig ein, mein Schatz, ich muß mal hinaus; es wird mir hier so heiß. « »Ach nein, mein Schatz! Bleib noch ein wenig hier; gleich ist mein Traum zu Ende. Wo blieb ich doch! Ja so! Und als ich aus dem Fenster sah, da kamst du über die Haide dahergeritten und brachtest auf dem Pferde eine schöne Dame mit. Ich aber, denke dir nur, mein Schatz, ward bange vor dir und lief in Eile die Treppe hinab, da versteckte ich mich in den dunklen Entenstall. Es war aber alles nur ein Traum. Da kamst du mit der schönen Dame in das Haus und gabst ihr rothen Wein zu trinken. « »Halte ein wenig ein, mein Schatz; ich muß mal hinaus; es wird mir hier so heiß. « »Ach nein, mein Schatz; bleib noch ein wenig hier; gleich ist mein Traum zu Ende. Wo blieb ich doch? Ja so! Du kamst mit der schönen Dame in das Haus und gabst ihr rothen Wein zu trinken, du schlepptest sie an den Klotz, du hörtest nicht auf ihr Weinen und Wehgeschrei, du hacktest ihr mit dem blanken Beile die zarten Finger ab. Da sprang der eine Finger, worauf ein schöner Goldring stak, abseit und fiel mir mitten in den Schooß. Du suchtest ihn, mein Schatz, du konntest ihn nicht finden – hier ist der Finger mit dem Ring! « Bei den Worten warf die Prinzessin den Finger mit dem Goldring auf den Tisch. Da wurde der Mörder blaß wie der Tod, er sprang auf, zückte sein Messer und wollte die Prinzessin erstechen; aber die Gäste faßten ihn und banden ihn und übergaben ihn der Wache, und eine Zeit darnach ward der Bösewicht gerichtet, wie er es verdient hatte.

## 41. Hans Hinrich Hildebrand und der Pfaffe.

Es war einmal ein Bauer mit Namen Hans Hinrich Hildebrand, der hatte eine junge hübsche Frau; sie hielt es aber leider mit dem Pfaffen, und weil sie darum ihren Mann gerne aus dem Wege gehabt hätte, so beredete sie ihn, er wäre krank und müsse nach dem heiligen Brunn, ob es dann nicht besser mit ihm würde. Der treuherzige Hans Hinrich machte sich auch alsbald auf den Weg. Da begegnete ihm der Stutenkerl (Bäcker) mit seiner Stutenkiepe. »Nun, Hans Hinrich, « fragte ihn der Stutenkerl, »wo willst du denn hinzu? « »Ach Gott«, sagte der Bauer, »meine Frau hat gesagt, ich wäre krank; nun will ich nach dem heiligen Brunn, ob es da nicht besser mit mir wird. « »Sei kein Tropf, Hans Hinrich«, sprach der Stutenkerl; »deine Frau will dich nur aus dem Wege haben; was gilts? Heut Abend wird der Pfaff bei ihr sein. « Als der Bauer das vernahm, kehrte er wieder mit um, und die beiden beredeten sich und machten einen Anschlag, daß der Bauer sich sollte in des Bäckers Semmelkorb setzen, so sollte ihn der Bäcker des Abends zu der Frau ins Haus bringen.

Die Frau hatte auch richtig den Pfaffen eingeladen und hatte ihm ein gutes Mahl angerichtet, und als sie sich eben zum Essen setzen wollten, da klopfte der Stutenkerl an die Thür und bot seine Semmeln an. Das war der Frau eben recht, daß sie nun zu dem Mahle auch frische Semmeln haben konnte, und in ihrer Freude lud sie den Stutenkerl ein, in die Stube zu kommen und mitzuessen. »Ja, recht gern! « sagte der Stutenkerl; »aber meine Kiepe muß ich mit hineinnehmen, es möchte mir sonst hier draußen, der weil ich esse, der Hund oder die Katze über die Semmeln kommen. « So nahm er denn die Kiepe, mit dem Bauern darin, der sich mäuschenstill verhielt, mit in die Stube und hängte sie an einen Haken an die Wand; dann setzten sich die drei, der Pfaff, die Frau, der Stutenkerl, zu Tisch und aßen und tranken. – Der Pfaff, da er seinen Bauch wohl gepflegt hatte, ward über die Maßen munter. Er brachte in Vorschlag, es sollte ein jeder von ihnen ein lustig Reimlein singen, so gut oder so schlecht, wie's ihm gerade in den Sinn käme.

Der Pfaff begann und sang:

»Weil wir nun gegessen und getrunken haben
Wollen wir einmal recht lustig sein;
Dideldideldum, dideldideldum
Dideldideldideldum.«

Dann sang die Frau:

> *»Mein Mann ist nach dem heiligen Brunnen,*
> *Wird auch wohl sobald nicht wiederkummen;*
> *Dideldideldum, dideldideldum*
> *Dideldideldideldum.«*

Jetzt kam die Reihe an den Stutenkerl, der sang:

> *»Hans Hinrich Hildebrand*
> *Hängt in der Stutenkiepe an der Wand;*
> *Dideldideldum, dideldideldum*
> *Dideldideldideldum.«*

In demselben Augenblicke hob der Bauer den Deckel vom Korbe und sang:

> *»Eck kann nich länger stille swîgen,*
> *Eck mot ût miner stutenkiepe stîgen;*
> *Dideldideldum, dideldideldum*
> *Dideldideldideldum.«*

Bei den Worten steigt der Bauer hervor, nimmt seinen dicken Dornenstecken zur Hand und singt dabei:

> *»Eck mot dem verdammten papen up'et lîw,*
> *Dat häi mi blift van minen wîf;*
> *Dideldideldum, dideldideldum*
> *Dideldideldideldum.«*

und prügelte den erschrockenen Pfaffen zum Hause hinaus.

# Sagen

## 1. Die schwarze Fliege

Eine Bauerfrau spinnt immer in kurzer Zeit so viel, daß es der Magd auffällt. Sie bemerkt, daß die Frau die Flachsrolle niemals ganz abhaspelt. Als die Frau einmal ausgegangen ist, nimmt die Magd alles Garn von der Rolle; da sitzt eine schwarze Fliege darauf. Das Mädchen wirft das Thier in die Mistpfütze vor dem Hause. Die Frau kommt zurück und wird wüthend, als sie die Rolle leer findet. Sie geht an die Pfütze und ruft: *»Use maged unverweeten (unbewußt)*

*hat di ut'n huse smeeten.*

*kumm, lerche, kumm!«*

da kriecht das Thier auf die Rolle zurück und die Magd sieht, daß ihre Frau eine Hexe ist.

## 2. Pulver im Butterfass

Ein Schuster arbeitet bei einer Frau im Hause, die nicht für echt gehalten wird. Die Frau thut heimlich ein Pulver[1] ins Butterfaß, da kommt so viel Butter, daß sie oben aus dem Fasse steigt. Als der Schuster das sieht, will er das Mittel wissen, und die Frau verspricht es ihm, wenn er an einem bestimmten Tage wieder kommt. Er nimmt aber schon heimlich von dem Pulver etwas mit nach Hause und thut es seiner Frau ohne ihr Wissen ins Butterfaß. Die Frau, die es merkt, schilt den Mann wegen seiner Hexerei, so daß er in sich geht. Doch begibt er sich auf den bestimmten Tag zu der Hexe; die hat den Teufel (Herodes) in ihrer Kammer. Der legt dem Schuster ein Buch vor, da hinein soll er mit rother Tinte schreiben:

*»Eck sch... in'n pott*

*un denk an gott; «*

der aber schreibt: »Das Blut Jesu Christi macht mich von allen Sünden rein. « Da fährt der Teufel mit Gestank ab und hinaus und hat ein ganzes Fensterfach mitgenommen.

Nach einer anderen Erzählung läßt die Frau aus einem Glase Tropfen ins Butterfaß fallen; so viel Tropfen, so viel Pfund Butter werden es. – Noch eine andere Erzählung sagt, daß die Frau sich mit dem Butterfaß unter den Schornstein stellt; da herdurch bringt ihr der feurige Drache Butter in Menge.

### 3. Des Schmieds Frau

Ein Schmied hat einen Gesellen, der legt sich eines Mittags zum
Schlafen auf den Stall. Da kommt die Meisterin herauf, und der Teufel
bringt ihr durch die Bodenluke das Mittagessen: Bratbeeren und
Klümpe und Fleisch. Der Teufel sagt, es wären zwei Augen zu viel,
aber die Frau beruhigt ihn. Wie es zum Essen gehen soll, stellt der
Geselle sich krank und klagt über Leibweh. Dem Meister sagt er, daß
seine Frau es mit dem Teufel zu tun habe, und sie beschließen, die
Probe mit ihr zu machen. In der nächsten Mainacht muß die Frau
ihnen beim Schmieden leuchten und den Krüsel halten. Um zwölf läßt
sie die Hand sinken und wird ganz steif und starr. Der Schmied giebt
ihr eine Ohrfeige, daß sie umfällt; da ist's ein alter Weidenstrunk. Am
andern Morgen liegt die Frau im Bett und ist ganz krank. Da wissen
sie, daß es eine Hexe ist und übergeben sie dem Gericht.

### 4. Der Hexenkarren

Wenn in alten Zeiten die Leute einen gewissen Karren Morgens früh
vor einem Hause stehen sahen, so wußten sie, daß in dem Hause eine
Hexe war. Auf dem Karren wurde sie zur Weser gefahren und da
hineingeworfen; ging sie unter, so war sie frei; schwamm sie aber
oben, so wurde sie verbrannt. – Zwei Schwestern sahen eines
Morgens, als sie aufstanden, den Karren vor ihrer Hausthür stehen;
ihre Mutter war eine Hexe, und sie verfluchten die Mutter. Die aber
sagte: »Meine Mutter war schlecht, daß sie mich das Hexen lehrte; Ihr
aber habt eine gute Mutter, die schon vom Teufel Schläge genug
gekriegt hat, daß sie's Euch nicht lehren wollte. «

### 5. Dör hagen un tünne

Ein Junge hat eine Braut, die sammt ihrer Mutter eine Hexe ist. In der
Mainacht versteckt er sich unter's Bett und sieht, wie die Weiber
aufstehen und aus einem Topf ihre Stöcke mit einer Salbe bestreichen,
indem sie dabei sprechen: »Aber hagen un tüne. « Dann ziehen sie
zum Fenster hinaus. – Der Bursche will sehen, wo sie bleiben, machts
auch so wie sie, versieht sich aber und sagt: »Dör hagen un tüne. « So
muß er durch alle Hecken hindurch und kommt ganz zerrissen bei der
Hexenversammlung an. – Seine Geliebte sagt ihm, daß er nichts
mitnehmen dürfe als was man ihm gäbe. Es geht lustig her, sie tanzen

und trinken Wein und der Bursche bekommt ein Weinglas mit goldenem Fuß, das steckt er ein. Als alles vorbei ist, erhält jedes ein Thier zum Nachhausereiten. Der Junge kriegt ein jähriges Kalb, und es wird ihm gesagt, was auch geschieht, er darf unterwegs bei Leibe nicht sprechen. Sie kommen an einen großen Fluß; das Kalb springt in einem Satze hinüber. Da sagt der Junge erstaunt und verwundert: »Das war ein Sprung für ein jährig Kalb! « Im selben Augenblick fällt er zur Erde und bleibt ganz betäubt liegen; das Weinglas in seiner Tasche ist zum Pferdefuß geworden. Er muß zwei Jahre wandern, ehe er wieder in seine Heimath kommt.

Nach einer anderen Erzählung setzt der Junge sich auf einen Baum und sieht zu, was geschieht. Da wird die Braut geschlachtet und verzehrt. Der Junge nimmt sich heimlich eine Rippe weg. Als die Hexen mit Essen fertig sind, sammeln sie die Knochen wieder zusammen. Da fehlt eine Rippe, die können sie nicht finden; sie sagen: »Wenn auch eine Rippe fehlt, darum können wir das Mädchen nicht todt lassen« und machen es so wieder lebendig.

## 6. Die Birnen und Kielpoggen

Friederike Büsching hat diese Geschichte selbst erlebt und mir erzählt: Als sie noch ein Kind war, ging sie eines Abends zu Leuten, um da Zichorien zerschneiden zu helfen. Es war eine ganze Gesellschaft versammelt. Ein alter Kerl, der mit im Hause wohnte, kam auch herein und sagte, er wolle ihr auch was schenken, weil sie am fleißigsten wäre. So gab er ihr zwei Senfbirnen, und sie aß davon. Ein Junge, der bei ihr saß, stieß sie mit dem Ellenbogen an und sagte, sie sollte nicht davon essen, das würde ihr nicht gut bekommen; und als sie ihm eine Birne abgab, biß er erst dreimal was davon und spuckte jedesmal das Stück weg. Dann aß er die Birne. Als sie nach Hause kam, wurde sie krank, daß sie sich nicht zu helfen wußte; als sie es dem Pastor erzählte, sagte der, das wäre dummes Zeug. Da wurde nach Verden zu einem Manne geschickt, der so was kannte und gleich sah, wo's fehlte. Er schickte ihr etwas zum Einnehmen, und sie musste schrecklich würgen und brachte mit vieler Mühe eine Kielpogge (Eidechse) heraus; die saß da vor ihr auf dem Bette und sah sie so recht grall an, als wenn sie sagen wollte: »Wie gefalle ich dir?« dann huckte sie vom Bette hinunter und war unter der Bettsponde verschwunden. Danach musste sie noch eine ganze Menge Kielpoggen von sich geben, worauf es besser mit ihr wurde. Dem Jungen hatte die Birne nicht geschadet, weil er drei Stücke davon abgebissen und ausgespieen hatte.

## 7. Der grüne Jäger

Bei Lahde (an der Weser) geht ein grüner Jäger um, mit einem dreieckigen Hut und hat auf jedem Timpen ein Licht. Ein Schuster, der sich vor nichts fürchtet, kommt in einer dunklen Nacht über Feld und stößt auf einen Pflug, hinter dem etwas liegt. »Wän hat de düwel denn dar? « sagt der Schuster; da steht der grüne Jäger vor ihm und geht immer dicht neben dem Schuster her. Wenn er ihm gar zu nahe an den Ellenbogen kommt, so sagt der Schuster barsch: »No! « Dann geht der Grüne weg, drückt sich aber gleich wieder heran. »No! « sagt der Schuster wieder, und zuletzt hängt ihm an jedem Haar ein Schweißtropfen. Als endlich der Tag graut, ist der Spuk verschwunden. Der Schuster aber ist ganz irre gegangen und zuletzt in den Tannen bei Windheim vor Müdigkeit niedergesunken. Da haben ihn am Morgen die Leute gefunden. Er hat nicht wieder gelacht und war nach wenigen Tagen todt. (Diese Geschichte ist vor etwa 16 Jahren passirt. Den Sonntag darauf hat der Pastor davon auf der Kanzel gepredigt und gesagt, die Menschen hätten in diesem Leben mit allerlei bösen Geistern zu kämpfen.)

## 8. Das Irrlicht

Eine Frau wollte noch spät am Abend nach ihrem Dorfe zurück, und, weil es dunkel war, so folgte sie einem Flämmchen nach, welches sie für ein Laternenlicht hielt. Aber bald sah sie zu ihrem Schrecken, daß sie in einen Sumpf gerieth und dicht bei dem verrufenen Tannengebüsch war, wo sich vor Jahren Einer erschossen hatte. Das Flämmchen war verschwunden, und plötzlich fielen in den Tannen drei Schüsse, und dicht vor ihr fuhr mit lautem Gelächter ein Feuer-klumpen in die Höhe, so groß wie ein eiserner Kochtopf. Mit großer Mühe erreichte die Frau das Dorf, als es schon heller Tag war.

## 9. Das Geld in der Mauer

In Lahde starb ein Mann, der konnte im Grabe keine Ruhe finden. Des Nachts kam er wieder und leuchtete mit dem Krüsel in der Stube an der Brandmauer herum und ging dann still wieder weg. Weil nun die

Leute im Hause gar nicht wußten, was ihm auf dem Herzen lag, sich auch fürchteten, ihn zur Rede zu stellen, so gingen sie zum Pastor und baten ihn, in der Stube eine Nacht zu wachen und den Geist anzusprechen. Spät am Abend kam der Pastor an, setzte sich dem Ofen gegenüber an einen Tisch, legte seine Bücher vor sich hin und zündete drei Lichter an. Die Leute gingen zu Bett. Da nun die Uhr an der Wand zwölfe schlug, trat der Geist herein, lautlos, mit dem Krüsel in der Hand. Der Pastor konnte vor Schrecken kein Wort herausbringen. Als der Geist nach seiner Gewohnheit mit trauriger Miene an der Brandmauer herumgeleuchtet hatte, trat er an den Tisch, löschte erst ein Licht, dann das andere; als er aber das dritte auch löschen wollte, faßte sich der Pastor und redete ihn an: »Alle guten Geister loben Gott den Herrn.« »Ich auch«, sprach der Geist; »aber ich finde keine Ruhe, weil ich in die Mauer bei Lebzeiten mein Geld verborgen habe. Gebt drei Theile meinen Kindern und ein Theil den Armen, dann brauche ich nicht mehr an dieser Stelle zu wandeln. « Der Pastor versprach es. »So gieb mir die Hand darauf! « sagte der Geist. Der Pastor reichte ihm seinen Stock, der wurde ganz schwarz, wie ihn der Todte berührte. Darauf ist der Geist lautlos wieder gegangen. Am andern Morgen erzählte der Pastor, was ihm begegnet war; man brach die Mauer auf, fand das Geld und erfüllte den Wunsch des Todten, der sich von der Zeit an nicht wieder sehen ließ.
Der Pastor ist aber bald darnach gestorben.

## 10. Der feurige Mann

In Ilwese ging ein feuriger Mann um. Weil man nun den kürzlich verstorbenen N. allgemein im Verdacht hatte, daß er in Grenzstreitigkeiten einen falschen Eid geschworen habe und darum nach seinem Tode als feuriger Mann umgehen müsse, so wollte sich sein Nachbar davon überzeugen. An einem dunkeln Abend sah er ihn wieder durch den Kamp ziehen, ging eilig hinaus, folgte ihm und holte ihn zuletzt ein, so daß er eine ganze Weile dicht neben ihm herging. Da sah er denn, daß es wirklich jener Mann war. Er trug eine kurze Hose und gelbe Gamaschen, und aus dem Hosenqueder, rings um die Hüfte, da schlugen die hellen Flammen heraus. Als jener Mann sich nun genug überzeugt hatte, wollte er wieder nach seinem Hause umkehren. Da hing sich plötzlich der feurige Kerl auf seinen Nacken.

Den musste er mit großer Mühe bis vor seine Hausthüre schleppen, wo er zusammenbrach. Er kriegte eine zehrende Krankheit und starb bald nachher.

## 11. Der Gutenabend

Bei Wiedensahl an der Steinstiege vor der Horst beim Pinkenbruche da sagte immer, wenn es ander Wetter werden will, besonders bei Miesterwetter, wer: »Guden Abend! Guden Abend! « und führte die Leute, die da vorbeikamen, in die Irre. Der Borsteler Meier, der eines Tages bei dem alten Wöltken in Wiedensahl schmieden ließ, wollte noch spät Abends zurück nach Hause. Er hatte tüchtig einen getrunken, und der Schmied sagte ihm, er sollte lieber in der Nacht da bleiben und nicht mehr weggehen; er müßte doch über die Stiege, wo der Gutenabend säße. »Eck bin no nich bange! Eck will no wol na hus kuomen, eck verlate mi up minen Krückstock«, sagteder aber und ging weg. Als er an die Stiege kam, wurde es mit einem Male so dunkel und regnicht, daß er gar nichts mehr sehen konnte; da rief es auch schon: »Guden Abend! Guden Abend!« und er konnte die Stiege nicht finden, er kam zur Seite an den Hagen, an die Hucht, die da stand, zu grabbeln, dann wieder vor die Stiege. Da rief es wieder: »Guden Abend! Guden Abend!« »Dank heft! « gab er zur Antwort, »eck wünsche di un mi de ewige seligkeit! « »Up dat woord hew eck nu all hundert jahr 'elurt!« rief der Gutenabend. Dann ward es still, und der Borsteler Meier fand die Stiege und kam glücklich nach Hause. Er erzählte nachher, dabei wäre ihm aber mal schnell sein Rausch von der Nase gegangen, das könnte er einem versichern. –
Darnach hat sich der Gutenabend nie wieder vernehmen lassen.

## 12. Die zwei Brüder

In Schlüsselburg lebten zwei Brüder. Als der eine starb, musste der andere ihm, da er auf dem Sterbebette lag, versprechen, seine zurückgelassene Braut zu heirathen. Der Überlebende aber erfüllte dies Versprechen nicht. Da kam der Todte in jeder Nacht wieder und zeigte sich auf dem Hausboden und rief: »Fritz soll Gerke hebben! « Fritz ging zum Pastor; der rieth ihm, den Geist anzureden, wenn er wieder erschiene. Er that es in der nächsten Nacht; da antwortete der Geist: »Es wird keine Ehe auf Erden gemacht, sie wird zuvor im Himmel erdacht. « Dann sollte Fritz ihm noch einmal versprechen,

daß er die Gerke nehmen wollte, und sollte ihm die Hand darauf
geben. Da reichte er dem Geist einen Besenstiel,
der wurde ganz schwarz.

## 13. Hackelbergs Hund

In Rewelingen Haus in Schlüsselburg stehen einmal in den Zwölften
(Weihnachten bis Heiligen drei Könige) die beiden gegenüber
liegenden Seitenthüren offen; dazwischen liegt der Feuerheerd. Da
geht es plötzlich: »Kiff, kaff! Kiff, kaff! « Hackelberg zieht mit dem
wilden Heer hindurch und läßt einen Hund zurück, der bleibt das
ganze Jahr da und frißt nichts als Usel. Der Hund liegt immer am
Heerde, dicht am Feuer, und das Jahr drauf wird er von Hackelberg
wieder mitgenommen.
(Ähnliches wird von drei verschiedenen Häusern in Wiedensahl
erzählt; sie sind gleich darnach abgebrannt. – Deshalb ist es noch
heute in manchen Häusern Gebrauch, in den Zwölften die
Seitenthüren fest zu schließen, sobald es Abend wird.)
Asche. Usel nannte man besonders die verkohlte Leinwand in den
Zunderbüchsen und den alten Küchenfeuerzeugen für Stahl und Stein.

## 14. Der schlafende Jäger

In Wiedensahl will eine Frau an einem Sommermorgen den
Grasmähern das Frühstück hinbringen. Sie kommt zu den Wiesen; da
sieht sie hinter einem Hagen einen schlafenden Jäger liegen und seine
Hunde schlafen auch; sie haben ihre Köpfe alle nach dem Jäger hin-
gekehrt, als ob sie an ihm sögen. Die Frau läuft hin und sagt es den
Mähern. Als die kommen, geht's: »Jiff, jaff! Jiff, jaff!« da zieht er hin.
- Es war Hackelberg gewesen, der zog weg »über Hagen und Bäume«.

## 15. Apotheker B.

Der alte Apotheker B. in Wiedensahl kam nach seinem Tode wieder
und trieb es in seinem Hause gar arg; das wurde den Leuten endlich zu
schlimm, und sie gingen nach Stolzenau und holten die Paters. Die
beteten den unruhigen Geist in einen Kessel hinein; der wurde auf
einen Wagen gebracht und die Paters setzten sich dabei. Der Knecht
aber, der den Wagen fuhr, sah sich um, da wurde der Geist wieder frei.
Er warf dem Pater vor, daß er selber Sünde gethan und sich eine Frau
gewünscht hätte; der sagte, die Sünde hätte er schon vollständig

wieder abgebetet. Nach vielem Beten wurde der Geist wieder in den Kessel und auf den Wagen gebracht. Die Pferde mussten furchtbar schwitzen und mit aller Kraft ziehen, je näher sie dem Darlater Holze kamen, wo sie den Geist hinbringen wollten. Da ließen sie ihn, und jedes Jahr musste dem Geiste dafür ein Bund Stroh geliefert werden, daß er nicht wieder käme. Der Knecht, der den Wagen gefahren hatte, wurde bald nachher krank und musste von den Nachkommen des Apothekers B. bis an sein Lebensende ernährt werden. –
Einst waren Leute im Darlater Holze beschäftigt. Sie setzten sich zum Frühstück unter einen Baum. Der eine rief: »Apotheker B. kumm un ett mehe, wenn du wutt? « Da kommt ein gewaltiges Rauschen ohne jeden Wind; der Baum wurde mit der Wurzel ausgehoben und hätte die Leute alle erschlagen, wenn sie nicht eilig gelaufen wären.

Darlater Holz: Wald jenseits der Ils, eines kleinen Baches bei Wiedensahl.

## 16. Der unruhige Geist

In Stadthagen ist in einem Hause ein unausstehlicher Spuk durch einen unruhigen Geist. Der wird zum Steinhuder Meere weggefahren, wobei sich niemand umsehen darf. Dem Geiste wird eine Fülle (Wasserkelle) ohne Boden mitgegeben; er darf nicht eher wieder kommen als bis er damit das Meer ausgeschöpft hat. Als die Leute, die ihn hingebracht haben, sich auf dem Rückwege umsehen, ist das Schilf am Ufer ganz im Feuer.

## 17. Der pflügende Geist

In Heimsen (an der Weser) kommt ein verstorbener Bauer des Nachts wieder und pflügt seinen Acker. Ein Verwandter sieht ihn dabei, will ihm ausweichen, kann's aber nicht mehr. Der Verstorbene bittet, daß er ihn erlöse; das kann er, wenn er in der folgenden Nacht[1] mit seinen Pferden ihm pflügen hilft. Der Pastor, dem er das erzählt, warnt ihn vor dem Geist; er aber geht doch hin, und am andern Morgen finden sie den Mann und die Pferde todt an dem Acker liegen.
Der Geist jedoch ist erlöst.

## 18. Der gebannte Geist

Eine Frau kommt jede Nacht wieder und reitet die Pferde und plagt sie
gewaltig. Dem Pater, der gerufen wird, wirft sie vor, daß er selbst
Sünde gethan hätte; er hätte eine Roggenähre mit der Beinspange an
seiner Hose abgerissen. Der Pater antwortet: die hätte er bezahlt; er
hätte einen Sechser an die Stelle gelegt. – Nun wird der Geist auf
einen Wagen gebetet und es wird ihm mitgegeben: ein alter Kessel mit
einem Loch, ein Eimer ohne Boden zum Schöpfen und ein hölzernes
Beil. Die Frau darf nicht eher wieder kommen, als bis sie mit dem
Eimer den Kessel voll Wasser gefüllt und mit der hölzernen Barte das
Holz beim Ellernbruche (bei Wiedensahl) abgehauen hat.
Später kommt einmal ein Mann da vorbei; er findet den Kessel und
nimmt ihn mit. Der Geist würde ihn schon da gefaßt und umgebracht
haben, wenn er nicht ein Gewisses bei sich getragen hätte, was er bei
sich trug. Zu Hause wurde er aber doch so lange böse geplagt, bis er
den Kessel wieder an Ort und Stelle brachte, wo er ihn gefunden hatte.
Der Mann vermaß sich nachher, er wollte nie wieder einen alten
Kessel mitnehmen, wo er ihn fände.

## 19. Die geizige Frau

Eine Magd giebt den Armen im Dorfe Milch. Die Frau schilt darüber.
Als sie gestorben ist, wird die Sau im Stalle nackt und mager, kann
zuletzt nicht mehr aufstehen und steckt die Nase immer in den Mist.
Sie passen auf, wie das zugeht, und nachts kommt die Frau und reitet
die Sau. Sie kann erlöst werden, wenn die Armen ihr ein »Gott lohn's!
« schenken; das soll die Magd ihr verschaffen und ihr die Hand darauf
geben. Die Magd thut es, wickelt aber vorsichtig ihre Schürze um die
Hand; die Schürze verbrennt zu Usel, als die Todte sie anfaßt.

## 20. Die fromme Hexe

Es war mal ein altes Weib, das ging oft in die Kirche und sang auch
im Hause immer fromme Lieder. Die Magd bemerkte aber, daß sie
immer so viel Butter und auch allerlei Essen kriegte, ohne daß das
Mädchen wußte, wo das alles herkam. Sie ging darum an's Gericht
und zeigte es an. Als nun die Gerichtsleute in das Haus kamen, saß die
Alte im Kuhstalle und sang ein geistliches Lied aus dem
Kirchengesangbuche. Der Richter aber schrie hinein: »Heraus mit dir,
du alte Donnerhexe! « Da kam das Weib heraus und that so übel und

erbärmlich und unschuldig und beweglich, als wenn sie ein
neugeborenes Kindlein wäre. »Mine leiben säuten heeren«, sagte sie,
»wo müeget sä doch säo wat van mi denken; o lüe un kinners, eck äne
hexe! Dat kann mi doch käner na seggen, dat eck in minen leben änen
minschen wat täo lede daen hebbe. Un nu geit et mi säo? Bin eck nich
jeden sönndag in de kerke gaen? Gott ja, lüe? eck segge man! hebbe
eck nich 'esungen un 'ebäet! un nu meent ji, dat eck äne hexe bin? «
Aber da half kein Jammern. »Ins Wasser«, hieß es, »ins Wasser! « und
wurde das alte Weib alsbald an die Weser gebracht und da hinein
geworfen. Ob die Alte nun wohl mit dem größten Vertrauen auf dem
Wege gesagt hatte, ihre Unschuld werde sich schon durch Gottes
Hülfe zeigen, ja schön! Sie schwamm nur oben auf und war also doch
eine Hexe, wurde an den Pfahl gebunden und zu Tode gebrannt.

## 21. Die Müsemakersche

Die Weiber, welche hexen können, müssen es ihren Kindern lehren,
wenn sie noch unmündig sind. – Ein kleines Mädchen aus Bulmahns
Hause in Wiedensahl spielte mit andern Kindern auf dem Rasen mit
Bratbirnen. Da sagte es: »Soll ich mal Mäuse machen? « »Ja, ja! «
riefen die Kinder. Und da schlug das Mädchen mit einem Stocke auf
die Birnen, daß Mäuse daraus wurden; die liefen munter herum, hatten
aber alle keine Schwänze. – Man sollte nicht glauben, daß ein Kind
schon solche schlechten Künste verstände! – Da nun durch die Kinder
diese Sache bald ruchbar wurde, so nannte man das Mädchen immer
die Müsemakersche, und sie behielt den Namen auch noch, als sie in
späteren Jahren sich nach Niedernwöhren (Nachbardorf von
Wiedensahl) verheirathete. Übrigens hat man nichts Schlechtes von
ihr gehört. Sie ist erst kürzlich verstorben.

## 22. Die Hexe als Hase

Hexen können sich in Gänse, Hasen und andere Thiere verwandeln.
Eine Mutter und ihre Tochter arbeiteten eines Tages draußen auf dem
Felde. Da trat ein Jäger mit seinen Hunden aus dem Walde, und die
Tochter sagte zur Mutter: »Mutter, hebbe ji jäon räimen nich bi jück?
snallt 'n äis ümme, dat ji 'n hase weret. « Die Mutter thats; da kamen
die Hunde hinter sie, und die Tochter rief ihr zu: »Mutter, lôpet, lôpet!
dat jück de swarte nich kriegt! « und meinte den schwarzen Hund. Der

Hase lief aber so rasch, daß die Hunde zuletzt ganz müde wurden und zurückblieben. Da sah die Tochter, daß ihre Mutter doch wirklich Künste verstand.

## 23. Der wiederkehrende Pastor

In Wiedensahl hat sich früher ein alter Soldat aufgehalten, der war im Kriege zum Krüppel geschossen und hatte ein hölzernes Bein und weil er davon hinkte, so nannten ihn die Leute »Hinkebein«. Er betrank sich viel, war aber sehr beliebt, denn er konnte den ganzen Abend Märchen und andere Geschichten erzählen. Wenn er nun erzählen wollte, so schlug er mit seiner Krücke auf den Stuhl und rief: »Nu höret, kinner, eck will jück wat vertellen. « – So erzählte er auch: Es ist nun schon über hundert Jahre her, da hat auf Pastors Hofe bei Nacht immer eine Kutsche mit vier Pferden gefahren; darin saß der verstorbene Pastor. Die Kühe fingen an zu brüllen, die Thüren schlugen und den Mägden wie dem Knechte wurden die Bettdecken weggezogen. Das ist nicht zum Aushalten gewesen. In einer Nacht ist der Knecht aufgestanden und in die Stube gegangen, da hat der Pastor leibhaftig hinter dem Ofen gesessen, mit der weißen Zipfelmütze auf dem Kopfe. Als der Knecht ihn anredete und fragte, warum er immer wieder käme, hat er geantwortet, das wären seine Sachen nicht. – Zuletzt, weil der Spuk hat gar nicht aufhören wollen, hat man zum Pater geschickt, der hat ihn endlich weggebetet.
Das ist nun aber schon über hundert Jahre her.

## 24. Die Müllerin

In einer Mühle im Dorfe kamen allezeit die Mühlenburschen um; sie wurden am achten Morgen mit abgebissener Gurgel im Bette gefunden, so daß zuletzt keiner mehr da bleiben wollte. Endlich kam ein beherzter Müllerknecht, der blieb trotz ernster Warnung da. Der Müller hatte mit seiner Frau keine Kinder, und sie wollte den Knecht verführen; der aber weigerte sich beständig. Des Nachts machte er ein Feuer an, legte ein Beil neben sich und siehe da! um zwölf Uhr ging es trapp! trapp! vor der Tür; eine dicke schwarze Katze stand davor. Der Knecht sagte: »Kumm, Katte, un warme di! « Da rief die dicke noch eine Menge anderer Katzen, sprechend:
*»Kättchen, wärme dich!*
*Spricht Herme zu mich; «*

und unversehens fielen sie über den Knecht her, der aber schlug mit
dem Beil dazwischen und verwundete mehrere, die dicke am Kopfe
und an den Beinen. Die Katzen liefen alle heulend weg. Am anderen
Morgen war die Müllerin krank, sie hinkte und hatte den Kopf mit
einem Tuche verbunden. Da sah der Bursch, daß seine Meisterin eine
Hexe war und ihn als die dicke schwarze Katze mit den anderen
Hexen aus der Nachbarschaft so böse geplagt hatte. Er sagte es dem
Müller, der wollte es nicht glauben.
In der zweiten Nacht kochte der Knecht sich Brei. Die dicke Katze
kam wieder und der Bursche sagte zu ihr: »Kumm, Katte, un warme
di! « Die Katze sagte:

*»Kättchen, wärme dich!*
*Spricht Herme zu mich! «*

und rief damit die anderen, deren nun eine noch viel größere Zahl
wurde als die Nacht vorher. Der Bursche lud sie zum Breiessen ein,
bespritzte sie aber sofort mit dem heißen Brei, und der dicken goß er
den ganzen Topf voll über den Kopf. Am anderen Morgen lag die
Müllerin im Bette, hatte ein Tuch um den Kopf und konnte nicht
aufstehen. Da sagte der Bursche zu dem Müller: »Wenn Ihr nun noch
nicht glauben wollt, daß Eure Frau eine Hexe ist, so geht hin und seht
zu, ob sie einen verbrannten Kopf hat! « Der Müller ging hin. »Ei,
Frau, bist du schon wieder krank? Was fehlt dir denn? « »Ach, ich
habe so schreckliches Kopfweh, daß es nicht zum Aushalten ist. «
»So? Laß mich mal fühlen, ob du auch Hitze hast? « »O nein, o nein!
Wenn 'r nur eben angetickt wird, so giebt es mir gleich einen Stich
durch und durch. « »Ach, Frau, dann will ich gleich den Doktor holen
lassen. « »O ne, O eine! Der kann mir doch nicht helfen; laß mich
doch endlich in Ruhe! « – Das that der Mann aber nicht, sondern er riß
ihr mit Gewalt das Kopftuch ab; da sah er, daß der ganze Kopf voll
Brandblasen war. Da zerrte sie der Mann aus dem Bette, knurrte sie in
die Seite und trat sie mit Füßen. Dann ließ er das Gericht kommen.
Als nun die Aussage des Müllerburschen zu Papier gebracht war,
nahm man die Hexe in das scharfe Verhör, worin sie dann bekannte,
daß ihre Großmutter ihr das Hexen beigebracht hätte, da sie noch ein
unmündiges Kind gewesen. Nach zwei Tagen wurde um einen Pfahl
her ein Feuer angemacht, darin man die Hexe vor aller Leute Augen
so lange braten ließ, bis sie todt war.

## 25. Das Fräulein in der Muldenscherbe

Zwischen Petershagen und Windheim (an der Weser) hat sich vor
dieser Zeit eine sonderbare Geschichte zugetragen: Es lag an einem
schönen Sommerabend ein Schäfer mit seiner Heerde, der Weser
nahe, auf einem grünen Anger. Da nun die Sterne und der Mond
heraufgegangen waren, saß der Schäfer noch spät auf und hörte zu,
wie der Strom mit leisem Klange durch die Weiden ging. Ob nun
wohl zu jener Stunde die Luft ganz ruhig war, so trieb doch etwas in
der Richtung, wie der Lauf des Wassers war, gleich einer Feder in
Windeseile daher, ließ den bleichen Nebeldunst der Luft bald hinter
sich und erschien als ein schöngeziertes Fräulein, das stand und fuhr
in einer Muldenscherbe, kam bald an das Ufer, stieg aus und ging dem
Dorfe zu, bis es nicht mehr zu sehen war. Da nahte sich der Schäfer
der Stelle, wo das Fräulein ans Land gegangen war, fand und nahm
die Muldenscherbe und barg sie in den Uferweiden.
Als nun nach einer Weile das Fräulein wieder kam und sein Schifflein
nicht fand, hob es eine große Klage an und rief.

> *»Radderadderatt, min mollenschaart!*
> *Eck mot noch vandâge in engelland brût stân,*
> *Un ist noch hier! «*

und rang die Hände und lief und suchte das Ufer entlang. Da bewegte
den Schäfer dies Klagen und Jammern, daß er ihm die Muldenscherbe
wieder gab. Das Fräulein trat hinein, dankte dem Schäfer und sagte:
»Morgen um diese Zeit komme wieder zu dieser Stelle, so wirst du
zwei Stücke weißen Leinens finden, die nimm zum Lohn! « Nach
dieser Rede fing das Spähnlein wieder an zu gleiten immer den Strom
hinab, in großer Eile, daß es bald verschwand.
Als der Schäfer am andern Abend zu der Stelle kam, hatte das
Fräulein sein Wort gehalten; es lagen zwei Stück Leinen an der Stelle,
die waren weiß gebleicht und über die Maßen fein gesponnen und
gewebt.
Andere erzählen, der Schäfer sei erst nach einem Jahr wieder zu der
Stelle gegangen; da hing das Leinen allerdings in den Weiden, war
aber schon ganz verrottet und nicht mehr zu gebrauchen.
Die Jungfrau fuhr nach England. Woher sie kam? das weiß man nicht
zu sagen. Was sie im Dorfe gewollt? ist nicht bekannt; doch wird von
einigen gesagt: es sei eine Mahr gewesen.

Sonst fand ich das Wort schaart nur noch in Wiäserschaart,
Weserscharte = Porta Westphalica. – Daß man den Unholdinnen nur
neckische Transportmittel gelassen hat, scheint natürlich zu sein. Die
Holden von ehedem, mit allem was drum und dran war, sind eben
unter dem Drucke des neuen Glaubens verkümmert und schäbig
geworden. Einst hatten sie stolzen Rosse, oder Adler- und
Schwanenhemden zu ihrer Verfügung, jetzt müssen sie sich begnügen
mit Schweinen, Kälbern, Besen, Ofengabeln, zerbrochenen Sieben
und Mulden.

### 26.Die Mahr

Einen jungen Burschen drückte und quälte jede Nacht die Mahr.
Darum bat er einen guten Freund, bei ihm zu schlafen. In der Nacht
kam die Mahr richtig wieder; da verstopfte der andere Bursche das
Loch an der Thür, wohin durch der Klinkenriemen gezogen war. Da
wurde die Mahr den beiden sichtbar und erschien als ein hübsches
Mädchen. Der Bursche, den sie so geplagt hatte, wollte sie im Zorne
erst schlagen und mißhandeln; doch ob ihrer Schönheit vergaß er
seinen Groll und nahm sie zu seiner Frau und lebte mit ihr ein Jahr
lang zusammen. Da bekam sie ein Kind. Als sie dann wieder ein Kind
bekommen sollte, sagte der Bursch zu ihr: »Was meinst du, solltest du
wohl so, wie du jetzt bist, wieder durch das Loch hindurch können,
wo du damals zu mir herein kamst? « Als er das kaum gesagt hatte,
verschwand die Mahr durch das Riemenloch der Thür und kam
niemals wieder.

### 27. Die Zwerge unter dem Gossenstein

In einem Hause wohnten Zwerge unter dem Gossenstein in der Küche.
Das Dienstmädchen goß immer das schmutzige Wasser hindurch und
verbrannte die ausgekämmten Haare. Eines Tages wurde sie zur
Zwergenkindtaufe geladen, und der Pastor, den sie um Rath fragte,
sagte ihr, sie dürfte wohl hingehen, sollte aber nichts essen, was die
Zwerge nicht selber anrührten und ihr geben würden. Als sie zu
Tische saßen, sah das Mädchen auf einmal einen schweren Stein an
einem seidenen Faden über ihrem Kopfe hangen. Da sprach der Zwerg
zu ihr: »Wie dieser Stein, so hängt dein Leben an einem seidenen
Faden, hättest du etwas gegessen, ohne daß ich es angerührt, so wär's
dein Tod gewesen. Auch musst du mir versprechen, kein schmutziges

Spülwasser mehr durch den Gossenstein zu schütten oder die Haare zu sengen, sonst wird dir's schlimm ergehen.« Das hat das Mädchen versprochen, und als es fortgegangen, haben ihm die Zwerge Hobelspäne mitgegeben, die sind nachher zu Gold geworden.

## 28. Die Zwerge und der alte Rune

Unter einem Pferdestall hatten schon seit langen Jahren Zwerge ihre Wohnung, und alles war gut gegangen, und es wäre auch wohl so geblieben, wenn nicht der Bauer den alten Runen (Wallach) gekauft und auch in den Stall gestellt hätte. Schon den nächsten Morgen kam der Vater Zwerg und beklagte sich, daß der alte Rune gerade über der Schlafkammer der Kinder stünde; denen liefe jetzt die Jauche immer ins Bett hinein, ob sich denn das nicht ändern ließe? Aber der Bauer, so oft er auch gebeten wurde, hatte allerlei Ausreden. Der alte Rune blieb stehen, wo er stand. Auf das hin sind die Zwerge eines Nachts verschwunden und mit ihnen Glück und Wohlstand des Hauses.

## 29. Der Snakenkönig

Es findet sich in manchen Häusern ein Snakenkönig; davon erzählt man wie er mit dem Kinde gespielt und dies in seinem Kinderkauderwelsch mit ihm gesprochen habe. – Läßt man ihn in Ruhe, so legt er jedes Jahr seine Krone ab, die hat großen Geldeswerth. – Sind die Snaken in Noth, so geben sie einen Pfiff von sich, dann kommen die andern zur Hülfe herbei. – Hat man das Glück, einen Snakenkönig mit der Krone anzutreffen, so muß man ein weißes Tuch auf den Rasen breiten, dann legt er seine Krone darauf. Sie ist von reinstem Golde und hat die Eigenschaft, daß, wenn man am Morgen vor Sonnenaufgange ein Stück davon abschneidet, dies Stück bis zum Abend wieder gewachsen ist.[1]
Ein Reitersmann, welcher allein durch den Wald ritt, sah einen Snakenkönig mit der Krone; er stieg von seinem Pferde, nahm seinen Säbel und hieb der Schlange die Krone vom Kopfe. Dann schwang er sich damit auf's Pferd. Der Snakenkönig that aber alsbald einen hellen Pfiff, worauf die Snaken aus der ganzen Umgegend herbeikamen und den Reiter verfolgten. Obgleich der seinem Pferde die Sporen in die Flanken drückte, so waren sie doch bald dicht hinter ihm, daß sie ihn gewiß erreicht hätten, hätte er nicht seinen Mantel hinter sich geworfen; den zerstachen die Snaken durch und durch. Dann folgten

sie wieder dem Reitersmanne und hätten ihn gewiß erreicht, hätte er nicht in seiner Noth endlich die goldene Krone hinter sich geworfen und so sein Leben gerettet. - Eine ähnliche Erzählung lautet so:

Es kam ein Reiter allein über eine weite Haide; da sah er in der Ferne etwas am Boden, das blitzte wie Gold. Er ritt dem Scheine zu, da wars ein Snakenkönig mit der Goldkrone, der sonnte sich. Der Reitersmann stieg ab und breitete seinen Mantel auf den Sand. Alsbald legte der Snakenkönig seine Krone darauf, kam und ging und trieb allerlei Tand und Männeken. Da raffte der Reiter schnell den Mantel mit der Krone zusammen, schwang sich in den Sattel und jagte fort, was das Pferd laufen konnte. Sogleich that der Snakenkönig einen hellen Pfiff; da versammelten sich die anderen Snaken und setzten dem Reiter nach. Bald waren sie dem Pferde auf den Fersen und um den Reiter war es geschehen, wenn er nicht seinen Mantel hinter sich geworfen hätte. Dabei verweilten sich die Snaken; doch nicht lange, so waren sie dem Reitersmanne schon wieder ganz nahe. Nun wäre er gewiß verloren gewesen, denn sein Pferd war matt zum Stürzen, wenn er nicht an einen Bach gekommen und mit letzter Kraft hinüber gesetzt wäre. Nun mussten die Snaken zurück bleiben, denn man weiß wohl, daß kein giftig Thier über solches Wasser kann.

Hat denn der Reiter die Krone verkauft? Nicht doch! Er schnitt ein Stück davon, doch immer nur so viel daß es weniger als die Hälfte war. Den größeren Theil behielt er, den kleineren verkaufte er; so war der kleinere immer wieder gewachsen. –

Zu einer Magd, die täglich in den Wald ging, die Kühe zu melken, kam immer ein Snakenkönig, dem gab sie aus dem Eimer Milch zu trinken. Da legte die Snake endlich dem Mädchen die Krone in dem Schooß, daß es reich war sein Leben lang.

Vergl. Odins Ring Draupnir; auch wie sich Odin in eine Schlange verwandelt, um den Meth zu erlangen, der aus Kwasirs Blute von den Zwergen Fiolar und Gelar bereitet war.

## 30. Der Teufel und der Wucherer

Friederike Büsching hat mir erzählt, daß mal ein Wucherer gewesen sei, der habe, als er krank geworden, sein Geld unter dem Kopfkissen verwahrt. Als nun seine Sterbestunde gekommen, befiel ihn eine fürchterliche Angst, so daß er dem viel Geld bot, der es wagen würde, die erste Nacht nach seinem Tode bei seinem Grabe zu wachen. Aber

keiner wollte es thun, bis endlich ein ganz armer Mann kam, der
versprach es. Als nun der Wucherer gestorben und begraben war,
setzte sich der arme Mann an das Grab in einen Kreis, den er da
gezogen hatte. Mit dem Schlage zwölf kam der Teufel, der hatte einen
grünen Rock an. Er grub das Grab auf, nahm den Todten aus dem
Sarge und zog ihm das Fell vom Kopfe; als er das gethan und nun die
Leiche wieder einscharrte, zog der arme Mann das Kopffell leise in
seinen Kreis. Als nun der Teufel die Haut nehmen wollte und sah, daß
sie der Mann in den Kreis gezogen hatte, flog er in feuriger Gestalt
durch die Luft davon. – Es wird nun erzählt, daß der Teufel die
Kopfhaut aufpusten und eine Blase davon machen wollte, dann muß
der Geist zwischen Himmel und Erde spuken gehen. So aber wurde
sie dem Todten wieder in den Sarg gelegt daß er Ruhe hatte. –
Von einem andern Wucherer und einer armen Frau wird eine ähnliche
Geschichte erzählt: der Mann wird in der Kirche unter dem Altar
begraben; die Frau setzt sich in einen Kreis; um zwölf tritt eine Schaar
schwarzer Männer herein, die ziehen ihn aus, um ihm das Fell
abzuziehen; da rafft die Frau einen Strumpf in den Kreis. Dadurch
verlieren die Geister ihre Macht über den Todten.
Die Frau aber ist schwer erkrankt.

## 31. Das Gold des Reichen

In Steinhude soll einmal eine reiche, reiche Frau gewesen sein; als die
zum Sterben kam, fragte sie den Pastor: ob er wohl glaubte, daß sie ihr
Geld in jene Welt mitnehmen könnte und da auch reich und vornehm
wäre? Da hat der Pastor gesagt: »Das wäre nicht möglich; sie sollte
lieber an ihrer Seelen Seligkeit denken! « Darüber ist die Frau in
großen Zorn gekommen, weil das Gold ihr Alles war, und sie hat
geschrieen: »Scher dich aus meinem Hause, du Pfaff! Du lügst! Du
lügst! « Sie hat dann ihren Dienern streng befohlen, ihr, wenn sie
sterben sollte, das Gold mit in den Sarg zu geben. Das haben sie denn
auch gethan und es ihr im Sarge unter den Kopf gelegt. Als nun am
Morgen die Träger auf die Hausflur traten, den Sarg zu schliessen, saß
da zu Häupten der todten Frau ein schwarzes Hündlein, das schöpfte
aus einem Tiegel das geschmolzene Gold und goß es ihr mit einem
Löffel in den Mund. Da haben die Leute rasch den Sargdeckel
zugeklappt und die Leiche fortgetragen. Das Hündlein wird aber wohl
der Teufel gewesen sein.

## 32. Das schwarze Mädchen

Ein Schäfer ging an einen Brunnen, da zu trinken. Da kam aus der
Tiefe eine Stimme, die rief vernehmlich: »Erlöse! Erlöse! « Weil er
nun die Springwurzel besaß, so schloß er den Boden auf, und als er
hinunter kam, fand er ein schwarzes Mädchen, das sagte zu ihm, wenn
er dreimal wieder käme, so wäre es erlöst. Das erste Mal war sie
schon weiß bis auf die Brust, das zweite Mal bis zu den Füßen; da
vergaß der Schäfer die Springwurzel und das Mädchen that einen
schrecklichen Schrei und rief:
»Nun muß ich wieder hundert Jahre warten.«

## 33. Der Soldat und die Schlange

Zu einem Soldaten, der bei Nacht auf dem Posten stand, kam eine
Schlange und bat ihn, Nachts gerade auf den zwölften Glockenschlag
drei Freitage hinter einander in die Kirche zu kommen; dadurch
könnte er sie erlösen. Zweimal kam der Soldat auch zur rechten Zeit;
den ersten Freitag begegnete ihm ein ganz schwarzes Ding, den
andern Freitag war es schon beinahe weiß. Das dritte Mal kam der
Soldat aber erst, als es schon zwölf geschlagen hatte. Da that das Ding
einen lauten Schrei, und als der Soldat eilig aus der Kirche sprang,
schnappte ihm die Thüre den Hacken ab, daß er lange darum zu liegen
hatte.

## 34. Florentine und der Teufel

Es ist einmal ein wunderschönes Mädchen gewesen, eines Königs
Tochter, mit Namen Florentine; das war aber so schrecklich stolz, daß
es Gottes Erdboden nicht betreten wollte, darum musste es immer
getragen oder in der Kutsche gefahren werden. Alle Freier, die sich
um die Hand der schönen Florentine bewarben, wurden von ihr
schnöde abgewiesen, denn keiner war ihr gut genug. –Endlich kam
mal Einer an ihres Vaters Hof, der zeigte ihr das Bildniß eines Mannes
von großer Schönheit und fragte sie, ob sie denn den wohl nehmen
wollte. »Ja! « hat da die schöne Florentine gesagt, »den will ich
haben; aber er muß mich auch abholen in einer goldenen Kutsche mit
vier weißen Hengsten; wenn er das nicht thut, so mag er bleiben wo er
ist. « Das hat ihr der Bote versprechen müssen. Am dritten Abend
hielt auch richtig die Kutsche vor ihrem Hause; sie war bespannt mit
vier weißen Hengsten und ganz von Golde, das leuchtete weit hin

durch die Straßen der Stadt. Die schöne Florentine ließ sich von ihren
Kammerzofen in den Wagen tragen, daß sie ja Gottes Erdboden nicht
berührte und fuhr mit ihrem Bräutigam davon, und alle Leute liefen
hinterher, um den prächtigen Wagen zu sehen. Als sie aber vor dem
Thore auf einem Berge angekommen waren, fingen Wagen und Pferde
auf einmal an zu glühen wie Feuer, hoben sich in die Luft und
verschwanden. Da ließ sich eine Stimme vernehmen, die rief.

*»Ach du schöne, ach du schöne Florentine!*
*Du bist ewig und ewig verloren! «*

Da sahen die Leute wohl klar, daß es der Teufel gewesen war,
der die schöne Florentine geholt hatte.

## 35. Der kupferne Kessel

Eine Frau, die von Münchehagen nach der Horst ging, fand im Bruche
einen kupfernen Kessel. Nachdem sie sich nach allen Seiten
umgesehen hatte, nahm sie den Kessel mit. Am andern Morgen
kriegte sie ihn aufs Feuer und heizte tüchtig unter, um für die
Schweine was zu kochen. Sie ging eben mal hinaus, und als sie wieder
kam, saß da der alte verstorbene Feldscher auf dem Kessel, mit weißer
Zipfelmütze, im Schlafrock und rauchte ganz gemüthlich seine lange
thönerne Pfeife. Die Frau aber hat einen schönen Schrecken gekriegt,
und nur mit großer Noth haben die Leute den Kerl wieder aus dem
Hause und in seinem Kessel wieder in das Bruch bringen und bannen
können. –
Der alte Feldscher soll aus Wiedensahl gewesen sein; er spukte noch
lange nach seinem Tode und wurde auf einem Wagen in das Bruch
gefahren, nachdem man ihn in den Kessel gebannt hatte. Da, wo der
Wagen durch eine Hecke fuhr, wächst auch heute noch nichts Grünes.

## 36. Der Bauer und die Ütsche

Ein Bauer sieht eines Tages eine dicke Ütsche. Da spricht er: »No!
wenn du ein Kind kriegst, so will ich Gevatter stehen. « Nach einiger
Zeit kommt ein Zwerg und ladet ihn zur Kindtaufe ein. Der Bauer
geht hin, und als er wieder nach Hause will, geben ihm die Zwerge
eine Tasche voll Hobelspäne, die werden nachher zu lauter Silber.
Der Bauer hat versprechen müssen, wieder zu kommen, wenn das
Kind ein Jahr alt ist. Das Jahr darauf geht er hin und nimmt als
Geschenk einen Himten Weizen mit. Der kleine Junge ist ganz kregel

und kann schon laufen. Die Zwerge nehmen den Bauer freundlich auf, und als er wieder weggeht, geben sie ihm die Taschen voll Pferdemist; das kleine Pathchen steigt ihm in die Taschen und trampelt den Mist ordentlich fest, daß recht viel hinein geht. Als der Bauer zu Hause ankommt, sind aus den Pferdekötteln lauter goldene Dukaten geworden.

## 37. Der Teufel Herodianna

Eine Wöchnerin ist auf Äpfel lüstern. Der Mann schleicht sich bei Nacht in den Garten des Pastors und steigt auf einen Apfelbaum. Der Pastor kommt mit einer Schaufel aus dem Hause und gräbt unter dem Baume ein Loch, um seine Schätze da zu bergen. Dann ruft er: »Herodianna! Herodianna! Herodianna!« Der Teufel erscheint bei diesem Ruf, und der Pastor will ihm den Erdschatz in Verwahrung geben. Da sagt der Teufel, es wären zwei Augen zu viel da, aber der Pastor beruhigt ihn. Da spricht der Teufel, so wollte er machen, daß der Schatz nur dann gehoben werden könnte, wenn eine reine Jungfrau auf einem glinsterschwarzen Ziegenbock darüber ritte. Damit ist der Pastor zufrieden und geht fort, nachdem er sein Geld in die Erde gegraben hat.

Der Bauer, welcher alles mit angehört hat, geht zu Haus und kauft sich den ersten schwarzen Bock, der im Dorfe jung wird, zieht ihn auf, setzt sein kleines Mädchen darauf und läßt es über die Stelle unter dem Apfelbaum reiten. Die Erde thut sich auf, der Schatz hebt sich, und so ist der Bauer ein reicher Mann geworden.

## 38. Rettungsräthsel

In alter Zeit ist mal eine Frau gewesen, die war eine Hexe und hatte eine andere Frau ums Leben gebracht, darum sollte sie zu Tode gebrannt werden. Da sagten die Richter, wenn sie ihnen ein Räthsel aufgeben könnte, das sie nicht herausbrächten, so sollte ihr das Leben geschenkt sein. Da besann sich das Weib, als es schon auf dem Henkerswagen saß und gab ihnen zu rathen auf, was das wäre:

*»Up'n bome satt eck,*
*Ungebôren fläisch att eck,*
*Hartläiw (Herzlieb) lüchte mî,*
*Un doch gräode mî. «*

Das brächten sie nicht heraus, sagten die Richter, was denn das wäre. Da sagte das Weib: die Frau, die sie umgebracht, hätte ein ungeborenes Kind getragen, das hätte sie herausgeschnitten, geschlachtet und gegessen; ihr eigenes Kind, Herzlieb, hätte sie auch geschlachtet, das Fett herausgebraten und auf die Lampe gegossen; diese Lampe hätte ihr leuchten müssen, als sie auf einem Baume saß und das Fleisch des ungeborenen Kindes aß.

Da mussten die Richter das Weib frei geben und durften es nicht verbrennen, ob es schon eine Hexe war.

## 39. Der Königssohn

Es heirathete mal ein König seine eigene Tochter, und als sie schwanger ward, fürchtete er sich, daß es ruchbar werden möchte und er seines Reiches entsetzt würde. Da brachte er seine Tochter um, schnitt das Kind aus ihrem Leibe und ließ es von einer Amme groß säugen.

Der Knabe war 12 Jahre alt, da wollte der König eine Reise thun. Er gab seinem Sohne die Schlüssel zu allen Zimmern; aber einen Schlüssel zeigte er ihm, in das Gemach, wo der zu paßte, da sollte er nicht hineingehen. Als der Vater fort war, ging der Knabe in alle Zimmer; und endlich nahm er, obgleich es ihm streng verboten war, den letzten Schlüssel, der paßte in die Kellerthür, und als er da hineinging, so lag da eine Frau im Sarge; das war aber die ermordete Königstochter. Da gab ihr Gott, daß sie sich aufrichten und sprechen konnte: »Der König ist dein Vater und mein Vater«, sprach sie da, »und ich bin deine Mutter. « Dann hieß sie ihm, daß er sich Haut nähme von ihrem Leibe zu Handschuhen, und daß er hinginge in den Stall und schnitte einer trächtigen Mähre das Füllen aus dem Leibe; wenn das groß wäre, so sollte er sich darauf setzen und die Handschuhe anziehen von ihrem Leibe und ausreiten zu einer Königstochter, die sie ihm nennen würde. Die hätte gelobt, den zu heirathen, der ihr ein Räthsel aufgäbe, das sie nicht rathen könnte. Dann sollte er zu ihr sprechen:

> *»Ungeboren bin ich,*
> *Ungeboren reit ich,*
> *Und trage meine Mutter an der Hand. «*

Das würde sie nicht herausbringen können, was das wäre.

Der Königssohn that, wie ihm seine Mutter geboten hatte. Er zog das ungeborene Füllen groß und ritt zu der Königstochter; die konnte das Räthsel nicht errathen und musste ihn zum Manne nehmen.

## 40. Der sprechende Rabe

In einem Hause war mal ein Rabe, der konnte sprechen. Da ging eines
Tages die Herrschaft aus, und die Magd, welche sich derweilen etwas
zu gute thun wollte, schlug Eier in die Pfanne und backte sich einen
schönen Pfannkuchen. Mit dem so kam die Herrschaft schon zurück,
und die Magd, welche den Pfannkuchen nicht wollte sehen lassen,
warf ihn verstohlen in den Trankeimer. Das sah der Rabe, und nun
ging er immer im Hause herum und sprach: »Use maged panke drank!
Use maged panke drank! « Da wurden die Leute aufmerksam, sahen
in den Trank und fanden den Pfannkuchen; da musste die Magd
bekennen, daß sie den Pfannkuchen heimlich gebacken hätte.
Wegen des, so kriegte die Magd einen großen Haß auf den Raben;
faßte ihn, da ihre Frau nicht zu Hause war und vernähte ihm den
Bürzel mit einem starken Flicken, daß er daran des Todes sterben
sollte. Als nun die Frau zu Hause kam, so schrie der Rabe in einem
fort: »Use maged panke drank! prün âs täo! prün as täo! « Da merkte
die Frau, daß dem armen Thiere der Bürzel vernäht war trennte den
Flicken säuberlich ab und jagte die treulose Magd aus ihrem Dienste.

## 41. Die drei Pullen

Ein Mann reitet eines Tages über Feld. Da ruft eine Stimme aus der
Erde: »O weh! « – Der Mann reitet erst ruhig weiter; da ruft es wieder:
»O weh! « – »Na, was ist denn o weh? « fragt da der Mann. Da sagt
ihm die Stimme, er sollte in die Erde hereinkommen, da ständen drei
Pullen, denen sollte er die Pfropfen abziehen; wenn er das thäte, so
sollte den andern Morgen hinter seinem Ofen ein kupferner Kessel mit
Geld stehen. Der Mann dachte, das könnte er wohl thun; er ging hinein in die Erde, fand da die drei Flaschen und zog ihnen die Pfröpfe
ab. – Als er am andern Morgen hinter seinem Ofen zusah, so stand da
richtig ein großer kupferner Kessel voll Geld.

## 42. Zwiegespräch

Bei einem Wirth lag ein Reuter in Quartier, der hielt sich heimlich zu
des Wirthes Tochter. Bald darauf musste er fort in den Krieg. Da nun
die Zeit herum war, kriegte das Mädchen einen kleinen Jungen, der
war todt; und weil sie dachte, daß ihr Liebster wohl nie wieder
kommen würde, so schämte sie sich vor den Leuten und scharrte das
Kind heimlich bei.

Ein Jahr war der Reuter weg gewesen, da war der Krieg zu Ende, und
der Reuter kam wieder zu demselben Wirthe, um zu sehen, wie seine
Liebste sich befände. Er hätte nun gern erfahren, wie die Sache
verlaufen wäre und auch gern wieder mit dem Mädchen angebunden;
aber es wollte sich gar keine Gelegenheit finden, daß er mit ihr unter
vier Augen sprechen konnte, darum fing er wie im Scherz mit dem
Mädchen ein Gespräch in Reimen an, das die andern nicht verstehen
konnten.

> *»Ans et te jahr üm düsse tid was,*
> *Do smêt eck en appel in't gräune gras.*
> *Mich soll wundern, mich soll wundern,*
> *Ob der apfel ist erfunden?*
> *Ja woll! säe säi.*
> *Allewo läit häi?*
> *Anse häi, säe säi.*
> *Wol auf der erden?*
> *Nein! unter der erden.*
> *Noch 'n mal? säe häi.*
> *Nê, nê! säe säi. «*

So kam der Reuter in so weit zu seinem Zwecke, daß er erfuhr, wie
das Ding verlaufen war; aber sonst war nichts zu machen; das
Mädchen war scheu geworden und wollte sich nicht zum zweiten
Male begöseken lassen.

## 43. Das Zauberbuch

Zur Zeit, da die preußischen Reuter in Wiedensahl sich aufhielten, lag
ein Offizier in einem Hause in Quartier, der hatte allerlei Bücher.
Eines Tages ging er zu einem Offizier zum Kartenspielen aus. Da
kriegte der Sohn vom Hause sich eins von den Büchern und fing an zu
lesen. Da kamen Gespenster herein und stellten sich in einer Reihe
auf. Der Junge war ganz in das Buch vertieft und merkte nichts. Wie
er weiter las, kamen immer mehr, bis die Stube von den gräsigen
Gestalten ganz voll gepfropft war. Da sah es der Junge und sprang
noch mit genauer Noth aus dem Fenster und sagte es dem Bedienten
des Offiziers; der lief schnell zu seinem Herrn und erzählte es ihm. Da
kam der Offizier gleich angelaufen; er las in dem Buche rückwärts, da
verschwanden die Geister. Dem Jungen aber sagte er, das sollte er
nicht wieder probieren, sonst könnte es ihm schlecht ergehen.

## 44. Die Hexe mit der Eisenstange

Einem Bauern gingen immer die Schweine todt, den Tag vorher, wenn
er sie schlachten wollte. Er ging zum Schinder, den um Rath zu
fragen, und der sagte ihm: er sollte die todten Schweine im Garten an
die Hecke legen und aufpassen, wer dann käme. Der Bauer that, wie
ihm gesagt war. Da kam die Nachbarin und holte das Schwein weg. –
Am andern Tage ging der Bauer zu ihr hin und wollte von ihr das
Hexen lernen, um zu sehen, ob sie eine Hexe wäre. Die Alte sagte, das
könnte sie nicht, und er sollte sich doch ums Himmelswillen mit so
was ja nicht abgeben. Doch zuletzt, da er schon fortgehen wollte, rief
sie ihn wieder zurück, und er musste mit ihr in die Kammer kommen
und sollte sagen: »Eck denk an 'n pott un sch... in gott.« Der Bauer
aber sagte: »Eck sch... in 'n pott un denk an gott. « Danach sprach er:
»Ja, warte, du alte Hexe, jetzt geh ich zum Gericht und verklage dich.
« Das that er, und die Hexe wurde weggeholt. – Als sie zur Probe
schwimmen sollte und ins Wasser geworfen wurde, rief sie den
Teufel, der hatte ihr versprochen, ihr eine Eisenstange zu bringen,
damit sie unterginge. Aber da kam ein Rabe geflogen und brachte ihr
eine Nähnadel. Die sollte ihr wohl was helfen! und richtig schwamm
sie oben. – Der Bauer war auch festgesetzt, bis sich zeigte,
ob seine Anklage nicht falsch gewesen war.

## 45. Die Hexe als Sau

Einem jungen Manne wurde gesagt seine Mutter wäre eine Hexe. Er
wollte aufpassen, ob es wahr wäre, und in der Mainacht musste ihm
die Mutter bei der Grützemühle leuchten. Da wurde sie auf einmal zu
einem Weidenbaum. – Der Sohn legte sich auf den Stall und paßte
auf, wann seine Mutter wieder käme. Da kamen eine Menge Hexen,
auf Kälbern und Gösseln angeritten, mit Musik ins Haus, und tanzten.
Der Teufel, ihr Oberster, sagte: »Es sind zwei Augen zu viel da; soll
ich sie auspusten? « Die Frau sagte: »Nein« –weil sie meinte, es wäre
nur das kleine Kind.
Ehe sie weggingen, musste jede geloben, etwas Böses zu thun. Die
Frau sagte: »Wenn ihres Sohnes Frau auf der Diele beim Buttern das
Kind wiegte, so wollte sie als alte Sau die Wiege umstoßen, daß das
Kind den Arm bräche. « Den andern Tag sagte der Mann zu seiner
Frau, sie sollte buttern, obwohl sie erst den Tag vorher gebuttert hatte.
Die Alte ging auf der Diele hin, und gleich darauf kam eine alte Sau

und warf die Wiege um, daß das Kind heraus fiel und den einen Arm brach. Der Sohn nahm einen dicken Knüppel und schlug der Sau zwischen die Ohren, daß Blut floß; und weil er ihr Blut gelöst hatte, so stand mit einem Mal die Alte da. Da sah der Sohn wohl, daß seine Mutter eine Hexe war; er zeigte sie an, und sie wurde verbrannt.

## 46. Der Doppelgänger

Einem Kranken sollte das Abendmahl gebracht werden. Der Pastor sagte dem Küster, er sollte nur voraufgehen; er, der Pastor, würde gleich nachkommen. Als der Küster nun auf dem Wege war, begegnete ihm der Pastor schon, als käme er von dem Kranken zurück. Der Küster sah es ganz genau: es war sein Schimmel und sein Mantel, und lautlos ritt der Pastor an ihm vorüber. Dem Küster ging ein Schauder über den Rücken, doch er ging weiter zu dem Kranken. Da kam der Pastor auch bald hin, und sie gaben dem Kranken das heilige Abendmahl. Als sie dann weggingen, erzählte der Küster dem Pastor: an der und der Stelle wäre er ihm vorhin schon begegnet. Als sie an der Stelle waren, kam ihnen wieder der Reiter entgegen, dem Pastor sein Ebenbild. Da rief ihn der Pastor an: »Teufel! Was thust du in meiner Gestalt? « Sprach der Teufel: »So lange du den Mantel da trägst, der auf den heiligen Christabend genäht ist, so lange habe ich auch Gewalt, in deiner Gestalt zu gehen. « – Da ritt der Pastor schnell nach Hause, machte ein Feuer an und verbrannte den Mantel; und von der Zeit an nahm der Pastor den Schneider immer ins Haus, dann wußte er, daß sein Zeug nicht an einem heiligen Tage gearbeitet war.

## 47. Das Howif

Das Hôwîf geht im Bückeburger Walde um. Es läßt sich mit dem Ruf: Ho! Ho! immer hören, wenn anderes Wetter eintritt. Es soll ein Mädchen sein, das ihre beiden Zwillingskinder umgebracht hat und zur Strafe jetzt zwei kleine Wölfe säugen muß. Einer, der zur Abendzeit durch den Wald gegangen ist, hat sie da so gesehen.

**48. Allerlei alter Glaube:**

Gegen blaue Milch hilft es, wenn man eine Mistgabel glühend macht und sie in die frischgemolkene Milch hineinsteckt.

Wenn man einen Schatz graben will, muß man Pflöcke in die Erde stecken und sie mit Fäden von ungekochtem und ungebleichtem Garn umziehen.

Wenn die Schweine behext sind, werden sie dreimal rückwärts durch ein Stück ungekochtes Garn gezogen.

Wenn einer bestohlen ist, so muß er des Nachts zwischen zwölf und eins im bloßen Hemde vor die Kirchthüre gehen und es durch das Schlüsselloch dem Todtenreiche klagen, dann wird ihm der Dieb genannt.

Wenn man viel Butter haben will, so muß man einen Stiel von Kreuzdornholz in das Butterfaß nehmen. – Auch ist Kreuzdornholz gegen Hexen gut.

Wenn ein Mädchen ihren künftigen Geliebten sehen will, so muß sie in der Christnacht einen Eimer mit Wasser in die Stube stellen, einen Stuhl dabei und darüber ein Handtuch hängen. Sie selbst muß sich nackend unter den Tisch setzen. Dann kommt der Geliebte, wäscht sich aus dem Eimer und trocknet sich an dem Handtuch. – Eine Magd thut das; da kommt der Hausherr, dessen Frau noch lebt. Das Mädchen schämt sich sehr, aber es vergeht kein Jahr, so stirbt die Frau und der Mann heirathet die Magd.

Wenn ein Mädchen in der Christnacht rückwärts stillschweigend zum Brunnen geht, rückwärts einen Eimer Wasser heraufzieht, rückwärts einen Wagen aus dem Hause schiebt, so hilft ihr der zukünftige Geliebte anfassen.

Am Matthiasabend (24. Februar) werden zwei Walnußschalen mit Öl gefüllt, Dochte hineingelegt und diese angezündet. Dann setzt man die Schalen auf ein Becken mit Wasser, so daß sie darauf schwimmen und denkt sich ein Mädchen und einen jungen Burschen. Stoßen die Schalen mit der vorderen Seite zusammen, so heirathen sich die zwei; berühren sie sich mit den Rückseiten, so wird nichts aus der Heirath. – An demselben Abend gießen die Knaben Blei, um zu sehen, welches Handwerk sie lernen sollen.

Gesträuch, das ein Meineidiger gehauen hat, ins Korn gestellt, verscheucht die Vögel. (Mein Vater erzählte, daß in Ilwese ein solcher Mann gewesen wäre, dem hätten die Leute heimlich Bracken weggenommen, oder sie hätten ihn zum Holzhauen bestellt, ohne natürlich den Zweck zu verrathen.)

Wenn man die erste Schwalbe sieht, muß man unter dem linken Fuß in die Erde graben, so findet man eine Kohle, die gegen das Fieber gut ist.

In manchen Gegenden wird dem Todten ein Pfennig mitgegeben. Der Tischler, welcher den Todten in den Sarg legt, erinnert die Verwandten daran.

Als mein Onkel in Mechtshausen begraben wurde, hatte der Tischler es vergessen und fragte, ob wir den Sarg auch noch einmal wieder öffnen wollten.
Wenn das Heerdfeuer sprüht und eine Kohle herabspringt, so giebt es Streit im Hause, wenn man nicht schnell ruft: »In't nâwerhûs! In't nâwerhûs! «

Ein heller Schein über einem Hause bei Nacht zeigt an, daß es dort nächstens brennen wird. Von solchem Feuervorspuk sagt man: et wâbert.

Im Wirbelwind, Küselwind, der wârwind genannt wurde, der auf dürren Wegen mit Staub dahinzieht, soll eine Hexe drin sitzen.

## 49. Krup unner, krup unner

In Wiedensahl wissen die älteren Leute noch viel von den »tâtern« zu erzählen, wie sie gewahrsagt, gestohlen und Zaunigel über dem Feuer gebraten haben. Eine solche Bande ist hier in alter Zeit auch mal her gekommen, dabei ist eine ganz steinalte Mutter gewesen; weil die nun nicht mehr hat weiter fortkommen können, so haben die Tatern hinter einer Hecke ein Loch in den Rasen gegraben, da hat die alte Mutter hineinkriechen müssen. Sie hat wohl gebeten und gefleht, sie möchten sie doch nur noch eine kurze Weile am Leben lassen, aber die haben ihr zugerufen: »Krup unner! Krup unner! Daß dich die Bauernhunde nicht fressen! « Und so haben sie ihrer alten Mutter Erde auf den Kopf geschaufelt und sie lebendig begraben. – In der Wiedensahler Gegend ist die Geschichte jedermann bekannt. In Niedernwöhren

(Nachbardorf von Wiedensahl) sagt man, daß die Alte am Büchenberge zwischen Wiedensahl und Loccum begraben sei; die Tatern hätten dabei gesprochen:



## 50. Graf Otto von Bückeburg

Graf Otto von Bückeburg saß einst gefangen in einem fernen Lande. Da gewann er des Schließers Tochter, daß sie ihm zur Freiheit verhülfe, und versprach ihr, sie zu heirathen, und nannte ihr sein Land und seinen Stand. Der Graf hatte aber schon daheim eine Frau, er verließ das Mädchen und vergaß sie, da er nun wieder in sein Land Bückeburg zurückkam. Da nahm das arme Mädchen ihre Zither und begab sich auf den weiten Weg und wanderte und schlug sich mühsam durch von Land zu Land, bis sie zuletzt an des Grafen Hof kam. Ihre Kleider waren zerrissen, daß sie aussah wie eine Bettlerin. Da sie nun vor dem Grafen zu der Zither das Lied sang:

*»Ein Herz, das sich mit Sorgen quält,*
*Hat selten frohe Stunden...«*

so erkannte er sie an dem Liede, fiel ihr um den Hals und küßte sie und erzählte seiner Gemahlin, was das Mädchen an ihm gethan und was er ihr versprochen hätte. Da ließ es die Gräfin geschehen, daß er das Mädchen zur Frau nahm, aber mit dem Beding, daß sie ihm an die linke Hand getraut würde.

Zu Stadthagen im Mausoleum der fürstlichen Familie ist der Graf mit seinen beiden Frauen abgebildet.

Von seinen Eltern wird Folgendes erzählt: Es gaben der Churfürst von Hannover und der Churfürst von Hessen einmal eine große Festlichkeit. Dazu war auch ein alter Prinz gekommen, der war noch unverheirathet, weil seine Einkünfte nicht ausreichten, eine Frau zu ernähren. Es war auch eine alte Prinzessin da, die wegen fehlender Geldmittel ebenfalls noch ledig war. Da wurden die beiden herangeholt und mussten zusammen tanzen, und weil das den alten Leutchen so wohl anstand, so hatten der Churfürst von Hannover und der von Hessen ihr Ergötzen daran, gingen zu den beiden hin und fragten, warum sie sich nicht verheirathen thäten? Sie sagten, daß sie das gerne thun würden, aber sie hätten so schon nur ein kümmerliches Auskommen, viel mehr, wenn sie eine Familie ernähren sollten. Da

nahm der Churfürst von Hannover den Churfürsten von Hessen bei
Seite und sprach: »Schwerenoth, Bruder, laß uns von unseren Ländern
ein paar Ämter zusammenschmeissen, daß die beiden alten Leutchen
ein Paar werden können. Kinder kriegen sie doch nicht mehr, und
darum fällt ja nach ihrem Tode alles wieder an uns zurück. « Der
Churfürst von Hessen war damit einverstanden; die beiden Alten
hielten Hochzeit; die beiden Churfürsten thaten ein paar Ämter
zusammen und gaben sie zur Aussteuer, aber mit dem Beding, daß sie,
wenn keine Erben da sein sollten, an Hannover und Hessen wieder
heimfielen. So entstand die Grafschaft Schaumburg-Lippe. Das alte
Ehepaar kriegte aber wider Erwarten doch einen Sohn, der Otto
genannt ward; eben jener Graf, der die beiden Frauen hatte.

## 51. Die Wiedensahler und der Ritter von Bückeburg

Von Spiessingshol (schaumburg-lippisches Forsthaus) aus in
westlicher Richtung zieht sich im Bückeburger Walde ganz nahe der
Grenze wohl drei Stunden lang ein Wall hin, der heißt Schanzgraben
oder Drusenwall. An einer Stelle ist er doppelt; die wird der
Pferdestall genannt.
Es geht nun die Sage, in alter Zeit wären die von Schlüsselburg häufig
von der Weser her nach Wiedensahl gezogen und hätten arg
gewirthschaftet mit Sengen und Plündern. Zu der Zeit war auch ein
tapferer Ritter in Bückeburg, den sprachen die Wiedersahler um
Beistand an; dafür mussten sie aber gewisse Abgaben liefern an Geld
und Korn. – Wenn nun die Schlüsselburger im Anzuge waren, so
wurde die Sturmglocke gezogen und die Wiedensahler flüchteten mit
ihrer Habe in den Pferdestall hinter dem Drusenwall; da lag dann der
Ritter von Bückeburg mit seinen Reitern, so daß die von
Schlüsselburg nicht wagten nachzurücken, sondern abziehen mussten,
woher sie gekommen waren. – Es hatte der Ritter auch eine Frau, und
kam die ins Wochenbett, so schickten ihr die Wiedensahler Eier und
junge Hähnchen, daß sie den Ritter zum Freunde behalten möchten.
Was aber erst guter Wille war, ward nachher Zwang; die Eier und die
jungen Hähnchen mussten geliefert werden, die Frau mochte in
Wochen sein oder nicht, und so ist's heute noch.

## 52. Die zwei Fräulein

Bei Wiedensahl in der Hespe (am Weg aus dem Dorfe nach Kloster Loccum), nahe hinter der Länderfläche, welche die »Wîĕme« heißt, haben in alter Zeit zwei Fräulein gewohnt, denen die Wiedensahler zu Diensten und Abgaben verpflichtet waren. Diese zwei Fräulein sind einst von da weggezogen nach Sachsenhagen, haben aber vorher den nahegelegenen Wald an die Gemeinde Wiedensahl geschenkt und das Land an die Pfarre. Ob nun wohl zu jetziger Zeit in der Hespe von Wohngebäuden nicht die Spur mehr zu finden ist, so wollen alte Leute doch behaupten, daß der Brunnen jener zwei Fräulein nur mit Rasen bedeckt, sonst aber noch wohl erhalten sei. Weil nun die Fräulein von Sachsenhagen nach Bokeloh gezogen und da gestorben sind, so hat es sich zugetragen, daß die Abgaben lange Zeit nicht eingefordert wurden, auch hätte wahrscheinlich niemand sich je darum gekümmert; aber da kam einst ein Wiedensahler Bürgermeister auf den gescheuten Einfall, es könne doch bös werden, wenn vielleicht einmal die rückständigen Gelder von der langen Zeit her auf eins eingezahlt werden müßten; er ging darum an das Amt zu Bokeloh, wegen der Sache anzufragen. Da haben sie ihm den Bescheid gegeben, daß die Wiedensahler, weil sie es denn einmal so gerne wollten, die Abgaben nur immerhin an das Amt Bokeloh bringen möchten; sie würden sie da gerne annehmen. Darum müssen die Wiedensahler noch heutigen Tages an das Amt Bockeloh Abgaben bezahlen, widrigenfalls es nicht vergessen wird, sie von dort her einzufordern.

**Volksliederund Reime**

## 1. Es flohn drei Sterne

Es flohn drei Sterne wohl über den Rhein,
Es hätt eine Witwe drei Töchterlein.
Die eine starb, wie es Abend war
Und die Sonne nicht mehr schiene klar,
Die andre um die Mitternacht,
Die dritte um die Morgenwacht.

Sie nahmen sich all' einander die Händ'
Und kamen vor den Himmel behend,
Sie klopften leise an die Thür,
Sankt Petrus sprach: Wer ist dafür?
Es stehn drei arme Seelen hier,
Ach, mach uns auf die Himmelsthür.

Er sprach: ich muß es zeigen an,
Welche von euch soll in Himmel gahn.
Darauf ging er hin und fragte nach;
Die Himmelsstimme also sprach:
Die ältsten zwei soll'n hier eingehn,
Die jüngste muß bleiben stehn.

Sie schrie und sprach: was hab ich gethan,
Daß ich hier bleiben soll bestahn?
Sankt Petrus sprach: weil du veracht
Gotts Wort, deine Seele nicht bedacht,
So geh nun hin und siehe zu,
Wo du find'st in der Höllen Ruh!

Denn, wenn du in die Kirche sollt'st gehn,
So bliebst du vor dem Spiegel stehn,
Dein Haupt gekrönt, dein Haar geschmieret,
Und dich hoffärtig aufgezieret;
Drum geh nun fort und packe dich!
Die Hölle wird aufnehmen dich.

Als sie nun vor die Hölle kam,
Da klopfte sie gar grausam an;
Der Satan sprach: Wer ist allhier?
Es ist eine arme Seel' dafür!

Drauf sprang er auf und ließ sie ein
Und schenkt ihr ein glühenden Wein.

Als sie nun aus dem Becher trank,
Das Blut ihr aus den Nägeln sprang,
Er bracht' sie in den höllischen Pfuhl
Und setzt' sie auf ein glühenden Stuhl.
Ja, ihre Qual war übergroß,
Sie kriegte manchen harten Stoß.

Sie sprach: ist meiner Mutter Schuld,
Daß sie mein Bosheit hat erduld't
Und mich in Frevel lassen gehn,
Nicht einmal sauer drum gesehn;
Da meine Schwestern im Himmelssaal,
So sitz ich in der Höllenqual.

Was hilft mir nun mein Übermuth,
Mein Reichthum, Ehre, Geld und Gut?
Was hilft mir nun all Zierd' und Pracht?
Ach, hätt ich nie daran gedacht,
So säß ich nicht in diesen Flammen,
Da alle Qualen schlagen zusammen.

## 2. Zu Koblenz auf der Brücken

Zu Koblenz auf der Brücken
Da lag ein tiefer Schnee.
Der Schnee, der ist verschmolzen,
Das Wasser fließt in See.

Es fließt in Liebchens Garten,
Da wohnet niemand drein,
Ich kann da lange warten,
Es wohn' zwei Bäumelein.

Die sehen mit den Kronen
Noch aus dem Wasser grün,
Mein Liebchen muß drin wohnen,
Ich kann nicht zu ihr hin.

Wenn Gott mich freundlich grüßet
Aus blauer Luft und Thal,

Aus diesem Flusse grüßet
Mein Liebchen allzumal.

Sie geht nicht auf der Brücken,
Da gehn viel schöne Fraun;
Sie thun mich viel anblicken,
Ich mag die nicht anschaun.

## 3. Trau die Frauensleute nicht zu viel

Trau die Frauensleute nicht zu viel,
Denn treulos sind sie alle;
Ihr Auge, Nas' und Zungenspiel
Führt manchen in die Falle.
Denn wer den Frau'nsleut' zu viel traut,
Der ist ein dummer Teufel.
Der hat sein Haus auf Sand gebaut,
Der glaubet ohne Zweifel.
Im Anfang sind sie fromm und still,
Verstecken ihre Klauen
Und sprechen: lieber Jüngling komm,
Du kannst mir sicher trauen.
Aber am Ende der Zeit,
Dann spielen sie hold blinde Maus,
Dann ist sie Frau und er der Pudelhund im Haus.

## 4. Es waren drei Soldaten

Es waren drei Soldaten
Dabei ein junges Blut,
Sie hatten sich vergangen,
Der Graf nahm sie gefangen,
Setzt' sie bis auf den Tod.

Es war ein wackres Mägdelein
Dazu aus fremdem Land,
Sie lief in aller Eilen
Des Tags wohl zehen Meilen
Bis zu dem Grafen hin.

Gott grüß Euch, edler Herre mein,
Ich wünsch Euch guten Tag.

Ach, wollt Ihr mein gedenken,
Den Gefangenen mir schenken,
Ja schenken zu der Ehr.

Ach nein, mein liebes Mägdelein,
Das kann und mag nicht sein.
Der Gefangene und der muß sterben,
Gotts Gnad muß er ererben,
Wie er verdienet hat.

Das Mädel drehet sich herum
Und weinte bitterlich.
Sie lief in aller Eilen
Des Tags wohl zwanzig Meilen
Bis zu dem tiefen Thurm.

Gott grüß Euch, ihr Gefangenen mein,
Ich wünsch Euch guten Tag!
Ich hab für Euch gebeten,
Ich kann Euch nicht erretten,
Es hilft nicht Gut noch Geld.

Was hat sie unter ihrem Schürzelein?
Ein Hemdlein, war schneeweiß.
Das nimm, du Allerliebster mein,
Es soll von mir dein Brauthemd sein,
Darin lieg du im Tode.

Was zog er von dem Finger sein?
Ein Ringlein, war von Gold.
Das nimm, du Hübsche, du Feine,
Du Allerliebste meine,
Das soll dein Trauring sein.

Was soll ich mit dem Ringlein thun,
Wenn ich's nicht tragen kann
Leg es in Kisten und Kasten
Und laß es ruhn und rasten
Bis an den jüngsten Tag.

Und wenn ich über Kisten und Kasten komm
Und sehe das Ringlein an,
Da darf ich's nicht anstecken,

Das Herz möcht mir zerbrechen,
Weil ich's nicht ändern kann.

## 5. Auf den Sonntag früh Morgen

Auf den Sonntag früh Morgen,
Da kam die hübsche Merlind
Und wollte zum Thore hinaus.
Da fragten sie alle die Leute:
Merlind, wo will sie hin?
Ich will nach mein' Vater sein Garten
Und pflücken ein rothes Bukett.
Und als sie in den Baumgarten einkam,
Wohl unter dem Rosenbusch,
Da lag ein hübsch und fein Reuter
Wohl unter dem Rosenzweig.
Steh auf! Es ist schon die Zeit!
Ich höre die Schlüßlein schon klingen,
Meine Mutter ist nicht weit.
Hörst du die Schlüßlein schon klingen,
Ei so dreh dich noch einmal herum
Und reich mir deinen rosenrothen Mund!

## 6. Es zog ein Reuter wohl über den Rhein

Es zog ein Reuter wohl über den Rhein,
Der wollte dem König sein Töchterlein frein;
Er konnte so schöne singen,
Daß Berge und Thale erklingen.
Das hörte dem König sein Töchterlein
Dort oben auf ihrem Schlafkämmerlein,
Sie flocht ihre Haare in Seide,
Mit dem Reuter thut sie wegreisen.
»Feinsliebchen nun schnell und schwing dich
Auf meinen Rappen hinter mich.
Wir müssen heute noch reiten
Zweihundert und zwanzig Meilen.«
Und als sie eine Meile geritten hatten,
Da sprach sie, es ist schon wieder Tag.
»Feinsliebchen, wir wollen hüthen

Unser Rößlein und ich bin müde. «
Der Reuter nahm seinen Mantelsack
Und breitet ihn auf das grüne Gras.
»Feinsliebchen, nun sollst du mich lausen,
Deine goldenen Haare, die sausen.«
Er schaute Feinsliebchen wohl unter die Augen.
»Feinsliebchen, warum bist du so traurig?«
»Warum sollt ich nicht traurig sein?
Ich bin ja dem König sein Töchterlein.
Hätte ich meines Vaters Willen gehorchet,
Eine Kaiserin wär ich geworden.
Das aber, das hab ich nun nicht gethan,
Nun muß ich in dem Lande herummer gahn.
Meine Kleider, die muß ich verkaufen,
Das Geld will der Reuter versaufen.«
Sobald Feinsliebchen das Wort aussprach,
Ihr Haupt im grünen Grase lag;
Hier liege, Feinsliebchen, und faule,
Kein Reuter soll über dich trauern.
Er hängt sie an einen Feigenbaum.
Hier häng, Feinsliebchen, und hänge,
Kein Reuter soll an dich gedenken.

## 7. Es wohnt ein Markgraf an dem Rhein

Es wohnt ein Markgraf an dem Rhein,
Der hat drei schöne Töchterlein.
Die ersten beiden heirathen früh,
Die dritte hat's mit Sorg und Müh.
Sie kam vor ihrer Schwester Thür,
Ach, braucht ihr keine Dienstmagd hier?
Ach, Mädchen, du bist hübsch und fein,
Du liebst ja nur den Herrn allein.
Ach nein! Ach nein! Das thu ich nicht,
Ich will erfüllen meine Pflicht.
Sie miethet das Mädchen auf ein Jahr,
Das Mädchen dient ihr sieben Jahr.
Und als die sieben Jahr rummer waren,
Da war das Mädchen schwach und krank.

Sag, Mädchen, wenn du krank willst sein,
Sag, welches deine Eltern sein?
Mein Vater ist Markgraf am Rhein,
Ich bin sein jüngstes Töchterlein.
Ach nein, mein Kind, das glaub ich nicht,
Daß du meine jüngste Schwester bist.
Und so du das nicht glauben willst,
So geh nach meiner Kiste hin,
Darin wird es geschrieben stehn,
Du kannst es mit deinen Augen sehn.
Und als sie vor die Kiste kam,
Da wurden ihr die Wangen naß,
Da fing sie an zu weinen.
Ach, bring mir Bier, ach bring mir Wein!
Dies ist mein jüngstes Schwesterlein.
Ach, Schwester, hättest du es eher gesagt,
Die königlichen Kleider hättest du sollen tragen.

## 8. Jetzt fängt der Frühling an

Jetzt fängt der Frühling an,
Und alles fängt zu grünen an,
Alles lustig in der Welt,
Es blühen viel Blumen auf dem Feld,
Sie blühen schön weiß, blau, roth oder gelb.
Als ich durch das Korn ging,
Da hör ich die Lerchlein in der Höh,
Wenn ich zu meinem Feinliebchen geh.
Als ich für Schätzchens Fenster kam,
Da hört ich schon einen anderen drin.
Da sagt ich, daß ich nicht mehr käm;
Ich habe dich alle Zeit treu geliebt
Und dir dein Herz noch nicht betrübt.
Und du führst schon eine falsche List. –
Den Sonntag in einer stillen Ruh,
Da kam mir eine traurige Botschaft zu:
Hat denn mein Feinsliebchen kein' Urlaub genommen?
Ich sollte doch noch einmal zu ihr kommen.
Ich sollte sie nicht verlassen

Ach ja in keiner Noth
Ich sollte sie treulich lieben bis in den Tod.
Seht an mein bleiches Angesicht,
Wie mich die Liebe hat zugericht?
Kein Feuer auf der Erden,
Das brennt ja nicht so heiß,
Als die verborgene Liebe
Die ich und mein Schatz weiß.

## 9. Als Christus der Herr in Garten ging

Als Christus der Herr in Garten ging,
Und ihm sein Leiden bald anfing,
Da trauerte Laub und grünes Gras,
Weil Judas seiner ganz vergaß.
Da kamen die falschen Juden gegangen,
Sie hatten Jesum im Garten gefangen,
Sie hatten ihn gegeißelt und gekrönt,
Sein heiliges Haupt ward sehr verhöhnt.
Da kamen die falschen Juden zum Zorn
Und schlugen Jesum mit scharfen Dorn,
Sie schlugen ihm in einer Stunden
Wohl mehr denn tausend tiefe Wunden.
Sie führten ihn ins Richterhaus,
Mit scharfen Striemen wieder aus,
Sie hingen ihn an ein hohes Kreuz.
Maria beweinte dieses Leid,
Maria hört ein Hämmerlein klingen.
O weh! O weh! mein liebes Kind!
O weh! O weh! meines Herzens Trost!
Mein Kind muß ich verlassen bloß.
Maria kam unter das Kreuz gegangen
Und sah ihr liebes Kindelein hangen
An einem Kreuz, war ihr nicht lieb,
Maria war ihr Herze betrübt.
»Johannes, lieber Jünger mein,
Laß dir meine Mutter befohlen sein,
Nimm sie zu der Handen,
Führe sie von dannen,

Daß sie nicht schaue meine Marter an. «
»Ach, Herr, das will ich gerne thun,
Ich will sie führen also gut,
Ich will sie trösten also schön,
Wie ein Kind seine Mutter trösten thut. «
Da kam ein blinder Jude gegangen,
Voll Zorn und Grimm, von Eifer umfangen,
Der führt ein Schwert in seiner Faust,
Stach Jesum seine Seite aus. –
Nun bücke dich, Baum, und bücke dich, Ast!
Mein Kind hat weder Ruh noch Rast.
Nun bücke dich, Laub und grünes Gras!
Laß dir zu Herzen gehn all das!
Die hohen Bäume, die beugten sich,
Die hohen Felsen, die neigten sich,
Die Sonne verlor auch ihren Schein,
Die Vögelein ließen ihr Rufen und Schrein. –
Nun merket auf ihr Frauen und Mann,
Wer dieses Liedlein singen kann,
Der sing es des Tages nur ein Mal,
Seine Seele wird kommen in des Himmels Saal.

## 10. Hännchen ist mir gut

Hannchen ist mir gut,
Sie ist wie Milch und Blut,
Aber dabei stolz,
Aber dabei stolz.

In der Gartenthür
Hat mein Hannchen mir
Sanft die Hand gedrückt,
Sanft die Hand gedrückt.

Hannchen komm heraus,
Riech auf meinen Strauß!
Sollst mal riechen drauf,
Sollst mal riechen drauf!

Ich komm nicht heraus
Und riech auf deinen Strauß.

Laß riechen, wer da will,
Ich komm nicht heraus.

## 11. In Trauern und in Ruh

In Trauern und in Ruh
Bring ich mein Leben zu.
Kein Trost kann ich nicht haben,
Der mir mein Herz thut laben.
Drum wein ich in der Still
Und seufze oft und viel.

Komm her und deck mich zu,
Schaff meinem Seufzen Ruh
In dem Schooß der kühlen Erden,
Da du meiner nicht kannst werden,
Auch nichts zu hoffen hab,
Als nur das kühle Grab.

Es kann nicht anders sein,
In dieser Liebespein.
Wenn zwei verliebte Herzen
Treu mit einander scherzen,
Da ist auch alle Mal
Das Lieben ohne Qual.

Ich wollt, ich läg und schlief
Viel tausend Klafter tief
In dem Schooß der kühlen Erden.
Auch nichts zu hoffen hab,
Als nur das kühle Grab.

## 12. Ich bin so traurig

Ich bin so traurig und so still
Mein ganzer Muth ist hin,
Das weiß mein allerschönster Schatz,
Will mir nicht aus dem Sinn.

Bald hab ich was, bald pfeif ich was,
Und bin doch niemals froh.
Bald hab ich mit den Jungens Spaß
Und mein es doch nicht so.

Ein Mädchen ist ein niedlich Ding,
Wenn man sie recht betracht.
Sie ist wie eine silbern Flint,
Man nimmt sie wohl in acht.

Wer mit der Katze pflügen will,
Der spannt die Maus voran,
Dann läuft die Katze nach der Maus,
Dann kommen wir bald nach Haus.

Wer einen steinigen Acker hat
Und einen stumpfen Pflug,
Wer einen Schelm zum Schatze hat,
Ist das nicht Leids genug?

## 13. Es waren einst zwei Bauernsöhne

Es waren einst zwei Bauersöhne
Die hatten Lust ins Feld zu ziehn
Wohl unter die Husaren, wohl unter die Husaren.
Sie hatten sich ganz anders bedacht
Und hatten sich ganz lustig gemacht,
Nach Hause wollten sie reiten.
Und als sie in den Hof einkamen,
Frau Wirthin ihnen entgegen kam:
»Seid Ihr gekommen, ihr Herren?«
»Guten Tag, guten Tag, Frau Wirthin mein,
Wo thun wir unsere Pferde ein,
Daß sie nicht gestohlen werden? «
Sie nahm sie an ihre schneeweiße Hand
Und band sie oben an die Wand.
»Hier werden sie nicht gestohlen. «
Der Reiter setzt' sich hintern Tisch,
Sie trug ihm auf gebratenen Fisch,
Dazu ein Glas mit Wein.
»Tragt Ihr nur auf, was Ihr nur wollt!
Ich habe noch Silber und rothes Gold,
Hab auch noch tausend Dukaten. «
Und als es um die Mitternacht kam,
Die Frau zu ihrem Manne sprach:
»Laß uns den Reiter morden! «

»Ach nein, herzliebste Fraue mein,
Laß du den Reiter sein,
Der Reiter, der muß weiter. «
Die Frau, die nahm wohl Mannsgewalt
Und nahm das Messer in ihre Hand
Und stach den Reiter durchs Herze.
Sie schleppt ihn in den Keller hinein
Und grub ihn in den Sand hinein.
Verschwiegen möcht es bleiben.
Es blieb verschwiegen bis an den Tag,
Bis daß der andere Reiter kam:
»Wo ist denn mein Kamerade? «
»Dein Kamrad und der ist nicht mehr hier,
Ist weggeritten aller früh. «
»Wie kann der Reiter weiter sein?
Das Rößlein steht im Stall und schreit
Es will ja gar nicht schweigen.
Habt Ihr ihm was zu Leid gethan,
So habt Ihrs Eurem Sohn gethan,
Der aus dem Krieg ist kommen. «
Die Frau wohl in den Brunnen sprang,
Der Mann sich in die Kammer hang.
Ist das nicht Sünd und Schande
Um das verdammte Geld und Gut
Und auch ums junge Leben! –

## 14. Ich stand auf hohen Bergen

Ich stand auf hohen Bergen,
Schaut hernieder ins tiefe Thal;
Da sah ich drei junge Gesellen
Bei einer Jungfer stahn.

Der eine, der war ein Edelmann,
Der andere ein Amtmannssohn,
Der dritte ein Wanderbursche,
Der wollte die Jungfer han.

Der Wanderbursche dreht sich um,
Faßt das Mädlein bei der Hand,
Er führte sie so lange,

Bis er ein Wirthshaus fand.

»Frau Wirthin, ist sie drinnen,
Hat sie auch guten Wein?
Diese Jungfer hat schöne Kleider,
Versoffen sollen sie sein. «

Versoffen schöne Kleider,
Kein Geld ist nicht mehr da;
»Ei, so musst du wackres Mädchen
Nach Hause wieder gahn. «

»Nach Hause wieder gehen
Wohl in mein Vaterland!
Ei, so wollt ich, Wanderbürschlein!
Ich hätt' dich niemals gekannt. «

## 15. Ein Herz, was sich mit Sorgen quält

Ein Herz, was sich mit Sorgen quält,
Hat selten frohe Stunden.
Es hat sich schon sein Theil erwählt,
Die Hoffnung ist verschwunden.
Drum glücklich ist, wer das vergißt,
Was einmal nicht zu ändern ist.

Die Sonne, die so früh aufgeht,
Pflegt selten spät zu scheinen.
Das Glücke, das so früh aufblüht,
Pflegt schon am Mittag Weinen.
Drum glücklich ist, wer das vergißt,
Was einmal nicht zu ändern ist.

Frisch auf, mein Herz, ermuntre dich
Und sei dein eigner Meister!
Was quälst du dich so jämmerlich
Mit deinen Lebensgeistern?
Wer weiß, wo man noch Rosen bricht,
Drum sei vergnügt und sorge nicht!

Obgleich mein Schiff vor Anker liegt
Bei ganz konträrem Winde,
So hab ich doch die Hoffnung noch

Daß ich den Hafen finde.
Der Hafen liegt, wo Freundschaft ruht,
Was lange währt, wird endlich gut.

### 16. Schatz,warum bist du so traurig?

Schatz, warum bist du so traurig?
Ich bin aller Freuden voll.
Meinst du, daß ich dich verlasse?
Nein, du gefällst mir gar zu wohl.

Eh ich dich, mein Kind, verlasse,
Muß der Himmel fallen ein
Und die Sterne sich verlieren,
Und der Mond muß finster sein.

Sitzen da zwei helle Sterne
An dem blauen Himmelszelt.
Der eine scheint auf mein Feinsliebchen,
Der andere ins weite Feld.

Sitzen da zwei Turteltauben
Auf dem grünen Dornenstrauch.
Wo sich zwei Verliebte scheiden,
Da verwelket Gras und Laub.

Laub und Gras, das muß verwelken,
Aber unsre Liebe nicht.
Dies soll sein mein letztes Denken,
Dies soll sein zur guten Nacht.

### 17. In kummervollen Tagen

In kummervollen Tagen
Vollbring ich meine Zeit,
Dieweil ich nicht kann haben,
Der so mein Herz erfreut.

In einen Unglücksgarten
Ließ mich mein Schicksal ziehn.
Was muß ich da erwarten?
Die Rose sah ich blühn.

Und solltest du verblühen,

Daß ich nicht deiner werth,
In Kummer müsst ich ziehen
Ins Grab der kühlen Erd.

Viel Jahre muß ich liegen
Gefangen in der Gruft,
Und muß vergeblich blühen
Und tragen keine Frucht.

## 18. Schätzchen, reich mir deine Hand

Schätzchen, reich mir deine Hand,
Zum Beschluß und Unterpfand.
Zum Beschluß einen Kuß,
Weil ich von dir scheiden muß.
Scheiden ist ein hartes Wort,
Du bleibst hier und ich muß fort,
Ich muß fort an den Ort,
Wo wir uns nicht wiedersehn.
Da bleibt unsere Liebe stehn.
In der Zeit weit und breit
Werden wir uns wiedersehn.

## 19. Es steht eine Linde im tiefen Thal

Es steht eine Linde im tiefen Thal
Ist unten breit und oben schmal,
Darunter zwei Verliebte saßen,
Die sich ihre Ehe versprochen haben.
»Feinsliebchen, ich thu es dir sagen,
Ich muß noch sieben Jahre wandern. «
»Mußt du noch sieben Jahre wandern,
So heirathe ich einen andern. «
Und als die sieben Jahre ummer waren,
Da mein Feinsliebchen weggegangen war,
Da ging ich in den Garten,
Feinsliebchen zu erwarten.
Und als ich in den Garten kam,
Feinsliebchen unter der Linde saß.
»Guten Tag, guten Tag, du Feine,
Was machst du hier alleine?

Sind dir denn Vater oder Mutter gram,
Oder hast du heimlich einen Mann?«
»Mein Vater und Mutter sind mir nicht gram,
Ich habe auch heimlich keinen Mann. «
Was zog er von seinem Finger?
Einen Ring von feinem Golde.
Sieh da, du Hübsche, du Feine,
Dies soll dein Denkmal sein.
Was zog er aus seiner Taschen?
Ein Tuch schneeweiß gewaschen.
Trockne ab, trockne ab deine Äugelein,
Übers Jahr sollst du mein eigen sein.
Gestern Abend bin ich geritten durch eine Stadt,
Da dein Feinsliebchen hat Hochzeit gehalten.
Was wünschest du ihm zu gut,
Daß es nicht hat seine Treue gehalten?
»Ich wünsch ihm so viel Gutes,
Als Sand am Meere thut fließen. «
»Hättest du einen Schwur oder Eid gethan,
Von Stund an wär ich geritten davon. «

## 20. Im Himmel sitzt der alte Fritz

Im Himmel sitzt der alte Fritz
Mit seinen Generälen,
Thun sich viel erzählen
Von Ausfall und Scharmütz,
Von Überfall und Schlachten
Und manchem Reiterstrauß,
Womit sie plötzlich machen
Das deutsche Reich.
Und Friedrich Wilhelm Rex mit Ruhm
Und Ehren zu vermelden
Spaziert mit seinen Helden
Durch das Elisium.
Sie reden durch einander
Manch Wort vom Freiheitreich
Von Franz und Alexander,
Von Gottes Reich. –

Da stille wird es allzumal,
Es hebt sich von dem Sitze
Pur der alte Fritze
Und reitet durch den Saal.
»Ihr glaubt wohl an Gespenster,
Ich bitt um etwas Ruh. «
Auf macht er schnell das Fenster
Und wieder zu.
»Ihr Herrn, ich hab es gleich gedacht,
Das war ein falscher Schwindel,
Ich sehe nur Gesindel,
Das schlechte Streiche macht.
Mir sitzt der Schuß im Herzen,
Die Preußennoth ist groß.
Bei uns in Zeit des Herbstes
Ist der Deuwel los! «

## 21. Der wohlbekannten

Der wohlbekannten
Herzlieb genannten,
Schön und fein,
Zart und rein,
Der Wohlgestalten und Frommen
Soll dieser Brief zu Ehren kommen.
Und wenn es dir geht glücklich und wohl,
So ist mein Herz aller Freuden voll
Und nimmt sich die Feder, Tint und Papier
Und schreibt nach meines Herzens Begier
Und schreibt ein kleines Briefelein
Zu der Herzallerliebsten mein.
Und schreibt mir einen freundlichen Gruß
Vom Haupte an bis an den Fuß.
Du liegst mir in meinem Herzen begraben,
Geschrieben mit sechs goldenen Buchstaben.
Die erste heißt Lieb,
Die zweite zart,
Die dritte, die mich geboren.
Die vierte, die war silberschön,

Ach könnte ich dich täglich sehn.
Die fünfte, die war hübsch und fein,
Ach könnt ich immer bei dir sein.
Die sechste, die war von Sammt und Seiden,
Die müssen andere Junggesellen meiden,
Und mein Herzallerliebster bleiben.
Dann wünsche ich dir so viel Glück,
So mancher Stern am Himmel blinkt,
So viel als Korn wird eingesät,
So viel als Gras wird abgemäht,
Und so lang sollst du meine bleiben,
Bis ein Löwe in Kasten fliegt,
Bis eine Mücke ein Fuder Wein wegzieht,
Bis ein Licht die Sonne anzündt,
Bis ein Mühlstein schwimmt über den Rhein,
So lang sollst du meine Liebste sein.

## 22. Ich armer Hase in dem weiten Feld

Ich armer Hase in dem weiten Feld
Sie sein mir ja so nachgestellt,
Sie trachten mir nach dem Leben mein.
Wo bleib ich armes Häselein?
Wenn mich dann der Jäger find,
Und mich in seine Seite nimmt,
Dann thun die Büchsen knallen,
Sie piffen, paffen, schallen.
Dann laufen mir die Hunde vorbei,
Wo bleib ich armer Hase noch frei?
Und komme ich dann wohl aus dem Busch,
Und meine, ich lebe in Freude und Lust,
Dann thun sie mit mir prangen,
Daß mir die Lappen hangen.
Ich himmele, ich schwimmele
Wohl hin und her,
Als wenn ich ein Dieb oder Mörder wär.
Dann werd ich gebraten als wie ein Fisch
Und werde getragen auf den Herrentisch.
Dann thun sie Gäste laden,

Sie trinken bei dem Braten
Wohl extra Bier und franzschen Wein.
Der Hase muß ganz verzehret sein.

### 23. Beim Flötenmachen

Zapp rieke,
up'n gälen dieke
was 'n man,
häite Kamm,
har dräi kinner,
äint kam mi täo
äint kam'n köster täo.
de köster smeet sin't in de kulen,
läit't verfulen;
kam de ole süäge her,
tog'r dat bast af,
ri ra rutsch af,
bast af.

Fleutke pipe wutte gan!
Eck will deck up de dören slan,
De dören sall deck stêken
De rabe sall deck freeten
Zapp aff, zapp aff.

Kättchen leip den barg henup
Mit'n stumpen meste
Sneit meck hut un hare aff
Allens wat'r uppe satt
Zapp aff, zapp aff.

### 24. Zur Unterhaltung der Kinder.

De wind de weiht,
de hahne de kreiht,
de voß sat up'n tune
un plücke gele plumen.
eck säi, häi schöll mi äine giäben,
do wolle 'e mi lütke stäine giäben.
do nam eck minen bunten stock
un släog 'n up den kahlen kopp,

do räip häi mester Jakob.
mester Jakob was nich inne.
do sä häi 't sinen kinne,
dat smeet mi met 'r tangen,
do reet eck me na Frangen,
un ans eck hen na Frangen kam,
do sat de katt in käostall
un maoke frische bottern.
de flädermus däi fege dat hus,
de lütke mus brochte den dreck henut
bet achter de schünen.
dar säiten dräi kapünen,
däi söchten 'r dat beste hawerkaff ut,
dar bräon se säute beer ut.
de heuner up'n wieben,
däi wollen dar beswieben.
dat beer fong an te brusen
den äinen ständer ut'n huse.
do kam de ole süäge vär't hecke,
der smecke dat goe beer säo nette.

## 25. Betrübte Braut.

Es wollt ein Bauer freien,
Er freit nach Seinesgleichen,
Er freit nach seiner Braut sieben Jahr.
Die junge Braut wollte den Herrn nicht haben.
Der Bräutigam kam gefahren
Mit vierundzwanzig Wagen.
Wo ist denn meine herzliebste Braut,
Die mich so freundlich willkommen heißt?
Sie sitzt wohl in der Kammer,
Beweinet ihren Jammer,
Beweinet ihren Jammer und Leid,
Daß sie ertrinken muß in dem Rhein.

Und als sie auf den Wagen stieg,
Nahm sie von ihren Eltern einen traurigen Abschied:
Ach Eltern, herzliebste Eltern mein,
Unser Lebtag werden wir uns nicht wiedersehn.

Und eh sie auf die Brücke kamen,
Begegnet ihr eine Schwalbe.
Ach Schwalbe, du fliegst wo deine Freud ist
Und ich muß fahren wo mein Unglück ist.

Und als sie vor die Brücke kamen,
Hieß sie den Fuhrmann stille stehn.
Nun zieht mir aus mein hochzeitlich Kleid
Und machet mich hier zum Tode bereit.

Und als sie auf die Brücke kamen,
Da brach der Brücke ein Brettlein entzwei,
Da fiel die junge Braut in den Rhein.

Der Bräutigam stand daneben,
Sah seine herzliebste Braut schweben.
Ach hätt ich doch meine Ketten bei mir,
So könnt ich mein liebes Kind retten hier;
Nun aber hab ich meine Ketten hier nicht,
Nun kann ich mein liebes Kind retten auch nicht.

Dies ist nun meine siebente Braut,
Vielleicht wird's auch die letzte wohl sein.

Was zog er aus seiner Tasche?
Ein Messer das war von Gold so roth,
Damit stach er sich selber zu todt.

Diese Fassung des Liedes wurde mir vor langen Jahren aus der
Einbecker Gegend mitgetheilt:

Christinchen in dem Garten,
Drei Rosen zu erwarten.
Das hat Christinchen am Himmel gesehn,
Daß sie im Rheine sollt untergehn.

Sie ging zu ihrem Vater.
Ach Vater, herzliebster Vater,
Könnte dies und das nicht möglich sein,
Daß ich noch ein Jahr könnte bei euch sein?

Ach nein, das kann nicht gehen,
Diese Heirath muß geschehen.
Mein Kind, das bilde dir ja nicht ein.

Du musst wohl fahren noch über den Rhein.

Sie ging zu ihrer Mutter.
Ach Mutter, herzliebste Mutter.
Könnte dies und das nicht möglich sein,
Daß ich noch ein Jahr könnte bei euch sein?

Ach nein, das kann nicht gehen,
Diese Heirath muß geschehen.
Mein Kind, das bilde dir ja nicht ein.
Du musst wohl fahren noch über den Rhein.

Der König kam gefahren
Mit vierundvierzig Wagen.
Eine Kutsche die war mit Golde beschlagen,
Darin er wollt Christinchen fahren.

Und als sie auf die Brücke kamen.
Zerbrachen gleich zwei Bretter.
Das hat Christinchen am Himmel gesehn,
Daß sie im Rheine sollt untergehn.

Was zog er aus seiner Tasche?
Ein Tuch schneeweiß gewaschen,
Ein Messer, das war von Golde so roth.
Damit stach er sich selber todt.

## 26. Lustige Hochzeit.

Anne Geske sä täon vaar:
wat eck segge dat is wahr.
krigt dat lüt nich boll 'n mann,
säo beliäw 'r unglücke an.
flugs do word de schriewer räopen,
däi schrew allns in äinen bräif,
wat de deeren mee kreg:
äinen pott un äinen släif
äin glad küssen un äinen püel.
oh, hört äis, lüe, is dat nich viäl?
heter de peter, heter de pater
kamm geswinn un gaf se tehope.
's abens gung de hochtiet an,
do was lustig fräo un mann.

Anne Geske soop seck voll,
kreg dat lüt wol bi den poll.
klapp, kreg se äinen an de snute,
do was de lustige hochtit ute.

(Aus Wiedensahl, aber von auswärts mitgetheilt. Lüt für Mädchen und
der Name Geske sind nicht wiedensahlsch.)

## 27. Neckische Heilsprüche.

Beute, beute,
Kreienfäute,
Häistersteert,
Maren schall't wol bäter wern.

Jacob un Isack
Släugen seck um'n twiback.
Jakob gewunnt,
Isack verswund.

## 28. Verhandlung.

Hekel, hekel struus,
Hekel plücket di;
O min läiwe kinneken,
Säi dinget ümme di.

Säi dinget ümme di,
Dat wäist du jo wol;
Säi dräget di alle dage
Den breen häot täo.

Den breen, breen häot,
Makt alle dinge gäot
Du konnst noch wol 'eteuben,
Bet awermaren freuh.

Awermaren freuh
De kummt'r noch wol,
Denn konnst ok noch wol kriegen
Dene du hebben wutt.

(Wurde von einer alten Frau in Wiedensahl gesungen in der
eintönigen Weise der Kinderlieder.)

## 29. Es schwammen drei Enten

Es schwammen drei Enten auf einem Teich.
Die eine hieß Mäs,
Die zweite hieß Bäs,
Die dritte Triktracktrilljäs.
Da sprach die Frau Bäs zu der Frau Mäs:
Was hat unsere Frau Triktracktrilljäs
Für'n dicken Äs!

## 30. Kinderspiele.

Jammer, jammer! höret zu
Was ich euch will sagen.
Ich hab verloren meinen Schatz.
Mach auf, mach auf den Garten,
Ob ich ihn kann finden,
Und wenn ich ihn gefunden hab,
Fall ich ihm zu Füßen
Um seine Hand zu küssen.
Machet auf das Thor!
Machet auf das Thor!
Ich hab meinen Schatz gefunden.

Ich spann mal grüne Seide
Die grüne Seide war so schön.
Ich spann mal über sieben Jahr.
Die sieben Jahr, die waren um,
Da dreht sich Fräulein Anna um.
Fräulein Anna hat sich umgedreht,
Und das hat sie von mir gelehrt.
Oranjen, Kastanjen,
Appelrose, Rangen (?)
Die Kugel wär so rund, rund, rund,
Der Kreis, der wär so bunt, bunt, bunt.
Ei – ade!
Von Kopp bet an de Knee!

Eck danz miner moder den fidelumfei,
Fidelumfei, min swager.
Wer is hir in düssen kreis
De mi kann behagen?

Dreih um den ketel,
Un datt schall klingen.
Wer is de allerbeste?
O, Anna is de beste deern,
De fat mi achter in'n kragen
Un kummt se nich, säo hol eck ehr
Mit tein gesloten wagen.

Eia, in suse
Wo wohnt wol bäcker kruse?
De schönen plättchen backt.
In de rosmarienstraat.

Süh, do kummt bruder bachus her
Mit den dicken ranzen.
Kann kum komen in de döör
Woll noch mit mi danzen.

## 31. Kinderreime und -Rätsel.

Wer will, wer will!
Eck!
Min Esel sin.
Un du min Swin.
Kannst beides sin.

Schosters und Sniders sind Lumpengesellen,
Se knappt de Lüse und fretet de Schellen.
Warum doet se datt?
Se kriget nich satt,
Se kriget man anderthalf Klütjen up't Fatt.

Tuck, tuck, tuck min häuneken
Wat deist in minen hoff?
Du plückst mi alle bleumeken,
Dat is doch gar täo groff.
Min mutter will mit di kiben,
Min vader will di slan.
Tuck, tuck, tuck, min häuneken,
Wo will et di noch gan! –

De kuckuck up'n tune
Diddel ditt
De kuckuck up'n tune satt
Do regent'n schur un he word natt.
Do kamm de blide sünnenschin
De kuckuck, de was hübsch un fin.

Suse muse kättken, wo wutt du hentäo?
Eck will na nawers huse hentäo,
Da slacht se en swin,
Da drinket se win
Da will wi drä dage recht lustig sin.

Wutte mee
Na Kattensmee?
Ek will'r vorbigan,
Du schoft'r heningan
Un laten di'n as vull pinnen slan.

De lüttje Jan Ölke
Satt up'n kackstölke.
Je länger he satt,
Je körter he watt. (Docht im Nachtlicht.)

Röröhr, ga sitten
De kuckuck de kummt. (Libelle.)

Twe ogen in'n koppe
Twe arften in'n potte
'n hart in 'n liwe
Sind dat nich fiwe?

Jehann, spann an!
Dre katten väran,
Dre müse värupp,
Den blocksbarg henupp!